희극 악귀 사수대

희극 악귀사수대 1

김진욱 코믹 호러 판타지 소설

초판 1쇄 찍은 날 § 2003년 8월 15일
초판 1쇄 펴낸 날 § 2003년 8월 25일

지은이 § 김진욱
펴낸이 § 서경석

편집장 § 문혜영
편집 § 장상수 · 권민정
마케팅 § 정필 · 강양원 · 이선구 · 김규진 · 홍현경

펴낸곳 § 도서출판 청어람
등록번호 § 제1081-1-89호
등록일자 § 1999. 5. 31
어람번호 § 제1-0410호

주소 § 경기도 부천시 원미구 심곡1동 350-1 남성B/D 3F (우) 420-011
전화 § 032-656-4452 팩스 § 032-656-4453
http://www.chungeoram.com
E-mail § eoram99@chollian.net

ⓒ 김진욱, 2003

값 7,500원

ISBN 89-5505-790-3 04810
ISBN 89-5505-789-X (SET)

김진욱 코믹 호러 판타지 소설

희극 악귀 사수대

1

전설 속에서

도서출판

청어람

시작하는 글

멋있는 주인공이 나오지 않는 소설을 쓰고 싶었다.

오래전 『퇴마록』을 볼 때였다. 많은 분들이 좋아하는 소설이고 나 역시 재미있게 읽었지만 때론 무척 답답함을 느꼈다.

주인공들이 왜 그리들 능력있고 정의롭기만 한지… 그래서 결국 피해를 보고 마는 주인공들을 보니 열불이 오를 때가 한두 번이 아니었다.

세상을 살다 보니 그렇게 정의로운 사람들은 현실에선 그리 흔치 않았다. 다 적당히 착하고, 적당히 세상과 타협하고, 적당히 이기적으로 살고 있었던 것이다.

인정하긴 싫지만 그걸 두고 오히려 인간적이라고 한다는 것을 배웠다. 이름 하나 남기지 못하고 바스러질 대부분의 평범한 인간들의 삶이 그렇다는 것 말이다.

그래서 멋진 주인공이 나오거나 영웅이 등장하는 소설이 아니라 좀 모자랄 정도의 친근한 주인공들이 나오는 소설을 쓰고 싶었다. 그 어설픈 결과물이 바로 『희극 악귀사수대』이다.

퇴마를 소재로 하지만 특별히 고증에 역점을 두지 않았다.

어차피 고증이라는 것도 다른 사람이 먼저 규정해 놓은 상상의 결과물이니 말이다. 그저 한여름 밤에 할머니가 두서없이 해주시는 귀신 이야기의 변형이라고 생각하면 될 것 같다.

어수룩한 주인공과 어설픈 귀신들이 벌이는 한바탕 난장(亂場)… 『희극 악귀사수대』를 읽는 모든 분들께 행운이 함께하기를 바란다.

목

차

전설 속에서

제1화

그들은 그렇게 만났다(상)

만해(慢海)는 강원도 깊은 산인 가야산 자락에서 홀로 외로이 도를 닦고 있던 스님 지망생이었다. 파르라니 깎은 머리가 특히 인상적인 그는 며칠째 꼼짝도 안 하고 동굴 안에서 가부좌를 튼 채 벽만을 보고 있었다.

면벽수행(面壁修行) 중인 것이다.

그것은 불가(佛家)에서도 쉽사리 시도할 엄두를 못 내는 고난도의 수행법이다.

달마 대사가 인도로부터 중국으로 가 숭산의 소림사에서 9년 동안 벽을 마주 대하고 좌선하여 도를 깨우치게 됐다는 면벽수행의 전례가 있다. 여기 스님 지망생 만해가 달마 대사의 유지를 받들어 면벽수행에 들어가 있었던 것이다.

누울 수 없다는 것만으로도 고통에 가득 찬 수련이건만 만해는 이 세상 어느 누구보다 평온한 얼굴을 하고 오로지 도에 정진하고 있었다.

도(道)란 결국 자신과의 싸움에서 이기는 것이다.

가부좌를 튼 채 앉아 있는 만해는 머리 속으로 한 가지의 화두(話頭)만을 생각하고 있었다. 그 화두는 면벽수행을 시작한 이래 단 한 번도 만해의 머리 속을 떠난 적이 없었다.

'아! 눕고 싶다! 누우면 얼마나 좋을까?'

그러나 자신과의 약속은 깰 수 없는 법. 약속 잘 지키는 사회를 구현하겠다는 만해의 의지는 그 유혹을 화두로 승화시켰다. 스스로에게 약속한 7일이라는 날짜가 지나기 전에 결코 이번 수행을 중단할 수 없었다.

동굴 벽에 걸어놓았던 달력이 날짜가 지남에 따라 한 장 한 장 넘어가고 있었다.

만해는 눕고 싶은 강렬한 유혹을 뿌리치며 한 손을 앞쪽으로 뻗었다. 꺼칠꺼칠한 촉감이 손바닥에 느껴졌다. 소나무 잎사귀였다. 만해는 손 안에 가득 들어온 솔잎을 입 안에다 털어 넣어 씹기 시작했다. 소나무 특유의 향긋한 냄새가 코로 훅 들어왔다. 솔잎은 지금처럼 수행에 들어갔을 때 정신을 맑게 하기 위해 일체의 음식을 끊고 밥 대용으로 먹는 음식 중 하나였다.

식사를 끝낸 만해는 다시 눈을 지그시 감고 참선에 들어갔다.

드르렁! 드르렁!

만해는 앉은 모습 그대로 코까지 골며 단잠에 빠져 있었다.

그러나 자신과의 약속대로 땅에 등을 대고 자는 것은 아니었으므로 만해는 그 약속을 어긴 것이 아니었다. 그때 갑자기 들려온 소리에 만해는 눈을 번쩍 떴다. 재빨리 귀를 기울여 봤으나 아무런 소리도 들리지 않았다.

'또 코 고는 소린가?'

물론 만해 혼자 수양하고 있는 동굴에 다른 사람의 코 고는 소리가 들릴 리 없었다. 만해는 자신의 코 고는 소리를 말하는 것이었다. 원래 코 고는 사람은 같이 잠자리에 든 사람에겐 엄청난 피해를 입히지만 자신에게는 어떠한 해도 없는 법이다. 하지만 이곳에선 만해는 자신의 코골이로 인해 스스로 고통을 받고 있었다. 장소가 장소이니만큼 만해의 코 고는 소리는 메아리가 되어 좁은 동굴 벽에 부딪쳐 공기의 흐름을 타고 돌아 다시 자신의 귀로 시간 차 공격을 하고 있었던 것이다. 따라서 만해는 그 소리에 번뜩번뜩 깨어날 때가 한두 번이 아니었다. 비록 자기 몸에서 나온 소리였지만 이곳 동굴에서만큼은 완벽한 외부의 소리였던 것이다.

자업자득(自業自得)이었다.

하지만 참선의 시간이 쌓여갈수록 만해가 그 소리에 놀라 일어나는 시간도 점점 줄어들었다. 더군다나 면벽수행에 들어간 이후론 만해가 그 소리에 놀라 깨어난 적이 한 번도 없었다. 점점 내공이 쌓여간다는 증거일 것이다.

만해는 다시 눈을 감았다… 가 다시 눈을 번쩍 떴다. 어디선가 분명 사람의 소리가 들려왔던 것이다. 만해는 귀를 쫑긋거리며 정신을 집중했다.

4년 동안 자연을 벗삼아 수련을 하다 보면 인간의 감각 기관인 눈, 코, 입, 귀, 촉감 등 오감(五感)이 발달하는 법이다. 다시 한 번 귀를 쫑긋 세운 만해의 달팽이관으로 과연 조그만 신음 소리가 들려왔다.

"으으… 으으으……."

분명 사람의 신음 소리였다. 가끔가다 덫에 걸리거나 맹수에게서 부상을 입고 간신히 도망친 동물들이 동굴로 찾아와 만해가 치료해 준 적은 있지만 사람의 소리는 몇 년 만에 처음 듣는 것이었다.

'여기까지 웬 사람이 찾아왔을까?

만해가 생각하고 있는 사이에도 동굴 밖에서는 신음 소리가 계속해서 들려오고 있었다. 더 생각하고 자시고 할 것 없이 만해는 자리에서 벌떡 일어났다.

"아아악!"

그러나 이내 소리를 지르며 만해는 땅바닥에 주저앉았다. 다리에 쥐가 나고 허리가 끊어질 듯 아팠다. 그도 그럴 것이 벌써 며칠 동안 가부좌를 틀고 앉아 있었고, 눕지도 못했으니 다리와 허리에 무리가 오는 것이 당연했다.

면벽수행으로 확실히 얻은 것이 있다면 바로 근육통과 관절염이었다.

"으으으……."

그사이에도 동굴 밖에선 사람의 신음 소리가 계속 들려왔다.

마음이 급해진 만해는 그 자리에서 무릎을 꿇은 뒤 손으로 땅바닥을 짚었다.

그리고 그대로 기어가기 시작했다. 엉금엉금 네 개의 수족을 이용하여 동굴 밖으로 기어가면서 만해는 네 발 동물의 편리성을 새삼 느끼고 있었다. 허리가 한결 가벼워졌다. 척추에 전혀 무리가 오지 않았다.

'이래서 네 발로 보행하는 동물은 허리 디스크가 없다는 거구나.'

동굴 밖까지 기어나온 만해는 그 상태에서 달을 올려다보았다. 때마침 보름이라서 동굴 밖에는 휘영청 밝은 달빛이 훤히 비추고 있었다. 눈물이 나올 정도로 아름다운 달빛이었다. 보름달을 보자 만해는 갑작스레 첫사랑 생각이 났다. 만해를 보면 항상 상냥하게 웃던 그녀. 보름달 안에서 그녀가 웃고 있었다. 만해는 여전히 땅을 짚은 채 보름달을 향해 울부짖었다.

"우―우―우―우―우―"

그때 어디선가 사람의 목소리가 들려왔다.

"이봐! 으윽, 거기서 늑대 울음소리를 내는 자… 으으… 는 사람인가, 늑댄가? 으윽."

자신이 밖으로 나온 이유도 잊은 채 달을 바라보며 한창 분위기에 젖어 있던 만해는 고개를 돌려 소나는 곳을 바라보았다.

동굴 왼편 어둠 속에 한 명의 사람이 쓰러져 있는 것이 보였다. 그 사람이 입고 있는 흰색 도포 자락이 달빛에 아스라이 반사되고 있었다.

"누구세요?"

만해가 조심스럽게 말을 건넸으나 아무 대답도 들려오지 않았다.

고개를 갸우뚱하며 만해는 쓰러져 있는 사람 곁으로 엉금엉금 기어갔다.

가까이 다가가 보니 기다란 턱수염이 목 아래까지 뻗어 있는 것이 인상적인 노인이었다. 달빛에 반사되는 도포 자락 군데군데에는 피와 흙이 엉켜 있었고, 그사이 정신을 잃었는지 이제는 신음 소리조차 들리지 않았다.

만해는 그의 이마를 만져 보았다. 이마에서 뜨거운 기운이 느껴졌다.

이번엔 심장에 귀를 대보았다. 심장이 간간이 뛰고 있었다. 만해는 내친김에 혀를 내밀어 노인의 얼굴을 핥아보았다. 짭쪼롬한 맛이 느껴졌다.

그 느낌에 정신을 차렸는지 노인이 살며시 눈을 뜨더니 입술을 실룩거리다 간신히 입을 열었다. 눈엔 채 초점이 돌아오지도 않은 상태였다.

"여… 역시 늑댄가? 내가… 이렇게 죽다니… 으으… 이놈! 핥지만 말고 네 마음대로 먹어라. 으윽! 억울하다… 윽!!"

만해가 뭐라 대답할 틈도 주지 않고 혼자 투덜거리던 노인은 윽! 소리를 남기며 또다시 기절했다.

"어?"

당황한 만해가 노인을 흔들어 보기도 하고, 혹시나 하는 마음에 혀로 핥아보기도 했으나 그는 다시 깨어나지 못했다.

노인의 처리를 놓고 잠시 고민하던 만해는 일단 동굴 안으로 옮기기로 마음먹고 노인의 상체를 간신히 일으켜 자신의 등 위에 올려놓았다. 그렇지 않아도 아픈 허리에 순간적으로 칼날 같은 통증이 왔으나 잠시 그러고 있자 그래도 견딜 만해졌다.

노인을 등에 올려놓은 채 엉금엉금 기어서 다시 동굴로 들어온 만해는 몸을 흔들어 그를 바닥에 던지듯이 내려놓았다. 노인의 몸이 큰대자로 동굴 바닥에 죽 뻗는 것을 본 만해는 자신 역시 그 자리에 누워버렸다. 면벽수행 중에 결코 눕지 않고자 했던 자신과의 약속은 그 순간물 건너갔다. 그러잖아도 눕고 싶었는데 적당한 핑계가 생긴 것이었다.

"으으— 으으—"

고통이 아닌 희열의 신음 소리가 만해의 입에서 절로 나왔다. 자리

에 눕자 굳었던 허리가 펴지며 짜릿한 쾌감이 몰려온 탓이었다. 허리
가 편하니 온몸이 나른해지는 것이 눈이 저절로 스르르 감겼다.

"나무아미타불 관세음보살……."
어디선가 아련하게 염불 외는 소리가 들려왔다.
그 소리에 만해는 천천히 눈을 떴다. 얼마나 잤는지 알 수 없었다.
순간 잠들기 전에 일이 생각난 만해는 자리에서 벌떡 일어나 소리나는
곳을 바라보았다.
자신이 데리고 들어온 노인이 중앙에서 가부좌를 틀고 앉아 염불을
외고 있었다.
노인의 상태가 잠들기 전보단 훨씬 나아 보였다. 자신이 일어났다는
것도 알릴 겸 만해는 노인에게 물었다.
"아니, 몸은 좀 괜찮으십니까?"
노인이 고개를 돌려 만해를 바라보았다. 결코 다정한 눈길이 아니었
다.
노인은 입술을 부르르 떨며 말했다.
"사람을 구했으면 응당(應當) 치료를 해야 하는 법! 내던져 놓고 자
빠져 자는 놈이 어디 있느냐? 아무리 깨워도 안 일어나길래 나 혼자 약
초를 캐 와 다려 먹고 해서 이제 다 나았느니라."
"아니, 그럼 제가 얼마나 잔 것이옵니까?"
"삼 일 밤낮을 자빠져 있었다."
"삼 일?!"
만해는 자신이 삼 일이나 자고 있었다는 데 놀랐다. 하지만 이 노인
도 너무하지 않은가? 그래도 이곳까지 데리고 들어온 게 어딘데… 동

굴 밖에 그냥 두었으면 짐승 밥이 됐을 것은 뻔했을 텐데 말이다.

"네가 만해냐?"

노인이 갑자기 던진 말에 만해는 또다시 깜짝 놀랐다.

"아니! 어떻게 제 이름을 아셨습니까?"

"모르면 이상하지! 동굴 벽 안을 온통 자기 이름으로 도배해 놓고서! 자연에 지 이름을 새기는 것은 소인배나 하는 짓이다."

만해는 노인의 지적에 얼굴이 화끈 달아올랐다.

하지만 그건 어쩔 수 없는 불가항력적인 일이었다. 몇 년 전의 '그 일'이 있은 후 그는 자신의 이름이 무엇인지 기억하지 못했다.

이름뿐 아니라 가족도, 친구도, 심지어 자신이 누구인지조차 모두 기억 속에서 지워져 버렸던 것이다.

사람들에게 발견되었을 때 온몸이 상처투성이였던 그는 오직 한 가지만을 되새기고 있었다. 첫사랑의 기억이었다.

신기하게도 모든 기억이 소멸되었음에도 그의 머리 속에선 어린 시절 첫사랑의 기억만은 꼭 붙잡고 있었던 것이다.

하지만 '그 일'은 결국 지금 한창 고등학교 다닐 나이의 그를 산속으로 이끈 계기가 되었다. 산속에 들어온 그는 스스로의 이름을 만해라 지었다. 특별한 의미는 없었다. 머리 한 귀퉁이의 회로에서 갑자기 떠오른 이름이었다. 그리고 그는 자신이 명명한 만해란 이름을 본능적으로 동굴 안에 새기기 시작했던 것이다.

어쨌든 자신이 잘못한 것을 인정한 만해는 노인을 보고 공손히 물었다.

"노인장의 존함은 어떻게 되십니까?"

"늙을 老, 중 僧, 노승(老僧)이라고 부르게!!"

"아니, 그럼 스님이십니까?"

스님 지망생으로서 스님에 대한 막연한 동경심을 가지고 있던 만해가 놀라 물었다.

"흠… 스님이라?"

혼잣말을 하는 노승의 얼굴 한편에 어두운 기운이 나타났다 사라져 갔다.

"맘대로 생각하게. 그건 그리 중요한 게 아니니까. 중요한 것은……."

잠시 말을 멈춘 노승은 만해의 얼굴을 뚫어지게 바라보았다. 자신의 마음속을 꿰뚫어 보는 듯한 그 날카로운 눈초리에 만해의 고개는 절로 수그러들었다. 노승은 무겁게 말을 이었다.

"중요한 것은… 내 지금까지 자네를 찾아 헤맸다는 걸세."

"옛?"

뜻밖의 말에 만해는 놀라 고개를 번쩍 들었다. 노승은 그런 만해를 보며 말을 이었다.

"자네는 여기서 참선이나 하고 있을 인물이 아닐세. 자네의 운명은 도탄에 빠진 이 세상을 구하는 것일세. 지금 세상이 혼탁해져 온갖 악귀(惡鬼)들이 창궐하고 있으니 그것을 막을 자는 오직 자네뿐일세!"

"제가요? 설마?"

만해는 엄청난 노승의 말에 고개를 절래절래 저었다.

"음… 역시 믿지 못하는군. 예로부터 진정한 영웅은 그렇게 자신의 가치를 의심하는 법이었지. 자네는 하늘이 내려준 사람일세. 내, 자네가 세상에 나왔다는 하늘의 계시를 받고 지금까지 자네의 소재를 파악하고 다녔네. 그게 자그마치 19년일세."

"에… 제가 올해로 18살이니까……."

"허험… 그건 중요한 게 아니고 자, 이걸 먹게!"

노승은 품 안에서 알약 두 개를 꺼냈다.

"자, 자네가 선택하게! 빨간 알약을 먹으면 자넨 세상의 위기와 상관없이 지금 그대로 면벽수행이나 하는 스님 지망생으로 남을 것이고, 파란 알약을 먹으면 못 보던 세상까지 보게 되어 이 세상의 무서운 본질을 알게 될 것일세."

만해는 노승의 쭈글쭈글한 손바닥에 놓인 두 개의 동그란 알약을 바라보았다.

사방으로 퍼져 있는 손금 사이마다 때가 시커멓게 끼어 있어서 별로 위생적이지 못했으나 만해에겐 달리 선택의 여지가 없었다.

자신을 바라보는 노승의 표정이 너무나 진지했기 때문이었다.

억지로 손을 뻗어 알약을 고르려던 만해는 순간 멈칫하고 말았다. 노승의 말과는 달리 손바닥에는 파란 알약과 윤이 번지르르하게 나는 시커먼 색의 알약이 놓여 있었다.

"저기요… 빨간색이 아닌데……."

"빨리 선택하라니까!!"

만해의 항변이 채 끝나기도 전에 호통이 날아왔다. 노승의 기세에 눌린 만해는 다시 손바닥 위의 알약을 내려다보았다. 하지만 아무리 봐도 빨간색은 없었다.

'음… 검정 알약을 빨간 알약으로 착각을 한 것이겠지. 난 이대로가 좋으니까. 당첨! 검정색!'

눈을 감고 있는 노승이 볼세라 검정 알약을 재빨리 입에 넣어 씹어 삼켰다.

"뭐가 보이는가?"

노승이 위엄있는 목소리로 물었다.

"아무것도 안 보이는데요. 저… 맛이 약간 구린 게 그냥 먹을 만하네요! 쩝~"

그 말에 노승은 눈을 번쩍 떴다.

"음… 염소 똥이군. 맨날 헷갈린단 말야. 색맹이다 보니… 아미타불! 나에겐 세상의 색깔이 다 똑같아 보이지. 그래서 나는 차별없이 세상을 바라볼 수 있지."

근엄하게 말을 마친 노승은 어느 틈에 저 한구석에 가서 토하고 있는 만해를 무시하고 다시 품 안에서 알약을 꺼냈다.

"자, 이번엔 빨간 알약, 파란 알약 맞지?"

만해는 입가에 줄줄 흐르는 침을 닦으며 고개를 끄덕였다.

"자, 골라보게!"

만해는 생각하고 자시고 할 것 없이 빨간 알약을 번개같이 낚아채 입에 넣었다. 염소 똥까지 먹은 마당에 못 먹을 것이 없었다. 빨리 이 괴상한 노인을 보내고 혼자가 되어 면벽수행을 계속하고 싶었다. 씹지도 않고 빨간 알약을 꿀떡 삼킨 만해는 미소를 지으며 노승에게 말했다.

"저는 그냥 이대로가 좋은데요!!"

노승 역시 인자한 미소를 띠며 눈을 떴다. 처음 짓는 미소였다. 그런데 분위기가 약간 야릇했다.

"내 그럴 줄 알고 알약의 기능을 바꿔서 설명했지. 자네는 이제부터 세상의 본질을 보게 될 걸세! 자, 눈을 감아보게."

"우우—"

만해는 잔머리를 굴리는 노승과 같이 있는 이 끔찍한 현실이 싫어 눈을 감았다.

그 마음을 아는지 모르는지 노승의 장엄한 목소리가 동굴 안에 메아리치며 들려왔다.

"자, 들리지 않는가, 지금까지 듣지 못했던 어떤 소리가?"

노승의 말이 끝나자 정적이 찾아왔다. 하지만 정적은 아주 잠깐 동안이었다.

정적을 뚫고 귀뚜라미 소리가 만해의 귀로 들리기 시작한 것이다.

그것을 신호로 개미들이 줄지어 일 나가는 소리, 두더지가 땅 파는 소리가 저 멀리 계곡에서 물 떨어지는 소리에 섞여 들려왔다. 신비한 자연의 소리였다. 그러나 새삼스러운 일은 아니었다. 2년에 걸친 참선 동안 만해는 이미 자연과 동화되어 가고 있었다. 만해 그 자체가 자연이었다.

자연의 소리의 음미하다가 잠시 눈을 뜬 만해는 처음으로 노승의 얼굴을 제대로 보았다. 흰 수염을 가슴께까지 기르고 도포 자락을 늘어뜨린 채 앉아 명상에 잠겨 있는 노승의 모습에 왠지 모를 존경심이 절로 솟았다.

노승은 만해가 자신을 보고 있는 것을 눈치 챘는지 다시 한 번 우렁차게 소리쳤다.

"자, 들리지 않는가?"

동굴 안에 노승의 목소리가 쩌렁쩌렁 울려 퍼졌다.

그때였다. 동굴 밖에서 정말 무엇인가 움직이는 소리가 들렸다.

'무슨 소리지?'

눈을 뜬 만해는 벌떡 일어나 동굴 입구 바위 뒤에 숨어 동굴 밖을 살폈다.

멀리서 누군가가 오고 있었다. 두런두런 말소리도 들렸다. 그 기척은 바로 동굴 쪽을 향해 오고 있었다. 잠시 후, 울창한 나무숲을 헤치고 동굴 앞으로 모습을 드러낸 두 사람을 보는 순간 만해는 자신도 모르게 비명을 지를 뻔했다. 간신히 비명을 참은 만해는 그들의 모습을 자세히 보았다.

난생처음 보는 끔찍한 모습이었다.

얼굴 반쪽이 날아가 눈이 한쪽밖에 없고 골 안도 훤히 들여다보이는 흉측한 모습을 한 긴 머리의 여인이 목에 동아줄을 친친 감고 있는 창백한 남자와 팔짱을 끼고 동굴 앞으로 걸어오고 있었던 것이다. 남자의 혀는 가슴까지 내려와 출렁거리고 있었고 밑으론 침이 뚝뚝 떨어지고 있었다. 만해는 고개를 돌리고 외면을 하고 싶었지만 그들이 점점 동굴 쪽으로 다가오고 있었기에 차마 눈길을 뗄 수가 없었다.

그들은 만해가 숨어 있는 동굴 앞에서 발길을 딱 멈추었다. 동굴 입구 바위 뒤에 숨어 있던 만해는 마른침을 꿀떡 삼켰다.

'등산객은 아닐 테고… 저게 말로만 듣던 귀신인가?'

만해가 숨어 있는 것을 눈치 못 챘는지 두 남녀는 동굴을 손으로 가리키며 무슨 말인가를 하고 있었다. 만해는 귀를 쫑긋 세워 그들의 대화를 엿들었다.

"여보, 저 안의 땡중은 언제 잡아먹지?"

"저노무 비사 시랴이야. 그리고 비저 마라서 머그 거도 어으거(저놈은 비상 식량이야. 그리고 비쩍 말라서 먹을 것도 없을걸)."

"그래도 여기 지날 때마다 저놈 먹구 싶어 죽겠어!"

"차머, 여보야! 조나되느 사라미나 호리자구(참어, 여보야! 조난되는 사람이나 홀리자구)."

만해는 등골이 오싹해지는 것을 느꼈다. 아니, 내가 면벽수행을 하는 동안 저 귀신들은 나를 비상 식량으로 비축해 두고 있었단 말인가?

남귀(男鬼)의 소리는 늘어진 혀 때문에 발음이 되지 않아 잘 알아들을 수 없었지만 분위기로 미루어보아 그 추측은 확실한 것 같았다.

"자기야, 나 사랑해?"

얼굴이 반쪽밖에 남지 않은 여귀(女鬼)가 혀를 늘어뜨린 남귀(男鬼)에게 물었다.

"그러 사라하지(그럼 사랑하지)!"

남귀는 멋있게 대답하고 갑자기 여귀를 안더니 얼굴을 포개며 키스를 시작했다.

만해는 바위 위로 파르라니 깎은 머리를 내밀고 그들을 훔쳐보았다. 열정이 넘치는 키스였다. 입술끼리 비비던 것은 잠시, 남귀의 기다란 혀가 여귀의 입 안으로 들어갔다. 만해는 자신도 모르게 흥분되는 것을 느끼며 속으로 염불을 외웠다.

'나무아미타불… 나무아미타불……'

여귀의 입 안으로 들어간 남귀의 기다란 혀는 여귀의 반쪽만 남은 얼굴을 통과해 깨진 머리 저편으로 나와 날름거리고 있었다. 그들의 에로틱한 장면을 나무아미타불을 외치면서도 볼 것 다 보고 있던 만해는 그들의 엽기적인 애정 행각을 좋은 위치에서 더 잘 보기 위해 목을 바위 너머로 더 주욱 치켜올렸다.

하드코어는 만해가 참선에 들기 전에 가장 즐겨보던 장르였다. 하지만 불행히도 그 훔쳐봄은 오래가지 못했다. 만해 쪽으로 얼굴을 향하고 키스를 하던 여귀가 동굴 안쪽의 바위 뒤에서 빛이 반사되는 둥그런 물체를 보고 만 것이다. 만해의 파르라니 깎은 머리가 달빛에 반사

된 것이었다.

여귀는 남귀를 밀친 뒤 손가락으로 그곳을 가리키며 외쳤다.

"조게 무야(저게 뭐야)!!"

채 회수되지 못한 남귀의 혀가 아직 여귀의 입 안에 남아 있어서인지 여귀의 발음도 영 시원찮았지만 남귀는 그 소리에 익숙한 듯 뒤를 돌아보았다. 과연 빛이 나는 정체 불명의 문어대가리가 눈에 띄었다.

"그 때주 아냐(그 땡중 아냐)?"

혀를 마저 회수하며 남귀가 의심스럽게 말했다.

"어머, 우리의 애정 행각이 들키다니! 부끄러워요, 서방님!"

여귀는 반쪽밖에 남지 않은 얼굴을 손바닥으로 가리며 남귀에게 말했다.

곧 이어 그들은 빛나는 눈빛을 서로 주고받더니 동굴 쪽으로 걸어오기 시작했다.

만해는 그들이 자신에게 다가오는 것을 보자 겁에 질려 눈을 질끈 감았다.

'제발 딴 데로 가라······.'

그러나 만해의 바람과는 달리 그들의 발자국 소리가 점점 가까워지고 있었다.

'나무아미타불··· 나무아미타불······.'

만해는 피하지도 못하고 두 눈을 감은 채 속으로 염불만 죽어라고 외우고 있었다.

순간 발자국 소리가 그치더니 갑자기 머리 위로 뭔가 뚝뚝 떨어지는 소리가 들렸다. 이어 끈적한 촉감의 액체가 만해의 파르라니 깎은 머리 위를 자극해 왔다. 그것은 이내 머리 위에서 미끄러지듯 또르르 굴러 뒤통수로 떨어지고 있었다. 그 액체는 앞이마 쪽으로도 한 방울이 흘러내려 코끝에 와서 대롱대롱 매달려 있었다. 곧 이어 차갑지만 부드러운 살점의 촉감이 만해의 머리통 위에 살포시 내려앉았다. 그 끝에서 끊임없이 흘러나오는 액체가 만해의 머리통을 흥건히 적시고 있었다.

"자고 있어?"

여귀의 목소리가 바위 뒤쪽에서 들려왔다.

"모라(몰라)."

남귀의 대답이 만해의 머리 50센티 위쪽에서 들리는 것과 동시에 차갑지만 부드러운 촉감이 빗자루 질을 하듯 머리통 위에서 왔다 갔다 했다. 남귀가 대답과 동시에 머리를 저은 모양이었다.

만해는 지금 자기에게 벌어진 상황을 보지 않아도 머리 속으로 훤히 그릴 수 있었다.

지금 바위 앞쪽에선 그 기다란 혀의 소유자가 바위 위로 머리만 내밀고 바위 뒤에 숨어서 자는 척하고 있는 자신을 보고 있다. 그의 축 늘어진 기다란 혀는 파르라니 깎은 자신의 머리 위에 닿아 있고, 얼굴이 반쪽인 여귀는 남귀의 뒤쪽에 서 있으리라.

만해는 장마철에 비를 홀떡 맞으면 그렇듯이 사내의 혀끝에서 나오는 끈끈한 액체로 머리를 적시고 있었다. 설상가상으로 몸에서는 식은 땀이 솟아 나와 장복이 흥건히 젖어들기 시작하고 있었다. 자신의 땀과 남귀의 침으로 뒤범벅이 된 만해는 속으로 끊임없이 불경을 외우며 자는 척하고 있었다.

"왜 이 자시으 자바져거 아 자고 고 아자서 자느 거지(왜 이 자식은 자빠져서 안 자고 꼭 앉아서 자는 거지)?"

남귀의 혀가 만해의 머리를 다시 한 번 쓸어내며 말했다. 끈끈한 액체에 이어 참을 수 없는 간지럼이 만해의 머리 위를 자극해 왔다.

"우리 그냥 눈 딱 감고 해치워 버릴까?"

여귀가 말했다. 그 소리를 듣는 순간 만해는 이제 끝이구나 하는 절망감이 엄습해 오는 것을 느꼈다. 그동안 살아왔던 짧은 생애가 눈앞에 쫙 펼쳐졌다.

'인생사 한낱 꿈인 것을……'

어디서 많이 들었던 대사를 속으로 중얼거리며 만해는 눈을 더욱 꼭 감았다.

절망적인 상황이었다.

그때 동굴 안에서 예의 우렁찬 목소리가 들려왔다.

"무엇이 보이는가?"

만해는 깜짝 놀랐으나 이내 안심을 했다. 저 목소리가 이렇게 반가울 줄이야.

이제 이놈들은 저 소리를 듣고 저 안으로 갈 것이다.

'…그럼 얼른 도망가야지!'

노승에게는 좀 미안하지만 살아갈 날이 아직 구만리 같은 자신이 여기서 생을 마감할 수는 없는 일이었다. 살 만큼 산 사람이 먼저 가는 것이 자연의 섭리라고 만해는 자기 편한 대로 생각했다.

안에서 갑작스레 들려온 소리에 놈들도 놀랐는지 순간 조용해졌다.

머리통 위를 간지럽히던 놈의 혓바닥도 입 안으로 쑥 들어갔는지 만해의 머리 위에서 사라졌다.

"무엇이 보이는가?"

노승의 우렁찬 목소리가 또 한 번 들려왔다.

'귀신이 보입니다!' 라고 소리치고 싶었지만 안전한 탈출을 위해선 침묵할 수밖에 없었다.

'그래, 자꾸 부르셔!! 난 그 틈에 도망갈 테니까!'

만해는 여전히 눈을 감은 채 꼼짝도 않고 놈들이 노승을 찾아 동굴 안으로 이동하기만을 기다렸다.

그때였다. 또다시 부드러운 촉감이 만해의 민숭머리 위로 철퍼덕 내려왔다.

남귀의 혓바닥이 다시 늘어진 것이다. 얼추 다 말라가던 만해의 파르라니 깎은 머리통이 다시 끈끈한 액체로 흥건히 젖어들고 있었다. 이어 머리 위에서 남귀의 목소리가 들려왔다.

"이와 해지우 거 이노부더 해지우자(이왕 해치울 거 이놈부터 해치우자)!"

가슴이 쿵 내려앉았다. 정말 이대로 죽을 수 있겠다는 두려움이 밀려왔다. 그러나 그보다 만해는 남귀가 기다란 혀를 살랑거리며 말할 때마다 머리끝에서 밀려오는 간지럼을 더 참을 수가 없었다.

'젠장! 왜 나만 갖고 그래!!'

만해는 더 이상 참을 수 없었다. 얼굴을 또다시 덮어가는 이 끈끈한 액체도, 머리끝을 자극하는 이 간지럼도, 몸에서 끊임없이 나오는 이 식은땀도 더 이상 참을 수 없었다.

"무엇이 보이는가?"

제기랄, 안에서 들려오는 저 소리는 더욱더 참을 수 없었다. 열받기 시작한 만해는 몸을 부들부들 떨기 시작했다.

아! 지난 4년 동안의 면벽수행이 모두 꿈이었던가……

"이야앗!!"

만해는 우렁찬 기합을 넣으며 자는 척하느라 무릎 위에 올려놓았던 양손을 위로 치켜들었다. 이어 자신의 머리 위에서 산들산들 하고 있던 놈의 혓바닥을 꽉 움켜쥐었다. 번개 같은 손놀림이었다. 물컹거리는 느낌과 함께 끈끈한 액체가 손바닥을 흠뻑 적셔왔다.

"나무아미타불!!"

불경을 외우며 만해는 놈의 혓바닥을 아래로 확 잡아당겼다. 하지만 손바닥으로 고정되기엔 놈의 혓바닥이 너무 미끄러웠다. 미꾸라지를 손에 잡았다 놓치듯 만해의 손은 놈의 혓바닥에서 홀러덩 미끄러졌다. 덕분에 놈의 끈끈한 타액만 잔뜩 묻힌 채 만해의 손은 허공을 날고 있었다.

"에에(에엥)?"

"무슨 일이에요, 여보?"

"이노미 더벼서(이놈이 덤볐어)!!"

"어디 봐요! 다친 데 없어요?"

만해는 그 자리에서 벌떡 일어나 날카로운 눈빛으로 그들을 바라보았다. 남귀가 혓바닥을 출렁거리며 그를 돌아보았다. 여귀 또한 한쪽밖에 없는 눈알로 만해를 째려보았다.

바위를 사이에 두고 세 명의 침묵이 잠시 이어졌다.

"으리가 보이나 보(우리가 보이나 보)⋯⋯?"

타닥! 타닥!

남귀의 물음이 끝나기도 전에 만해는 동굴 안쪽으로 죽어라 뛰기 시작했다.

잘 아는 사이는 아니었지만 이제 기댈 곳은 노승밖에 없었던 것이다.

노승은 아직도 동굴의 중앙에 앉아 눈을 지그시 감은 채 참선을 하고 있었다.

밖의 소동을 아직 모르는 눈치였다. 만해는 그 앞에 도착해 숨을 헐떡거렸다.

"무엇이 보이는가?"

노승이 여전히 우렁찬 목소리로 물었다.

"악귀들이 쫓아오는 것이 보입니다!"

"그들이 정녕 악귀이더냐?"

"확실한 것 같습니다."

그 말을 듣자 노승은 자리에서 벌떡 일어나 달려나갔다. 좀 전까지 아팠던 사람 같지 않았다.

만해가 뒤에서 소리쳤다.

"어딜 가십니까?"

"잠깐 볼일이 좀 있다!"

노승은 말 한마디를 남긴 채 쏜살같이 동굴을 나가려고 했으나 이미 만해를 따라 들어온 악귀들이 그 앞에 떡 버티고 서 있었다.

덕분에 노승은 몇 걸음 가지도 못한 채 그 자리에 딱 멈출 수밖에 없었다.

악귀들의 모습을 좁은 공간에서 보니 정말 흉측해 보였다. 특히 여귀는 깨진 골 안을 앙상한 손으로 긁으며 서 있었는데 손톱 끝에 새빨간 홍조를 띤 뇌가 조금씩 끼어 나오고 있었다.

"아니, 정말 악귀들이구나!!"

노승은 새삼스레 소릴 지르며 무엇인가를 찾았다.

"자네 혹시 내 보따리 못 봤나?"

"못 봤는데요."

"바깥에 떨어져 있나 보군. 이놈들은 내가 일단 막고 있을 테니, 밖에 가서 내 보따리를 찾아오게!"

노승의 늠름한 기세에 만해는 안심하며 밖으로 나가려 했다. 그러자 그때까지 지켜보기만 하던 놈들이 노승에게 한꺼번에 덤벼들었다. 소스라치게 놀란 노승은 번개같이 그들의 공격을 피했다.

"나가는 놈 먼저 공격할 줄 알았더니……."

노승은 혼잣말로 뭐라고 중얼거리더니 만해를 보며 외쳤다.

"안 되겠다! 내가 가져올 테니 네가 이놈들을 일단 막아라!!"

말을 마친 노승은 순식간에 동굴을 빠져나갔다. 놀라운 신법이었다.

놈들은 일단 노승이 빠져나가자 잠시 당황하더니 만해를 집중 목표로 삼아 다가오기 시작했다. 한 놈이라도 확실히 잡을 생각인 것 같았다. 만해는 그들이 다가오는 것을 두려움에 떨며 지켜보다 눈을 찔끔 감았다. 도망갈 길도 없었고 몸이 굳은 것처럼 맘대로 움직이지 않기에 대항할 생각은 더 더욱 하지도 못했다.

여귀의 양손이 만해의 머리로 다가왔다. 머리에 여귀의 손이 닿자 차가운 냉기가 전달되더니 온몸에 소름이 좌악 돋기 시작했다. 이어 여귀는 양손에 힘을 가해 만해의 머리통이 움직이지 않게 고정시켰다.

"아아악!!"

머리가 짓눌리자 만해는 골이 터지는 듯한 고통에 비명을 질러댔다.

곧 이어 여귀의 뒤에 서 있던 남귀의 혀가 튀어나와 만해의 목을 휘어감았다. 여귀의 손아귀 때문에 만해는 몸을 움직이지도 못한 채 남귀의 혓바닥 공격을 고스란히 받고 있었다. 끈적이는 액체가 살에 닿는 느낌에 이어 엄청난 혓바닥의 힘이 만해의 목을 강하게 조여왔다.

순식간에 숨이 꽉 막혀오는 것을 느꼈다.

'이래서 예로부터 세 치 혀를 조심하라고 했구나……'

만해는 점점 의식이 몽롱해지는 것을 느끼며 목을 감싼 혀를 떼어내려 했으나 그것은 꼼짝도 하지 않았다. 아나콘다가 몸을 조이면 기분이 이럴까… 점점 힘이 빠지는 것을 느끼며 만해는 바닥으로 쓰러지고 있었다.

그때였다.

"네 이놈! 그 요상한 혓바닥을 당장 집어넣지 못할까!!"

만해의 몽롱한 의식 속으로 누군가의 호통 소리가 들려왔다. 노승이 돌아온 것이다.

쉬이이익—

남귀의 혀가 순식간에 만해의 목에서 사라졌다.

만해는 컥컥거리며 숨을 몰아쉬었다. 이제야 좀 살 것 같았다. 공기의 소중함을 다시 한 번 느끼게 되었다. 아직도 얼얼한 목을 부여잡은 채 만해는 앞을 바라보았다. 자신의 바로 앞에서 놈들은 뒤쪽을 바라보고 있었다.

쓰러져 있는 만해는 죽은 거나 다름없다고 생각했는지 돌아보지도 않았다. 만해는 그들의 무관심에 약간의 서운함을 느끼며 그들의 가랑이 사이로 보이는 노승의 모습을 보았다.

멋있었다. 동굴 안엔 평소 바람도 없는데 노승의 수염과 도포 자락이 바람에 휘날리고 있었다. 노승의 손에는 무엇인가가 들려 있었다. 과연 노승은 만해를 버리고 간 것이 아니었다. 지금 저 손에 든 엄청난 무기를 가지러 간 것이리라. 만해는 두 눈을 똑바로 뜨고 놈들의 가랑이 사이로 노승이 손에 들고 있는 무기가 무엇인지 확인하였다.

"아아……."

그것들이 무엇인가를 확인한 만해의 입에서 절망의 신음 소리가 새어 나왔다.

노승의 손에는 어디서나 쉽게 볼 수 없는, 아니, 쉽게 볼 수 있는 무기가… 아니, 문구류가 들려 있었다. 노승은 왼손에 찰흙을, 오른손에는 가위를 들고 있었던 것이다.

그것들을 들고 뭐가 그리 자신만만한지 노승은 그들에게 큰 소리로 외쳤다.

"너희들은 이 산에 사는 악귀들이렷다!!"

노승의 자신만만한 태도에 잠시 당황하던 놈들은 그 말이 떨어지자마자 이내 노승에게 달려들었다. 먼저 남귀가 예의 그 혓바닥을 노승에게 날렸다.

쉬이이익!

싸늘한 소리를 내며 무시무시한 혓바닥—만해가 생각하기엔—이 느물거리며 공중을 날아 노승의 가슴을 공격해 갔다. 맹렬한 기세였다. 그 혓바닥에 맞으면 아무리 단단한 바위라도 산산조각이 날 것 같았다. 그러니 인간의 몸쯤은… 만해는 곧 이어 펼쳐질 끔찍한 장면에 눈을 찔끔 감았다.

그러나 노승은 마치 발레를 하듯 도포 자락을 휘날리며 상체를 오른쪽으로 숙여 그 혓바닥 공격을 가볍게 피했다. 유연성이 바탕이 된 재빠른 동작이었다. 남귀는 재빨리 혀를 회수해 다시 한 번 날려 보냈다. 방금 전보다 혀의 공격 속도가 업그레이드되어 있었다. 그러나 노승 역시 뒤로 몸을 젖히며 그 빠른 공격을 더 빠른 속도로 피하고 있었다.

쉬이이이익!

놈은 계속해서 공격을 해댔으나 노승은 공격해 오는 혓바닥 위쪽의 공중으로 몸을 덤블링하듯 뛰어넘기도 하면서 능숙하게 피해 나갔다. 몸을 떨며 지켜보고 있는 만해에게는 놈의 혓바닥 날아다니는 것이 마치 총알처럼 빨라 잘 보이지도 않을 정도였는데 이 좁은 동굴에서 노승은 잘도 피하고 있었다. 거의 예술의 경지였다.

"아!"

만해의 가슴엔 노승에 대한 존경심이 봇물처럼 솟아올랐다. 한번 사귀고 싶을 정도였다.

만해는 노승이 자신을 슬쩍 볼 때를 노려 살짝 윙크를 했다. 순간 당황해 얼굴이 벌게진 노승의 가슴으로 놈의 혓바닥이 정확하게 날아들었다.

"위험해!!"

만해의 말이 끝나기가 무섭게 노승의 입에서 벼락같은 기합 소리가 터져 나왔다.

"문! 방! 사! 우!!"

노승은 번개 같은 동작으로 몸을 돌려 피하며 오른손에 쥐고 있던 가위를 엄지와 약지 사이에 끼우더니 자신을 향해 공격해 온 놈의 혀가 회수되어 갈 때를 노려 몸을 공중으로 날렸다.

싹두욱!

털썩!!

살점이 잘려 나가는 소리와 함께 놈의 잘린 혓바닥 조각이 바닥으로 뚝 떨어져 내렸다.

밖으로 나온 혀의 3분의 1 정도가 잘려 나갔다.

"으아악!!"

순간 처절한 비명 소리와 함께 놈에게 남은 나머지 혓바닥 끝에서 피가 분수처럼 뿜어져 나왔다. 피는 앞쪽에 그대로 서 있는 노승에게 직통으로 뿜어져 노승의 도포 자락과 얼굴이 금세 피 범벅이 되었다. 하지만 피로 붉게 물든 노승의 얼굴에선 안광(眼光)이 빛나고 있었다.

놈은 고통으로 땅바닥에 주저앉으며 남은 혓바닥을 거둬들였다.

"으아악! 내 신랑을!!"

옆에서 보고만 있던 여귀가 머리카락을 쭈뼛 세우며 노승에게 달려들었다.

머리가 반이 깨진 만큼 역시 반밖에 남아 있지 않은 머리카락이었지만 긴 머리카락이 쭈뼛 서자 오싹해지는 것은 어쩔 수 없었다. 머리카락은 어느새 날카로운 송곳같이 변해 있었다.

마치 메두사처럼 여귀는 자신의 긴 머리카락을 무기로 쓰고 있었던 것이다.

노승은 여귀가 자신을 향해 공격을 해오자 왼손에 들고 있던 찰흙을 재빨리 주물럭거리며 외쳤다.

"이런, 너는 얼굴이 반쪽이 됐구나!"

상체를 숙인 채 공격해 오는 여귀의 머리를 향해 노승은 아무렇게나 뭉친 것 같은 찰흙을 멋있는 투구 폼으로 던졌다. 쉬익 소리와 함께 허공을 가르며 빠르게 날아가던 찰흙은 여귀의 머리 앞에 이르러 속도가 갑자기 뚝 떨어졌다.

"체인지업?!"

만해는 자신도 모르게 소리쳤다. 프로 야구 경기였다면 타자들이 직구로 속아 넘어가 헛스윙을 유도할 만한 뛰어난 송구였다.

철퍼덕!

찰흙은 쭈뼛 선 여귀의 송곳 같은 머리카락을 피해 깨진 머리통 안으로 정확하게 명중해 들어갔다.

"으아악!"

여귀는 단말마의 비명을 지르며 머리를 감싼 채 바닥으로 쓰러졌다. 여귀의 순두부 같은 골에 찰진 찰흙 뭉치가 단단히 고정되어 있었다.

어디선가 쉬익거리는 소리가 들려왔다. 어느새 깨어난 남귀의 혓바닥 공격이 계속된 것이다.

잘려진 혀끝에서 이제는 피까지 흩뿌리며 공중으로 날아가는 그것은 징그럽기 이를 데 없었다. 숨 막히는 승부였다. 만해는 쭈그리고 앉아 옆에 있던 솔잎을 잘근잘근 씹으며 싸움을 보고 있었다.

노승은 몸을 앞으로 숙여 공격을 피한 뒤 남귀의 남은 혓바닥 3분의 1 지역에 가위 날을 갖다 댔다. 유연한 동작이었다. 남귀의 혀가 또다시 잘리기 직전이었다.

"이야(이얏)!!"

위기일발의 순간, 남귀는 기합과 함께 혓바닥에 힘을 줘 혀 근육을 단단하게 만들어 가위 날이 자신의 혀를 자르는 것을 저지하였다.

노승과 남귀는 그 상태로 멈추어 있었다. 만해도 솔잎 씹던 것을 멈춘 채 그 광경을 숨죽인 채 바라보았다. 무협 영화의 한 장면 같았다.

앞에서 피를 내뿜는 기다란 혀를 내민 남귀와 그것을 자르려 혓바닥 사이에 가위의 날카로운 날을 들이민 노승이 그대로 멈춰 있는 장면은 정말 완벽한 영화였다.

게다가 노승의 도포 자락이 분위기 맞춰 적당히 펄럭이고 있었다.

그 자세로 한동안 가만히 있던 노승이 조용히 입을 열었다.

"이제 그만 힘을 빼시지."

혀에 힘을 주고 있는 것은 한계가 있는 법이다. 반면 가위가 힘이 빠질 리는 없는 법이다. 둘의 버티기 싸움은 이미 결판이 난 것이나 다름 없었다.

땀을 뻘뻘 흘리며 혀로 온 힘을 집중하던 남귀의 얼굴 근육이 실룩거린 것은 바로 그때였다. 노승은 그 찬스를 놓치지 않고 가위를 쥔 손에 힘을 주었다.

싹두욱!

"아아아악!"

살점이 떨어져 나가자 또다시 혀에서 피가 뿜어져 나오며 고통을 이기지 못한 남귀는 땅바닥에 쓰러져 내렸다. 놈의 혀에서 떨어진 살점과 피로 동굴 바닥은 온통 지저분하게 얼룩졌다.

'이거 언제 다 청소하나……!'

만해가 속으로 지극히 현실적인 고민을 하고 있을 때, 노승은 쓰러져 있는 놈들에게 다가갔다. 남귀의 머리채를 잡아 올렸으나 대항할 힘이 남아 있지 않았는지 남귀는 숨만 할딱거리고 있었다. 이제 많이 짧아졌지만 아직도 입 밖으로 축 늘어진 나머지 혀에선 피가 끊임없이 흘러내리고 있었다. 노승은 가위를 들어 놈의 혀를 다시 한 번 잘랐다.

처절한 비명을 지르며 놈은 아예 기절을 했다. 귀신도 고통을 인간처럼 느끼는 것 같았다.

'정말 인정사정 봐주지 않는군.'

만해는 상대를 전혀 배려하지 않는 노승의 잔혹성에 고개를 좌우로 저었다.

그런데 막상 혀가 몇 번 잘라지다 보니 남귀의 혓바닥은 입 안으로 들어갈 정도로 줄어들어 있었다. 보통 사람과 비슷한 크기로 되어 있었던 것이다.

기절한 남귀를 잠시 내려다보던 노승은 품 안에서 널찍한 청테이프를 꺼내더니 피가 흐르는 놈의 혀끝에 붙여놓았다. 그러자 줄줄 흐르던 피가 청테이프의 끈끈한 접착력에 막혀 더 이상 흘러나오지 않았다. 기막힌 지혈이었다.

노승은 이번엔 여귀에게로 갔다. 엄청 무서울 줄 알았더니 공격다운 공격은 제대로 해보지도 못한 여귀는 아직까지 정신을 잃고 있었다. 쓰러져 있는 여귀 앞에 앉은 노승은 찰흙을 또다시 꼼지락거리더니 여귀의 깨진 머리 사이를 메우기 시작했다. 어느새 여귀의 흉측하게 깨져 있던 머리통이 보통 사람과 똑같은 형태로 복원됐다.

"음……."

여귀의 복원된 모습을 바라보던 노승은 뭐가 마음에 안 드는지 고개를 갸웃거렸다.

그러더니 자리에서 일어나 자신의 보따리로 가 뒤적거리더니 그 안에서 기다란 가발을 꺼내 들어 올렸다. 머릿결이 아주 좋아 보이는 것이 가격이 만만치 않게 보였다.

쓰러져 있는 여귀의 머리를 들어올린 노승은 다정스럽게 여귀의 머리에 그 가발을 씌워주었다.

"아니, 지금 뭐 하시는 거예요?"

보다못한 만해가 노승에게 물었다.

"원귀(寃鬼)를 반드시 소멸시키려고만 하면 안 돼. 이들은 언뜻 보면 무섭고 포악해 보이나 그것은 구전(口傳)이나 매스미디어가, 아니, 넓게는 세상이 그들을 그런 이미지로 만들었을 뿐, 그렇지 않은 원귀도 많이 있지. 사람이나 귀신이나 외모만으로 함부로 그 본질에 대해 판단해서는 안 되는 법이지. 자, 보게. 네 외모만 보면 누가 너와 친구를 하고 싶겠나?"

"……?"

"외양만으로 무엇이든 판단하는 게 그렇게 잘못되었다는 얘기일세! 한밤에 길을 가는데 귀신으로 추정되는 여자가 흰 소복을 입고 입 안에서 피가 뚝뚝 떨어지며 길가에 서 있다 해도 무서워 말고 가서 흐르는 피를 닦아줄 줄도 알아야 한다는 말일세. 세상이 이들에 대한 과장된 선입견을 심어놓아 오히려 이들을 공격적으로 만들었을 뿐 본래 심성은 그렇지 않은 원귀가 많지. 이들을 달래는 것도 우리의 임무야."

'우리? 우리라니……?'

만해가 어리둥절해 있을 때 노승은 사랑이 가득 담긴 얼굴로 악귀들의 머리맡에 앉아 그들이 깨어나기만을 기다렸다. 좀 전에 싸울 때와는 전혀 다른 노승의 모습에 만해는 혼란스러웠다.

"ㅇㅇㅇㅇ……."

두 악귀는 정신이 드는지 신음 소리를 내며 조금씩 움직이기 시작했다.

깨어난 두 악귀는 자신들의 머리맡에 노승이 앉아 있는 것을 보자 소스라치게 놀라며 서로 마주 보았다. 마주 본 그들은 이번엔 더 더욱 까무러치게 놀라며 입을 벌렸다.

"여보야, 자기 혓바닥 어디 갔어?"

"여보! 자기 머리통이……? 앗!! 내 발음이……?!"

여귀는 남귀의 입 안을 들여다보았다. 청테이프가 퍼렇게 붙어 있는 혀가 이제는 정상적인 크기로 입 안에 자리 잡고 있었다. 남귀도 여귀의 머리를 쓰다듬었다. 비록 눈알은 하나 없지만 깨진 상태가 아닌 둥

그런 머리가 나름대로 보기 좋았다. 비단결 같은 머리카락에서 은은히 풍겨 나오는 냄새도 향기로웠다. 그렇게 서로를 만지며 확인하던 그들은 눈물을 흘리기 시작했다.

서럽게 얼마나 울었을까… 노승 쪽으로 머릴 돌린 그들은 절을 하며 말했다.

"뉘신지 몰라도 고맙습니다."

"이제 사람을 그만 홀리고 저승으로 떠나거라."

"예!!"

"그리고 너, 빠진 눈알 혹시 아직 가지고 있느냐?"

노승이 묻자 여귀는 주머니를 뒤적거리더니 왕구슬보다 조금 더 큰 눈알을 꺼냈다.

"지니고 있었구나. 이리 다오."

여귀가 눈알을 넘겨주자 노승은 품 안에서 이번엔 본드를 꺼냈다.

눈알에 본드를 골고루 바른 노승은 여인의 얼굴로 다가가 텅 빈 왼쪽 눈구멍에 눈알을 다짜고짜 쑤셔 넣었다.

"이제 서서히 눈을 떠보아라."

노승의 말에 여귀는 조심스럽게 눈을 떴다.

"어때, 잘 보이느냐?"

"예! 골 안이 훤합니다!!"

"이런!! 눈알을 거꾸로 박았군! 미안하다."

노승은 허둥거리며 여귀의 뒤통수를 쳐 눈알이 다시 튀어나오게 하려 했으나 본드의 강력한 접착력 때문에 쉽지 않았다. 별수없이 손을 눈 안으로 쑤셔 넣어 잡아 뺐으나 눈알은 빠져나오다 공중에 대롱대롱 매달리고 말았다. 여귀의 눈구멍에서 본드의 접착액이 주욱 이어져 눈알을 붙잡았기 때문이다. 눈알은 땅에 닿기 직전이었다. 순간 노승이 재빠른 동작으로 눈알을 낚아채더니 도포 자락에 그것을 쓱쓱 문질러 닦았다. 그리고 다시 본드 칠을 해서 여귀의 휑한 눈구멍으로 박아넣었다.

"새벽닭이 울기 전에 가봐야 합니다."

노승의 행동에 질렸는지 남귀가 어설픈 핑계를 댔다. 만해가 보기엔 이곳을 빨리 빠져나가고 싶은 눈치였다.

그 눈치를 아는지 모르는지 노승은 고개를 끄덕였다.

"억울하게 죽어 저승으로 가지 못하고, 비천하게 떠돌던 저희 못난 두 영혼, 구해주셔서 감사합니다."

둘은 다시 한 번 노승에게 절을 하며 말했다. 이어 둘은 손을 잡은 채 동굴 밖으로 걸어나가기 시작했다. 무지하게 빠른 걸음이었다.

"잠깐!!"

노승이 손을 들어 그들을 제지했다. 그들은 긴장된 얼굴로 돌아보았다.

"청테이프는 일주일 동안 떼지 말아야 지혈이 되어 상처가 흉터없이 잘 아무니라. 가발도 최소한 3일에 한 번씩 깨끗한 물에 빨아줘야 한다. 빨래비누는 머릿결을 손상시킬 우려가 있으니 웬만하면 좋은 샴푸를 쓰도록 하고!"

두 영혼은 알았다는 듯 고개를 숙인 뒤 미소를 머금은 채 동굴 밖으로 사라져 갔다.

만해는 그들의 뒷모습이 완전히 없어질 때까지 그들을 바라보았다. 손을 꼭 잡고 가는 모습이 나름대로 보기 좋았다.

"저들은……."

묻지도 않았는데 노승은 입이 가려운지 설명을 하기 시작했다.

"이 산에서 자살을 한 영혼들이지. 상태로 미루어 보아하니 남자는 나무에 목을 매달아 자살을 했겠고, 여인은 계곡에서 뛰어내린 것 같군. 그래서 남자는 혀가 저렇게 축 늘어져 나오게 된 것이고, 여인은 머리가 반이나 깨져 나가 흉하게 된 것일 걸세. 자살을 한 핸디캡에다 얼굴까지 저렇게 상해 버렸으니 저승사자가 신분을 확인하지 못해 저승으로 오르지 못했겠지. 그래서 끊임없이 이 산을 떠돌아다니며 자신들의 원한을 애꿎은 등산객에게 풀었을 테고. 왜, 산에 가면 똑같은 길을 계속 돌게 되는 경우 있지 않나? 그러다 조난을 당해서 끝내 죽음을 맞는 수도 있고. 그게 다 저런 영들이 장난치는 걸세. 저들은 그렇게 지내다가 아마 눈이 맞아 자기들끼리 결혼을 했을 거야. 그리고 둘이 같이 떠돌며 인간을 홀리고 다닌 거지. 내 물어보지 않았으나 저들의 자살 원인도 연인에게 배신당해서일 걸세. 내 장담하지! 젊은 원귀들의 죽음의 원인은 거의 애정 문제거든. 그놈의 사랑이 뭔지… 여하튼 저들은 그 한을 자기들끼리 결혼해서 푼 셈이야. 이제 내가 얼굴을 복원시켜 주었으니 무사히 저승길로 올라 잘살 수 있을 걸세."

노승은 쉬지 않고 말을 쏟아낸 뒤 가부좌를 튼 채 눈을 감았다.

그런 노승을 바라보며 옆에 서 있던 만해는 감탄을 하고 있었다.

노승이 준 빨간 알약을 먹고 나서 귀신을 실제로 보게 된 것과 자신이 면벽수행을 하는 동안 그 원귀들이 자신을 비상 식량으로 아껴왔었다는 사실도 놀라웠지만, 노승의 행동은 만해를 더욱 놀라게 했다. 지금까지 귀신과 싸우면서 콤플렉스까지 없애주는 사람은 듣지도 보지도 못했던 것이다.

"그럼 노승께서 외친 문방사우란 무엇입니까?"

만해는 좀 전에 본 노승의 특이한 장비를 떠올리며 물었다.

"문방사우(文房四友)란 말 그대로 동네 문방구(文房具)에서 쉽게 구할 수 있는 네 가지 벗들을 말하는데, 이는 악귀들을 물리치는 데 아주 효과적이지. 퇴마사라 불리는 사람들이 주로 쓰는 이름도 요상한 다른 무기들도 있지만 정통파인 내가 쓰는 것은 오직 이것들뿐이지. 가위, 본드, 찰흙, 청테이프."

그런 물건들로 악귀를 물리칠 수 있다는 설명에 만해는 아무래도 속는 기분이 들어 고개를 갸웃거렸다. 그 눈치를 챘는지 노승은 부가 설명을 덧붙였다.

"물론 내가 지닌 것들은 평범한 문방사우는 아니지. 내 나름대로의 공력을 집어넣어 퇴력을 지닌 무기로 탈바꿈시키는 것이니 말이야. 어쨌든 이 네 가지의 문방사우만 있으면 어떤 영적인 존재들과 대적해도 밀리지 않는다는 말일세. 물론 예외가 있는 무서운 악귀들도 있지만. 그것 때문에 내가 자네를 찾은 것이고."

"저… 본드는 식품이 아닌가요?"

만해의 질문에 노승은 말없이 눈을 떴다 감았다. 침묵이 흘렀다. 아무 말도 하고 싶지 않은 눈치였으나 만해는 궁금한 것이 너무 많았다. 노승이 왜 여길 왔는지, 왜 동굴 앞에 부상을 입고 쓰러져 있었는지, 어떻게 자신이 귀신을 보게 될 수 있었는지… 물어볼 것이 너무 많았지만 정작 가장 궁금한 건 다른 것이었다. 한참을 고민하던 만해는 끝내 참지 못하고 그 물음을 입 밖에 내고 말았다.

"저… 그런데 여인네의 가발은 어인 일로 가지고 다니십니까?"

"사생활은 묻지 말게!!"

대답을 한 노승은 눈을 감은 채 참선에 들어가기 시작했다.

아주 깊은 참선에…….

"으아악! 안 돼!!"

난생처음 귀신과 대면한 극심한 정신적 쇼크와 목을 감싸오던 짜릿한 육체적 고통 때문이라는 핑계로 면벽수행을 뒤로한 채 동굴 바닥에 큰대자로 누워 자고 있던 만해는 비명을 지르며 자리에서 벌떡 일어났다.

동굴 안으로 아주 가느다란 빛이 들어오고 있었다. 어디선가 아침 새가 지저귀는 소리가 들려왔다. 바닥이 피 범벅되어 있는 것을 빼면 평화로운 아침이었다. 만해는 허겁지겁 자신의 머리를 만져 보았다. 여전히 민숭민숭 할 뿐 아무것도 만져지지 않았다.

"휴우……!"

안도의 한숨을 쉰 만해는 방금 전 꿈속의 일을 기억했다.

꿈속에서 남귀와 여귀 떼들이 혀를 기다랗게 늘어뜨린 채 오직 만해만을 향해 몰려들고 있었다. 그것들이 몰려오는 모습은 저잣거리에 있을 때 만해가 즐겨 보던 '살아 있는 시체들의 밤'이라는 영화에 나오는 좀비 떼들 같았다. 그들은 벌벌 떨고 있는 만해의 옷을 사정없이 벗기더니 그 기다란 혀로 만해의 온몸을 핥기 시작했다.

아! 축축이 젖어드는 내 몸이여… 아! 나를 비꼬게 만드는 간지럼이여……

만해는 그들의 공격에 속수무책으로 당하고만 있었다. 그때였다.

"잠깐!!"

벽력같은 소리를 지르며 나타난 사람은 바로 노승(老僧)이었다.

만해는 미소를 지으며 노승이 자기를 구해주기만을 기다렸다.

"어디 가나 영웅(英雄)은 있는 법이야!"

노승은 보따리에서 무엇인가를 꺼내 만해에게로 다가왔다. 손에 들고 있는 것이 무엇인지는 몰랐지만 그것을 본 귀신들이 화들짝 놀라 기다란 혀를 좌우로 흔들어대며 뒤로 물러났다. 만해는 그것이 노승의 무서운 무기인 문방사우 중에 하나일 것으로 짐작하며 미소를 지었다.

'이제 살았다!'

하지만 만해에게 다가온 노승의 손에 든 것은 문방사우가 아닌 꿀이었다.

노승은 놀라고 있는 만해의 몸에 다짜고짜 꿀을 바르기 시작했다. 머리 위에서 거시기를 거쳐 발끝까지 아주 정성스럽게 바른 노승은 기다란 혀를 늘어뜨리고 기다리고 있던 귀신들을 보며 한마디 했다.

"핥아라!!"

그 말이 나오기를 기다렸다는 듯 귀신들은 만해에게 개 떼같이 달려들어 핥아대기 시작했다. 만해의 몸은 이내 축축한 액체로 범벅이 됐다.

싫다, 싫어!! 이 축축함! 이 끈적임!! 이 간지러움!! 더 이상 참을 수 없다!!

만해는 입을 벌려 비명을 질렀다.

"으아악! 안 돼!!"

그러다가 깬 것이다.

"휴우······."

다시 한숨을 쉬며 만해는 노승을 바라보았다. 동굴의 중앙에서 노승은 가부좌를 튼 채 참선에 빠져 있었다… 가 아니었다.

"쯔쯧… 그러기에 어제 씻고 자라 그랬지. 온몸을 침으로 범벅을 하고 그냥 잤으니 그런 꿈이나 꾸지."

"허억!!"

만해는 자신이 꾼 꿈까지 모두 알고 있는 듯한 노승의 말에 놀라지 않을 수 없었다.

도대체 이 노인은 누구인가?

온몸에 피 칠을 한 채 눈을 감고 참선을 하는 노승의 모습은 떠오르는 아침 해와 더불어 왠지 장엄하기 이를 데 없었다.

만해는 비로소 이것이 운명이라는 것을 깨달았다. '그 일'이 벌어진 뒤 자신을 이 험준한 가야산 자락까지 인도한 것도… 다른 모든 기억들이 모두 사라진 것도…….

모두 저 노승이 말한 대로 자신이 세상을 구원하기로 운명지어 있기에 그렇게 흘러온 것이었다.

만해는 참선 중인 노승에게 천천히 다가갔다. 그리고 그 바로 옆에 자신 역시 가부좌를 틀고 참선에 들어가기 시작했다. 굳이 면벽수행이 아니라도 좋았다. 노승의 근본은 알 수 없지만 그와의 만남은 결코 우연이 아닐 것이다.

만해는 이 만남이 자신을 어떻게 인도할 것인가를 화두로 삼아 참선에 빠져들기 시작했다.

제2화

그들은 그렇게 만났다(하)

"킬킬킬! 여기 숨어 있으면 못 찾을 줄 알았더냐?"

멀리서 들려오는 소리에 만해는 참선에서 깨어났다. 어디선가 남자의 목소리가 들려온 것 같았다. 음침한 목소리였던 탓인지 으스스한 기운이 온몸을 감싸왔다.

만해는 고개를 돌려 옆에 앉아 있는 노승을 바라보았다. 아무 소리도 듣지 못했는지 노승은 계속해서 눈을 감고 있었다. 참선을 하고 있는 것인지 잠을 자고 있는 것인지 쉽게 분간이 되지 않았다.

'잘못 들었나?'

만해는 다시 눈을 감았다.

"호호호… 이제 다시 도망 못 가리!!"

이번엔 분명히 들었다. 여자의 목소리였다. 남들보다 발달한 오감(五感)을 가지고 있는 만해는 재빨리 자리에서 일어났다.

"우욱!"

감전이 되는 듯 다리가 저려왔다. 참선을 하는 데 있어 가장 힘든 것은 역시 다리에 쥐가 나는 것이다. 그 자리에 털썩 주저앉은 만해의 귀로 또다시 소리가 들려왔다.

"크아악!! 죽음을 대비하라!"

이번 것은 높게 째지는 것이 여자의 목소리 같기도 하고, 또 어떻게 보면 남자의 목소리 같기도 했다. 어찌 됐든 한 가지 확실한 것은 그 소리가 무척 음산하다는 것이었다.

음산한 목소리 탓에 팔에서 오돌토돌한 소름이 돋아나며 무엇인가 스멀스멀 올라오는 것 같았다. 그 소리를 듣는 것만으로도 유쾌했던 사람의 기분마저 착 가라앉힐 것 같은 소리였던 것이다. 그러나 노승은 이번에도 아무 소리도 듣지 못했는지 여전히 눈을 감고 있었다.

노승이 준 빨간 알약을 먹고 나서 자신도 귀신을 볼 수 있게 된 만해는 이번에도 역시 악귀가 나타난 것 아닌가 하는 불길한 예감이 들어 두려움에 몸을 떨었다.

더군다나 저번 싸움 때문에 피와 침으로 어지러워진 동굴 안은 아직 청소도 끝내지 못한 상태였다. 다시 어지럽힐 수는 없다고 생각한 만해는 그 소리의 주인공이 또 다른 악귀라면 반드시 밖으로 유인해 싸우게 해야겠다고 굳게 다짐했다.

만해는 참선에 빠져 있는 노승을 흔들었다.

"저기요. 저기요, 노승님."

뭐라고 호칭할까 고민하던 만해는 이름에다 '님' 자만 붙여 노승을 깨우기 시작했다.

참선에 잠겨 있던 노승의 입에서 벼락같은 호통이 터져 나왔다.

"네 이놈!! 노승님이 뭐냐? 노승님이!! 똑바로 부르지 못할까!"

난데없는 노승의 불만스런 호통에 만해는 잠시 생각에 잠겼다. 하긴 인터넷상으로 채팅 하는 것도 아니고 님 자를 붙인다는 것이 약간 우스꽝스러워 보였다.

'그럼 뭐가 좋을까?'

척 보기에도 아버지뻘이 될 법한 나이 차가 있는 것 같으니 마땅히 부를 만한 호칭이 생각나지 않았다. 그렇다고 아버님이라고 부를 수는 없는 법이었다.

"저기요… 아저씨!"

만해의 말에 노승은 눈을 번쩍 떴다. 이번 호칭도 마음에 들지 않는 듯했다. 하지만 호통칠 기운도 남아 있지 않은 듯 힘없이 입을 열었다.

"사부님……."

"옛?"

"이제부터 사.부.님! 이라고 부르도록 해라."

노승의 말에 만해는 다시 생각에 잠겼다.

아직 사제 간의 예도 갖추지 않은 데다가, 또 몇 년간 산중에서 혼자 지내온 만해에게 아직 '사부님'이란 무술 영화에나 나옴 직한 호칭이 익숙하진 않았다.

무엇보다 중요한 것은 만해의 상식으로는 뭘 배우고자 하는 사람이나 사부를 모시는 것이지 아무나 사제 관계를 맺는 것이 아닌 것으로 알고 있었다.

그런 낯선 호칭이었지만 만해는 이왕 이렇게 된 것 일단 그가 원하는 대로 불러주자라고 결심을 했다.

이리저리 궁리해 봤자 마땅한 호칭도 없었고, 악귀와 싸우는 노승의 실력을 익히 본 터라 존경하는 마음도 없잖아 있었다.

"사… 사부님."

"오냐! 왜 그러느냐?"

"무슨 소리가 들리지 않습니까?"

노승은 만해의 말을 듣고 어느새 다시 감았던 눈을 번쩍 떴다. 잠시 동안 귀를 기울인 노승은 아무 소리도 들리지 않자 만해에게 물었다.

"분명히 무슨 소리를 들었더냐?"

"똑똑히 들었습니다."

"뭐라고 하더냐?"

"킬킬킬… 뭐 이렇게 웃더니… 여기 숨었어? 하더니, 호호호… 또 이렇게 웃더니, 도망 못 가리! 하더니, 마지막으론 크아악… 이렇게 소리치더니, 너 이제 죽었다!! 뭐 대충 이런 식으로 말한 것 같습니다."

"음… 그런 무서운 말을… 혹시 그놈 목소리가 여자 같기도 하고 남자 같기도 하고 여하튼 무지하게 음산하지 않느냐?"

만해는 대답 대신 자신의 팔을 내 보였다.

"팔은 왜 들어 보이느냐?"

"닭! 살!"

"음… 엄청 음산한 모양이구나. 그걸 보니 내 누군지 짐작이 가는 자가 있다. 지독한 놈들, 이곳까지 추격해 오다니…….."

"누구죠? 아시는 분이에요?"

노승은 반짝반짝 빛나는 만해의 호기심 어린 눈동자를 내려다보았다. 뭐라 설명하기가 상당히 난처한 눈치였다.

"뭐… 그렇게 잘 알지는 못하고… 그냥 조금."

"들어오게 해도 될까요? 조금 있으면 도착할 것 같은데. 아참! 청소도 못했는데……."

"음… 잠깐만."

노승은 품에서 문방사우를 꺼내 하나씩 손질하기 시작했다. 본드의
양을 체크해 보고, 청테이프의 끈적임을 확인하고, 찰흙이 마르지 않았
나 다시 한 번 보고, 가위의 날을 날카롭게 갈았다. 신기한 듯이 보고
있던 만해에게 노승은 진지한 목소리로 말을 건넸다.

"퇴마행에 나선 초반부터 안됐지만 이제 자넨 엄청난 악귀를 보게
될 걸세. 하지만 그놈도 별수없는 악귀에 불과하니 너무 겁먹지 말도
록 하게. 일단 더러운 인상으로 먹고 들어가는 놈이니 겉모습에 지레
놀라지 않도록 하고."

"또 악귀요? 이번엔 어떤 놈이죠?"

만해의 질문에 노승은 아무 말 없이 시선을 돌려 동굴 천장을 바라
보다가 한숨을 쉬며 말했다.

"음… 널 만나기 전 나를 부상 입힌 놈이지! 그 탓에 네 동굴 앞에
쓰러지게 된 것이고."

"허억!! 전 빠지면 안 될까요?"

"어험!"

만해의 약한 모습을 본 노승은 더 이상 대화를 나누기 싫다는 듯 헛
기침을 한 뒤 눈을 감고 참선에 들어갔다. 결전을 앞두고 운기조식(運
氣調息)에 들어가는 것 같았다.

만해는 노승에게 속아 먹어버린 빨간 알약을 모조리 뱉어버리고 싶
었다.

지난번에 본 머리 깨진 여귀와 혀 빠져나온 남귀의 모습만 떠올려도
아직 속이 미식거리는데 그보다 인상이 더 더러운 놈들이라면 도대체

얼마나 끔직한 놈일까 하는 두려움에 면벽수행이고 뭐고 다 때려치고 하산하고 싶은 생각이 굴뚝같이 솟아올랐다. 게다가 노승에게 부상을 가한 놈이라면…….

"저……."

뭔가를 결심한 만해는 노승에게 조심스레 말을 건넸다. 그러나 노승은 아무 반응도 보이지 않았다. 만해는 개의치 않고 말을 하기 시작했다.

"저… 제가 보기에 제가 여기서 할 수 있는 일이 없는 것 같거든요."

그 말이 끝나기가 무섭게 노승의 눈이 번쩍 떠졌다. 잠시 아무 말도 안 하고 만해를 가만히 바라보더니 감정을 굉장히 자제하는 듯한 어투의 물음이 튀어나왔다.

"그래서?"

"저는 그냥 빠지면 안 될까요? 이 동굴은 그냥 아저씨… 아니, 사부님께서 쓰시고요."

"그래서어?"

"보증금이나 월세가 없으니까 수양 장소로는 최고거든요"

"그. 래. 서?"

"그. 래. 서. 전 빨간 알약 먹은 것 물리고 싶거든요…….."

"으음……."

노승은 고통에 가득 찬 신음을 한번 내뱉고는 아무 말 없이 눈을 감았다.

그. 래. 서.를 남발할 때는 엄청 화가 난 것 같았으나 의외로 더 이상 만해에게 아무것도 묻지 않았다. 만해도 그 점을 이상하게 생각했으나 악귀가 들이닥치기 전에 이곳을 빨리 빠져나가야 한다는 데 생각이 미치자 대충 짐을 꾸리기 시작했다.

'음, 챙길 것도 별로 없군. 속옷은 다 삭은 지 오래고, 옷도 단벌이고, 숟가락은 원래 없었으니……'

그러고 보니 꾸릴 짐이 하나도 없었다. 즉, 몸만 빠져나가면 되는 것이었다.

만해는 동굴 벽에 설치해 둔 거울로 가서 몸 여기저기를 비춰보았다.

오래된 탓인지 거울의 표면은 변형되어 주위 사물을 굴곡있게 보여주고 있었다. 그 때문에 거울 앞에 선 만해의 몸도 실제와 다르게 반영되어 단점은 감추어지고 장점만이 부각되어 보여지고 있었다.

"이 정도 패션이면 한패션 하는 셈이지."

산으로 들어올 때 지나는 스님에게서 얻어 입었던 낡은 승복을 불량 거울에 이리저리 비춰보던 만해는 만족스런 웃음을 지으며 동굴 밖으로 걸어나가기 시작했다. 새로운 거처를 찾아 막 나아가는 셈이었다.

그 순간,

만해는 마지막으로 뒤를 돌아보았다.

동굴 중앙에서는 근엄한 얼굴의 노승이 여전히 가부좌를 틀고 앉아 있었다. 만해는 그런 노승의 얼굴을 바라보았다. 주름이 가득한 얼굴에 까닭 모를 회한이 서려 있었다.

왠지 모르게 약해지려는 마음을 굳게 먹고 고개를 돌리려던 만해는 노승의 눈가에서 뭔가 반짝이는 것을 보았다. 그것은 노승의 주름진 얼굴을 따라 주르르 흘러내리고 있었다. 눈물이었다. 노승이 눈물을 흘리고 있었다.

"아… 아……"

만해는 자신도 모르게 마음이 흔들리는 것을 느꼈다.

노승을 혼자 두고 갈 수 없었다. 비록 자신의 힘이 아직 미약하다 할지라도 비겁하게 여기서 꽁무니를 뺄 순 없었다. 노승의 눈물까지 본 마당에 갈등이고 뭐고 할 것도 없었다. 만해는 노승을 향해 소리치며 달려갔다.

"사아부우니임!!"

그 순간 노승은 입을 벌려 다시 하품을 하고 있었다. 입을 한껏 벌리니 또다시 눈물샘이 자극되는 것을 느끼며 노승은 눈을 살짝 떴다. 그 사이로 자신에게 맹렬한 기세로 달려오는 만해를 보았다.

"아니, 저 녀석 아직 안 갔네. 잘됐다! 빨간 알약 값 물어달라고 해야지……"

눈물을 쏟으며 중얼거리는 노승의 품에 만해가 덥석 안겼다.

"사부니임… 흐흑… 울지 마세요! 제가 옆에 있을게요! 이 만해가 옆에 있을게요! 어엉!!"

노승은 영문도 모르고 자신의 품에 안겨 있는 만해의 등을 어루만질 뿐이었다.

두 사람의 가슴속에서 서로에 대한 신뢰와 믿음이 솟아나고 있었다. 이제 생사(生死)를 초월한 진정한 사제 관계가 맺어지는 순간이었다. 노승은 아직도 자신의 품에 달라붙어 울고 있는 만해를 부드럽게 어루만지며 다정한 목소리로 말을 건넸다.

"너… 아직도 안 씻었지?"

"…예?"

"저번에 그놈들 침으로 범벅하고 아직도 안 씻었냐고?"

만해는 눈물을 닦으며 고개를 끄덕였다.

노승은 눈을 감으며 중얼거렸다.

"난 앞으로 니가 더 무서울 것 같구나."

노승의 말이 끝나기가 무섭게 밖에서 음침한 소리가 들려왔다. 동굴 바로 밖에서 나는 소리였다. 두 사람이 뜨거운 정을 나누는 동안 음침한 목소리의 주인공들이 어느새 가까이 접근한 것이다.

"킬킬킬… 여기 숨어 있었군."

"호호호… 여기 있으면 못 찾을 줄 알았냐?"

그 말을 듣자 순간 노승의 얼굴이 굳어지더니 재빨리 자리에서 일어났다. 목소리로 보아 악귀는 최소한 두 명인 것 같았다. 음침한 목소리는 계속 이어졌다.

"크아악! 밖으로 나오거라. 안에서 뭔가 이상한 냄새가 나는구나! 끄윽… 왠지 속이 거북해지는걸."

"호호… 윽! 허억! 숨, 숨이 막히는구나! 지금 세균전 하는 거냐?"

그 말을 들은 노승은 만해를 자랑스럽게 바라보았다.

"역시 내가 헛본 것이 아니야! 악귀의 기를 초반부터 꺾어놓다니! 제자의 실력이 이 정도라면 내가 가만있을 수 없지!"

말을 마친 노승은 주먹을 불끈 쥐더니 번개같이 밖을 향해 뛰어나가기 시작했다.

맹렬한 기세였다. 달려가며 뒤를 돌아보더니 만해에게 소리를 질렀다.

"너는 구경만 하거라!"

퍽! 퍼벅! 퍽!

동굴 밖으로 노승이 나가자마자 고함 소리와 함께 싸우는 소리가 요란하게 들려왔다.

만해는 노승에 대한 믿음이 샘솟아 오르는 것을 느끼며 간식거리인 솔잎을 챙겨 동굴 밖으로 나갔다.

퍽! 퍼퍽!

동굴 밖에선 노승이 악귀에게 거꾸로 들린 채 두들겨 맞고 있었다.

노승의 말대로 흉측하게 생긴 악귀가 노승을 일방적으로 때리고 있었던 것이다.

주변을 둘러보았으나 만해의 예상과는 달리 악귀는 한 명이었다.

쾅! 쾅!

악귀가 노승의 목을 잡고 바위에 머리를 찧고 있었다.

솔잎을 입에 넣어 씹으며 만해는 노승을 패고 있는 악귀를 자세히 보았다. 만해도 작은 키가 아니었으나 악귀는 만해보다 머리가 최소한 네 개는 더 있을 정도로 장신이었다.

퍽! 퍽!

악귀가 땅바닥에 쓰러진 노승을 점프했다 내려오며 짓밟고 있었다.

커다란 키에 기다란 팔을 가지고 있는 악귀는 옷이라고 하기에도 민망할 정도의 헝겊 조각으로 상하의 중요 부위만 간신히 가린 패션을 선보이고 있었다.

놀라운 것은 바로 얼굴이었다. 반남반녀였던 것이다. 그것만 해도 끔찍한데 남자 쪽 얼굴은 살점이 불에 녹아내린 듯 심하게 부패해 있었고, 여자 쪽 얼굴은 다리미로 민 듯 납작해져 있었다. 본래 남자였는지 여자였는지조차 구분하기 힘든 정도였다. 악귀가 아니라 대괴물백과사전(大怪物百科辭典)에나 나오는 아수라 백작 같은 요괴(妖怪) 같았다.

"으윽! 너희들이 아직 살아 있었다니? 나를 어떻게 찾았냐? 윽!"

노승은 거꾸로 들려 두들겨 맞으면서도 할 말은 다 하고 있었다.

그 말을 듣자 요괴는 주먹과 다리에 힘을 불끈 쥐고 노승에게 사정 없이 내지르며 외쳤다.

퍽!

"킬킬킬, 그날 네가 우리들의 본거지를 습격했을 때……!"

퍼벅!

"호호호… 우리 가족만은 다행히 살 수 있었지!"

요괴는 남자와 여자의 목소리로 한 번씩 번갈아가며 말하고 있었다.

몸은 하나인데 목소리는 남녀 혼성 듀엣이었던 것이다. 그것 때문에 안에 있던 만해가 두 명으로 착각을 한 셈이었다.

퍼버벅!

"킬킬킬… 하지만 다른 동료들은 너무 처참히 나뒹굴었어!"

퍼버버벅!

"호호호, 네가 다리미로 공격한 덕분에 내 어여쁜 얼굴도 이렇게 납작해졌고."

퍼버버버벅!!

"킬킬킬… 내 얼굴엔 불똥이 튀는 바람에 이렇게 녹아내렸지!"

노승은 아무 반항도 하지 못하고 대사와 함께 계속되는 그 엄청난 공격을 다 맞더니 급기야는 정신을 잃고 요괴의 몸 위에서 축 늘어져 내렸다. 약한 모습이었다.

아직 부상에서 공력이 완전히 회복되지 못한 탓인 것 같았다.

솔잎을 먹으며 그 광경을 구경하고 있던 만해는 노승이 정신을 잃는 것을 보자 갑자기 두려움이 밀려왔다. 아나나 다를까, 요괴는 늘어진 노승을 어깨에 멘 채 만해 쪽을 노려보았다.

만해는 애써 다른 곳을 보는 척했다.

"크아아악! 넌 누구지?"

이번엔 남자와 여자 목소리가 짬뽕이 되어 들려왔다. 그 때문에 에코 기능을 작동시킨 것처럼 요괴의 목소리가 꼬리를 물고 산중에 울려 퍼졌다.

갑작스런 요괴의 물음에 만해는 뭐라고 대답해야 무사할 수 있을까 생각하며 순간적으로 머리를 굴렸다. 그리고 입을 열었다.

"악귀거든요."

"악귀?"

"예. 저 사람이 납치해 와서 나를 욕보이고… 흐윽!"

"킬킬킬. 아직 몸에서 요기가 흐르지 않는 걸 보니 인간 세상으로 초출(初出)인가 보군. 으윽! 이게 뭔 냄새야!"

요괴는 잡기도 힘들 정도로 뭉그러진 코를 부여잡고 만해를 보았다.

만해는 짐짓 모르는 척 고개를 갸우뚱거리며 답했다.

"글쎄요."

그러나 요괴는 만해의 몸에 코를 갖다 대고 킁킁거리며 냄새를 맡아 보더니 의심의 눈초리로 만해를 노려보았다.

"…자네?"

만해는 가슴이 덜컥 내려앉았다. 들킨 것이다. 요괴가 자신에게서 풍기는 인간의 냄새를 맡은 것 같았다. 이제 곧 공격이 시작되리라.

그러나 만해의 예상과는 달리 요괴는 오히려 뒤로 물러나며 말했다.

"자네… 자넨 냄새로 요기를 풍긴다는 바로 그 악귀로군. 후우… 썩는다!"

만해는 요괴가 모르게 안도의 한숨을 쉬었다. 귀찮아서 씻지 않은 것이 이렇게 목숨을 구하게 될 줄은 몰랐다.

"저 사람을 어떻게 할 거죠?"

"킬킬킬! 자네도 복수를 하고 싶겠지? 하지만 이놈은 우리의 본거지를 습격해서 무자비하게 다 쓸어버린 놈일세. 겨우 우리 가족만 합체해서 살아남았지."

"가족이라면……?"

"호호호… 흐흑… 보시다시피 저놈이 마지막으로 지르고 간 불길 덕분에 우리 세 명의 가족은 하나의 몸에 이렇게 붙어버렸지."

두 명도 아니고 세 명이라는 여자 요괴의 말이 이상했으나 만해는 더 이상 묻지 않았다. 무엇보다 노승을 저 요괴의 손아귀에서 구해야 하고, 그보다 더 중요한 일은 요괴로부터 자신의 생명을 보호하는 일이기 때문이었다.

"킬킬킬… 우리가 이제 이놈을 잡았으니 그만 가봐야겠다!"

"호호호… 우리가 이제 이놈을 잡았으니 그만 가봐야겠다!"

한 몸에서 남자와 여자가 각자 한 번씩 같은 말을 한 요괴는 몸을 돌려 떠나기 시작했다.

노승을 고깃덩어리처럼 어깨에 멘 채였다. 만해는 그 모습을 가만히 바라보았다.

두들겨 맞아 곤죽이 되어 정신을 잃고 있는 노승의 모습이 안쓰러워 보였다.

저대로 보낼 수 없었다. 하룻밤만 같이 지내도 만리장성을 쌓을 만한 정이 나누어지는 법인데 노승과 보낸 지난 며칠 밤들이 추억이 되어 만해의 머리 속에 떠올랐기 때문이다.

"잠깐만요!"

마음이 다급해진 만해는 요괴 앞으로 달려가 막아섰다.

"크아아악! 무슨 일이지?"

에코 기능이 작동하는 목소리로 요괴가 만해를 노려보았다.

가까이에서 보니 요괴의 모습은 더욱 흉측했다. 파르스레한 파충류 가죽 같은 피부에 구멍이 쏭쏭 뚫려 있었고, 그 안에는 고름까지 잔뜩 고여 있었다.

만해는 외면하고 그냥 보내고 싶었지만 그래도 명색이 자신의 사부인데 눈앞에서 잡혀가도록 둘 수는 없었다. 군사부일체라는 말도 있지 않던가. 약간 의심스런 면도 없잖아 있지만 부모도 없는, 아니, 정확히는 그 존재조차 기억하지 못하고 있는 만해에게는 이제 이 사부님이 전부였던 것이다.

하지만 아직 사부로부터 악귀를 물리치기 위한 아무런 비법도 전수받지 못한 상태였다. 요괴를 물리칠 방법이 없었다. 잠시 고민한 만해는 자신이 할 수 있는 일은 노승의 정신이 돌아올 때까지 시간을 끄는 방법밖에 없다는 것으로 결론을 내리고 요괴를 보았다.

"바쁘시지 않으면 동굴 안에서 따뜻한 차라도 한잔하고 가시죠?"

그 말을 듣자 요괴는 눈을 치켜뜨며 의심스러운 표정으로 만해의 아래위를 훑어보았다.

불길이라도 솟아날 듯한 눈길로 바라보자 만해는 혹시 자신의 정체가 들키지 않았을까 가슴이 쿵 내려앉았으나 최대한 태연한 척하고 있었다.

"킬킬킬… 됐네. 바빠서 그냥 가겠네."

남자 목소리가 말을 하자 순간적으로 만해는 들키지 않았다는 기쁨과 동시에 시간을 끌 수 없다는 절망감에 빠졌다. 하지만 아직 포기하기엔 일렀다. 여자 목소리가 말을 한 것이다.

"호호호, 난 먹고 싶은데……."

"킬킬킬, 그거 먹을 시간이 어디 있어? 저놈을 빨리 데려가야지."

"호호호, 내 입 가지고 내가 먹겠다는데 당신이 왜 반대야?"

"킬킬킬! 이건 내 입이기도 하다고!"

"그래에? 호호호호호호호호호!!"

"……."

한 몸을 가지고 열심히 부부 싸움을 하던 요괴는 갑자기 여자 목소리 쪽에서 소리 높여 간드러진 웃음을 터뜨리자 조용해졌다.

남자 쪽의 흉측한 얼굴이 겁에 질린 듯 상기되었다. 그 한쪽 얼굴에서만 땀방울이 솟아나고 있었다. 이어 남자 목소리가 재빨리 만해에게 말했다.

"뭐 하나? 빨리 가져오지 않고!"

엄청난 공처가 같았다.

"호호호, 카푸치노 있나?"

"저… 다방 커피밖에 없는데……."

"호호호, 우리 가족은 카푸치노를 가장 좋아하는데… 할 수 없군! 그거라도 한 잔 먹고 가지."

만해를 따라 동굴 안으로 들어온 요괴는 갑자기 그 자리에 우뚝 멈춰 섰다.

잠시 고개를 돌려 동굴 안을 이리저리 살피더니 의심스러운 얼굴로 만해를 돌아보며 말했다.

"크아악! 동굴 안에 널려 있는 살점하고 핏자국은 뭐지?"

진작에 청소할걸… 하고 만해는 생각했으나 방법이 없었다. 위기를 기회로 만드는 수밖에.

"흑… 저의 동료들이 이곳에서 무참하게 당했어요. 흐윽… 혓바닥이 잘리고, 눈알이 빠지고, 머리통이 부서지고… 흑! 저기 혓바닥 살점 좀 보세요."

"크아악! 이런 잔인한 놈 같으니… 여기에서도 일을 벌이다니!"

요괴는 분개하며 말을 하다 만해를 보며 물었다.

"그런데 자넨 어떻게 무사할 수 있었지?"

"흐윽… 차라리 죽는 게 더 나을 뻔했어요. 나를 성적 노리개감으로… 흐윽!"

그 말을 들은 요괴는 만해의 몸을 아래위로 훑어보더니 중얼거렸다.

"킬킬킬… 이놈 취향도 요상하군. 비위도 좋은 놈이야. 자네를… 크크크."

왠지 자신을 비하하는 것 같아 만해는 살짝 기분이 상했지만 계속해서 연기를 해나갔다.

"흐흑… 너무 무서웠어요!"

"호호호, 그러고 보니 악귀치곤 꽤 귀엽게 생겼군."

요괴는 만해에게 다가와 까까머리를 쓰다듬었다. 물론 여자 얼굴이 있는 쪽 손이었다.

만해는 자신의 피부에 닿는 축축하고 징그러운 느낌에 소름이 쫙 끼쳐 왔으나 달리 벗어날 수 있는 방법이 없었다. 단지 너무 쉽게 무너진 노승이 원망스러울 뿐이었다.

그때 만해의 머리를 만지던 손을 낚아채는 손길이 있었다.

남자 쪽 요괴의 손이었다. 만해는 그 틈을 이용해 요괴의 손아귀에서 재빨리 빠져나왔다. 이어 화가 잔뜩 난 남자의 목소리가 들렸다.

"크아악!! 당신 뭐 하는 거요?"

"호호호, 질투하는군."

"크아악! 뻔히 남편이 보고 있는데 외간 남귀에게 손을 대다니!"

"호호호… 좋아좋아. 당신 애정 한번 확인한 거야."

"크아악! 확인이라니… 사랑은 확인하는 게 아니야!!"

"호호호… 우웅… 삐쳤어? 여보! 케이, 아이, 에수, 에수."

"크크크크. 여기서?"

"호호호… 여기가 어때서?"

"킬킬킬! 부끄럽게… 우웅."

잠시 싸우던 요괴는 이내 연인 모드로 돌입했다. 메고 있던 노승의 몸을 저편에 던져 놓았다. 노승은 여전히 정신을 차리지 못하고 있었다.

만해는 그들의 모습을 보지 않으려 했지만 한 몸에 반반씩 붙어 있는 그들은 어떻게 키스를 할까 궁금한 것은 참을 수 없었다. 살짝 고개를 돌려 그 모습을 훔쳐본 만해는 이내 인상을 찌푸렸다. 윗입술과 아래 입술을 붙인 채 얼굴 인상을 있는 대로 구겨 입술을 골고루 돌리며 나름대로 열심히 키스하고 있었던 것이다. 키스라고 말하기도 민망스런 자태였다. 하긴 그 방법 외에 다른 방법은 없어 보였다.

못 볼 것을 본 기분으로 만해는 고개를 돌려 커피 탈 물을 끓이기 시작했다.

그러면서 서로의 애정을 확인하고 있는 요괴 옆쪽에 쓰러져 있는 노승을 슬쩍 보았다. 일방적으로 워낙 많이 맞아 얼굴과 온몸에 피로 떡칠이 되어 퉁퉁 부어 있는 노승은 아직 깨어날 기미조차 보이지 않았다.

"헉! 헉! 킬킬킬! 우리가 이럴 때가 아니지."

"허억헉! 호호. 무슨 일이에요?"

"킬킬킬… 작업해 놓아야지."

한참 키스를 하던 남자 쪽 요괴가 갑자기 노승의 몸으로 손을 뻗치기 시작했다.

깜짝 놀란 만해는 자신도 모르게 외쳤다.

"아니, 지금 뭐 하시는 거예요?"

요괴는 노승의 몸으로 향하던 손을 멈춘 채 만해를 쳐다보았다.

"크아악! 깜짝이야! 왜 그래? 이놈이 만에 하나 깨어날까 봐 미리 손을 쓰는 거야!"

"손을 쓴다는 뜻은……?"

"킬킬킬… 자네 진짜 초보군. 요괴 수칙 십계명도 모르나?"

"저… 까먹었는데요."

"호호호, 인질로 잡은 자가 고수일 경우엔 심장을 꺼내놓는다."

"맞다! 맞아!"

박수까지 치며 맞장구쳤지만 만해는 가슴이 서늘해지는 것을 느꼈다. 심장이 일단 꺼내진다면 노승은 죽게 되는 것이다. 죽고 사는 것은 정말 한순간이었다.

만해는 작업을 시작하려고 준비 중인 요괴에게 다가갔다.

"부탁이 있는데요."

"호호호… 뭐야? 차나 얼른 가져오지."

여자 쪽 요괴가 노승의 머리를 다정스레 어루만지며 말했다.

"저, 그게… 제가 이놈에게 능욕당한 만큼 돌려주고 싶습니다."

"호호호… 그 심정 충분히 이해가 되네. 나도 타고난 미모로 인해

뭇 남자 요괴들로부터 방어하느라 고생을 많이 했었지. 어떻게 하고 싶은가?'

'미모?'

만해는 요괴의 얼굴을 애써 외면하며 답했다.

"심장을 제가 빼겠습니다."

"크아악! 뭐야? 그 재미난 것을 자네가 한다고?"

"부탁입니다!!"

만해의 간절 어린 눈빛에 요괴는 눈을 감고 고민하다가 한쪽 눈을 번쩍 떴다. 납작한 여자 쪽 눈이었다. 그리고 지금까지와는 조금 다른 날카로운 여자의 음성이 동굴 안을 메아리쳤다.

"호호호… 그러게. 능욕당하는 심정은 여자인 내가 아니까."

"고맙습니다."

만해는 요괴의 시선을 뒤로한 채 쓰러져 있는 노승에게 다가갔다.

"으으으……"

아주 자그마하게 노승의 신음 소리가 만해의 귀에 들려왔다. 다행이었다. 의식이 조금씩 돌아오고 있는 것 같았다. 만해는 요괴가 눈치 못 채도록 재빨리 노승의 입을 막으며 품을 뒤졌다.

'문방사우가 여기 어디 있을 텐데……'

좀 전까지 노승이 한껏 갈고닦아 놓고 써먹지도 못한 무기였으나, 이제 믿을 수 있는 건 그것밖에 없었다.

"으흥… 으흐흥흥……"

만해가 노승의 품을 더듬자 노승의 입에서 요상한 소리가 흘러나왔다. 기분이 좋은 눈치였다. 만해는 악귀와 만날 때와 다른 차원의 소름이 돋는 것을 느끼며 노승의 입을 다시 틀어막았다.

'도대체 어디 있는 거야?'

그렇게 긴 시간이 흘러간 것이 아니었으나 만해는 초조해지기 시작했다. 더군다나 뒤쪽에서는 요괴가 자신의 행동을 주시하고 있을 것이다.

"크아악! 뭐 하는 거야! 저놈도 만지는 거 즐기는 거 아냐?"

"호호호. 작업이 처음이라서 떨리나 보네?"

저벅저벅!

수상하게 여긴 요괴가 말을 하며 걸어오기 시작했다. 순간 만해의 손에 가운데가 빈 동그란 물체가 잡혔다. 만해는 그것이 청테이프라는 것을 직감적으로 눈치 챘다.

저벅저벅!

요괴가 점점 가까이 다가오고 있었다.

이제 곧 만해가 노승의 심장에 손도 안 댔다는 것을 알게 될 것이다.

저벅저벅!

만해는 한 손으로 청테이프를 꽉 움켜쥐었다.

노승이 드디어 깨어나려는지 몸이 조금씩 움직이고 있었다.

저벅저벅!

바로 뒤에까지 다가왔다. 긴장한 만해의 심장이 터져 나갈 것 같았다.

저버억.

이때였다!

"이야앗!"

찌이이익~

만해는 한 손으로 청테이프를 펼치며 허공으로 날아올랐다. 비록 점 프력이 없어 높이 뜨지는 못했지만 만해의 손이 요괴의 머리에 도달하기엔 충분했다.

턱!

만해는 요괴의 뒤통수에 청테이프를 떡하니 붙이며 얼굴 앞쪽으로 번개같이 돌리기 시작했다.

"크아아악!"

뜻밖의 공격에 놀랐는지 순간적으로 아무것도 못하고 요괴는 비명만 질러댔다.

만해는 재빠른 손놀림으로 청테이프를 순식간에 펼치며 요괴의 얼굴을 둘둘 말아 휘감았다. 접착력이 대단한 청테이프는 요괴의 얼굴을 친친 감아내려 급기야 입까지 막았다.

괴성을 지르던 요괴는 입이 막히자 숨조차 제대로 쉬지 못하고 팔을 마구 휘젓기 시작했다. 잡힐 듯 안 잡힐 듯 만해는 놈의 손을 피해 청테이프를 돌려댔다. 요괴의 얼굴이 청색의 물결로 뒤덮였다.

"이야앗!!"

요괴의 얼굴 전체에 촘촘히 청테이프를 감은 만해는 손을 멈춘 뒤 놈을 뒤로 밀어붙였다. 요괴는 동굴 벽까지 뒷걸음질치며 밀려 나가다가 벽에 부딪쳐 그 자리에 쓰러졌다.

'이제 어떻게 해야 하지?'

만해는 순간 고민에 빠졌다. 악귀를 퇴치하기 위한 방법들 중에 아직 노승에게 전수받은 것이 아무것도 없었던 것이다.

"으으으……"

때마침 노승이 깨어나는 소리가 들렸다. 동시에 한쪽에서는 요괴가

일어나 두 손을 마구 휘두르며 동굴 안을 미친 듯이 돌아다니기 시작
했다.

만해는 요괴를 경계하며 노승의 몸을 일으켜 세웠다.

"정신 차리세요!"

만해가 흔들어 깨웠다. 잠시 신음 소리를 내던 노승은 몸이 심하게
흔들리자 눈을 번쩍 떴다.

"으윽! 흔들지 마라, 아프다."

만해는 의식이 돌아온 노승을 보자 눈물이 나올 정도로 반가웠으나
지금 한가하게 그런 기쁨을 나눌 시간이 없었다. 만해는 뒤를 돌아보
았다. 요괴가 청테이프를 두 손으로 마구 뜯어내고 있었다. 뛰어난 접
착력 탓에 쉽게 떨어지진 않겠지만 저대로 두면 요괴는 얼마 지나지
않아 자유로운 상태가 될 것이다.

"사부님! 이제 어떻게 해치우죠?"

노승은 부스스한 얼굴로 만해의 등 뒤를 보더니 두 눈이 커지며 소
리쳤다.

"아니, 알려주지도 않았는데 청테이프의 쓰임새를 응용해 저런 공격
을 하다니… 음… 역시 선택된 자가 틀림없어!"

노승은 만해를 보며 감탄하고 있었지만 만해는 노승이 한가로이 중
얼거리는 것을 듣고 있을 여유가 없었다.

"그게 문제가 아니라 지금 빨리 해치워야죠!"

"차라!!"

"옛?"

"차라구!!"

"차라니요?"

"저놈은 엄청난 힘을 가진 악귀다. 그래서 내가 이리 당하고 말았지!"

"그런데 어디를 칩니까?"

"배때기를 후려차라! 저놈은 거기가 급소다!"

만해가 노승의 말을 듣고 요괴를 향해 몸을 돌리는 순간 요괴는 청 테이프를 거의 다 풀어헤치고 포효를 시작했다.

"크아아악! 우리를 속이다니!! 너희들을 다 죽여 뼈다귀까지 아작아 작 씹어버리겠다! 특히 냄새나는 대머리! 너는 갈기갈기 찢어서 한 조 각도 남겨놓지 않겠다!"

"이야앗!!"

놈이 무시무시한 대사를 하고 있는 사이 만해가 공중으로 뛰어올라 이단 옆차기 자세로 몸을 날리며 요괴의 배를 향해 날아갔다. 만해 역 시 스님 지망생이기 앞서 대한민국에서 나고 자란 건장한 청년이기에 기본적인 태권도는 알고 있었다.

픽! 쿠당탕!!

만해는 놈이 가볍게 휘두른 팔에 맞아 동굴 벽으로 날아가 강하게 부딪치고 말았다. 역시 아는 것과 실제로 행하는 것의 차이는 컸다.

"허어억!"

만해는 입으로 피를 토하며 요괴를 보았다. 요괴는 이제 막 깨어난 노승에게로 다가가기 시작했다. 능력이 뛰어난 노승부터 제압할 생각 인 것 같았다. 노승은 몸을 일으키려 했으나 아직 기운이 채 돌아오지 않아서인지 행동이 매우 굼떠 보였다.

'안 돼!!'

만해는 마음속으로 절규했다.

요괴가 노승에게 다다르면 노승의 목숨은 그 자리에서 사라질 것이다.

만해는 오른손으로 아직 쥐고 있는 청테이프를 바라보았다. 이제 믿을 수 있는 건 이것밖에 없었다.

찌이이이익~

만해는 청테이프를 풀어헤치며 자리에서 일어났다. 온몸이 화끈거렸지만 참을 만했다. 맷집 하나로 살아온 세월이었다. 이 정도로 약해질 수는 없었다.

"크아아악! 죽어랏!"

괴성과 함께 요괴가 노승의 머리를 향해 커다란 주먹을 막 내려치고 있었다.

"안 돼!!"

만해는 뜯어낸 청테이프를 양손에 쥔 채 정확하게 놈의 뒤통수를 향해 다시 몸을 날렸다. 청테이프를 무사히 붙이기만 하면……

퍼벅!

순간 만해의 공격을 눈치 챈 요괴는 노승에게로 향하던 주먹을 돌려 자신에게 점프해 오는 만해에게 날렸다.

"으아악!"

아구창에 정확하게 놈의 주먹을 맞은 만해는 아까 그 벽으로 날아가 다시 부딪쳤다. 쓰러져 있는 만해에게 요괴는 서서히 다가오며 입을 열었다.

"크아악! 너는 우릴 속였으니 서서히 고통을 주며 죽이려고 했는데… 먼저 죽는 것이 소원이라면 그렇게 해주지!!"

"호호호! 여보! 한 놈이라도 먼저 확실히 죽이는 게 어때요?"

"킬킬킬! 어차피 죽일 놈들, 어쩌든지 상관있나! 이놈들을 통째로 갈아먹어야지!"

성큼성큼 다가오는 요괴의 무시무시한 발걸음에 만해는 눈을 감았다. 이제는 정말 끝일지도 몰랐다. 첫사랑이었던 그녀가 생각났다. 아니, 그녀밖에 생각날 것이 없었다. 죽음을 앞두니 더욱 보고 싶어지는 것이리라…….

만해는 거친 숨을 몰아쉬며 쓰러져 있던 몸을 일으켜 벽에 기대어 앉았다.

그 동작을 하는 데도 힘이 들었다.

거대한 그림자가 만해의 몸을 덮어왔다. 동굴 벽에 기대어 앉아 만해는 요괴를 올려다보았다. 자신을 향해 두 팔을 들어 올린 요괴의 모습이 보였다. 모든 것을 포기하고 눈을 내리깔던 만해의 시선에 요괴의 배가 보였다. 적당히 나온 배 사이로 작은 구멍이 있었다. 배꼽인가? 그러나 인간의 배꼽과는 어딘지 달라 보였다.

그게 무엇인지는 알 수 없었으나 순간적으로 노승이 한 말이 만해의 뇌리에 스쳐 지나갔다.

"배때기를 후려차!!"

그렇다면 저기가 급소라는 말인가? 그러나 더 생각할 시간이 없었다.

만해는 마지막 힘을 짜내 두 팔을 뻗어 땅을 짚은 뒤 사력을 다해 오른발을 들어 올렸다. 그리고 자신에게 양 주먹을 내려치는 요괴의 모습을 보며 배의 구멍을 향해 발을 강하게 뻗었다.

퍽!

둔탁한 소리가 귓가에 들리는 것을 느끼며 만해는 눈을 질끈 감았지만, 자신의 몸에서는 아무 아픔도 느껴지지 않았다. 잠시 침묵이 흘렀다.

"엉! 엉! 엉!"

정적을 깨고 어디선가 아이의 울음소리가 들려오고 있었다. 만해는 눈을 살며시 떴다. 요괴는 쓰러지지 않고 입을 벌린 채 만해를 보고 있었다. 조금의 미동도 없는 것이 마치 굳어 있는 석고상 같았다.

"엉! 엉! 엉!"

계속해서 들려오는 아이의 울음소리에 만해는 주위를 두리번거렸다. 그러나 아이의 모습은 어디에도 보이지 않았다. 자신의 아주 가까운 데서 그 소리가 들린다는 것을 뒤늦게 깨달은 만해는 바로 앞에 돌처럼 굳은 채 서 있는 요괴를 바라보았다. 울음소리는 바로 요괴의 배에서 나고 있었다. 조그만 구멍이 있는 곳에 만해의 발자국이 선명하게 나 있었다. 울음의 진원지는 바로 그 구멍이었다.

"엉! 엉! 엉!"

울음소리가 더 커지고 있었다. 울음소리가 커짐에 따라 그 구멍도 조금씩 넓어지고 있었다. 요괴의 배가 서서히 벌어지고 있었던 것이다. 그때까지도 요괴는 넋이 나간 듯 아무 반응도 없이 그대로 서 있었다.

"위, 위험해! 빨리 그곳에서 피해!"

노승이 만해에게 소리 질렀다. 뜻밖의 일에 만해는 멍하니 고개를 들어 노승을 본 뒤 다시 요괴의 배를 보았다. 이젠 아예 놈의 뱃가죽이 뒤로 젖혀지며 몸 전체에 커다란 구멍이 생겨나고 있었다. 그리고 그 안에서는 무엇인가가 꿈틀거리며 밖으로 나오고 있었다.

"아! 아!"

만해는 그곳에서 나오기 시작하는 것을 보자 자신도 모르게 신음 소리를 내뱉었다.

그곳에서는 아이의 머리가 나오고 있었다. 조그만 꼬마 아이였다. 순간적으로 튀어나온 머리에 이어 몸뚱어리가 나오기 시작했다. 다음은 다리가 나올 차례였으나 꼬마는 배 안에서 몸을 일으켜 세워 그대로 선 채 만해를 노려보았다.

요괴는 그 자리에 서 있고 그 갈라진 배에서 꼬마의 몸뚱이가 반 정도 나와 요괴와 같이 일자로 서 있는 장면은 제정신으로 보기엔 너무나도 공포스러운 장면이었다.

어기적 어기적.

잠시 그렇게 서서 만해를 노려보던 꼬마는 요괴의 배를 밟아 제끼며 드디어 밖으로 나왔다. 마치 탈색한 백사처럼 하얀 피부를 지니고 있었다. 몸 전체에서는 끈적끈적한 액체가 마구 흘러내리고 있었다. 요괴는 자신의 배 안에서 꼬마가 다 나올 때까지 조금의 미동도 없이 서 있었다. 만해는 꼬마에게서 시선을 돌려 요괴를 바라보았다. 만해의 눈이 순간 공포로 물들었다.

"아아악!"

만해는 바로 앞에 있는 요괴의 한껏 벌어진 배 안을 보며 비명을 질렀다.

"눈을 감아!"

노승이 소리쳤으나 일단 그것을 보게 되자 만해는 자신의 의지대로 눈을 감을 수가 없었다.

요괴의 갈라진 배 안엔 블랙홀 같은 끝없는 어둠이 있었다. 하지만 그 안에선 무엇인가가 끊임없이 움직이고 있었다. 아, 그것들은 사람들이었다. 지옥 불에 고통받는 인간들이었다! 댕강댕강 목이 계속해서 잘려 나가는 사람이 있는가 하면 불에 타 오그라지는 사람도 있었다. 보글보글 끓는 물속에서 고통받는 사람도 보였다. 요괴는 자신의 배 안에 바로 지옥도(地獄圖)를 품고 다니고 있었던 것이다.

만해의 눈이 경악과 공포로 물들어갔다. 세상이 핑핑 돌고 있는 것 같았다. 구역질이 나며 숨이 막혀오는 것 같았다.

퍽!

순간 머리에 무엇인가를 얻어맞아 만해는 간신히 정신을 차렸다. 옆에 커다란 돌멩이가 떨어져 도르르 구르고 있었다. 노승이 만해에게 던진 것이었다.

"정신 차리고 이리 와!"

노승이 만해에게 손짓을 해 불렀다.

만해는 머리에서 피를 철철 흘리며 엉금엉금 기어서 노승이 있는 곳으로 갔다.

엄청난 충격에 고개를 흔들며 간신히 버티고 있는 만해를 노승이 힘겹게 붙잡아 일으켜 앉혔다. 그리고 요괴 있는 곳을 가리켰다.

고개를 돌린 만해의 눈에 꼬마의 머리에다가 두 손을 대고 무엇인가를 중얼거리는 요괴의 모습이 보였다. 요괴의 모습은 점점 더 흉측하게 변하고 있었다. 서서히 요괴의 주변에 검은 안개가 모이기 시작했다. 그에 따라 꼬마의 새하얗던 몸이 조금씩 붉어지기 시작하고 있었다.

"으으… 다, 당장 중단시켜야 해! 자… 자신들이 지닌 어둠의 기운을 자식에게 모두 쏟아 붓고 있어! 으… 내게 힘을……."

노승이 중얼거리며 비틀비틀 일어났다. 떨리는 손으로 품 안에서 문방사우 중의 하나인 찰흙을 꺼냈다.

찰흙을 커다랗게 뭉친 노승은 기합 소리와 함께 그것을 요괴를 향해 던졌다.

"이얍!"

하지만 찰흙은 검은 안개 속에 다다르기가 무섭게 힘없이 떨어져 내리더니 모두 흩어져 가루가 되고 말았다.

부상 때문에 노승의 공력(功力)이 부족한 탓이었다.

"크아아악! 우리는 이미 늦었다. 우리의 힘을 모두 줄 테니 세상을 악으로 물들이고 힘을 길러 우리의 복수를 해다오!!"

요괴는 꼬마의 몸에 자신들이 가진 것들을 모두 쏟아 부으며 소리치고 있었다.

꼬마는 붉게 변해가는 눈을 반짝이며 고개를 끄덕이고 있었다.

이윽고 꼬마의 몸에서 요괴는 손을 떼었다. 새하얗던 꼬마의 몸 색깔이 심하게 붉어져 있었다.

반면 요괴는 몸 전체를 심하게 떨고 있었다. 흉측하고 거대했던 요괴의 몸이 풍선에 바람이 빠진 것처럼 줄어들어 있었다. 자신들의 힘을 모두 아이에게 쏟아 부은 탓이었다.

"크… 크… 크아아악!"

갑자기 요괴가 힘없이 소리를 지르더니 두 사람을 쳐다보았다.

"키… 킬… 킬… 킬… 우, 우, 우린 이렇게 사라지지만… 이, 이제 우리의 아이가 세상을 물들일 것… 이다……. 아… 아직 힘은 미약하나 머… 머지않아 끊임없이 여… 연마하여 세상을 악으로 뒤덮을 것… 이다……."

무서운 눈길로 음침한 말을 두 사람에게 내뱉은 요괴는 고개를 돌려 꼬마를 바라보았다. 어느덧 사랑스런 눈길로 바뀌어 있었다.

"그… 그렇지… 아… 아가?"

꼬마는 고개를 끄덕였다. 요괴는 만족스런 미소를 지은 채 몸에 남아 있는 마지막 힘을 끌어올렸다. 그리고 팔을 앞으로 뻗었다.

"크아아악! 가거라, 어둠의 자식이여!"

커다랗게 외치며 요괴는 꼬마의 등을 힘차게 떠밀었다.

퍽!

꼬마가 그대로 동굴 바닥에 얼굴을 박았다.

너무 세게 민 탓이었다.

"이, 이런 실수를……!"

요괴는 당황하며 꼬마를 일으켜 세웠다. 코에서는 붉은 피가 줄줄 흐르고 있었다. 붉은 피가 붉은 피부 위를 흐르는 모습은 참으로 경이로운 광경이었다. 그러나 어둠의 자식답게 꼬마는 울지 않았다.

"크아아악! 가거라, 악의 화신이여!"

요괴가 다시 꼬마의 등을 매우 살살 떠밀었다.

그러나 요괴의 손이 닿기 전 꼬마가 알아서 뛰기 시작했다. 또 얼굴을 박기는 싫은 것 같았다. 악의 화신인 꼬마는 열심히 동굴 밖으로 달려나갔다.

엄청난 속도였다. 코에서 흐르는 피가 바람에 날려 공중으로 흩어졌다.

"안 돼!!"

만해가 소리쳤다.

"크… 크아악! 이, 이미 늦었다. 이제 저, 저 아이가 세상을 혼란시

켜 인간과 저승의 경계는 허물어질… 것이다! 으하하하!!'

요괴는 통쾌하게 웃음을 터뜨렸다.

요괴의 말을 들었는지 말았는지 만해는 다시 소리쳤다.

"안 돼!! 밖은 절벽이야!!"

만해의 외침이 채 끝나기도 전에 밖에서는 꼬마의 비명이 들려왔다.

"으아아아아아아아아아아아아아아아─!"

만해는 눈을 감았다. 채 피지도 못한 어린 생명이 사라진 것이다.

자식에 대한 부모의 지나친 기대는 화(禍)를 부르는 법이다.

"우우우~ 그럴 리가 없어……."

요괴는 혼란스러운지 남자와 여자의 목소리를 번갈아 내며 고개를 흔들고 있었다.

너덜너덜한 뱃가죽이 심하게 떨리고 있었다. 더불어 요괴의 모습이 조금씩 변하기 시작했다.

"이대로 소멸할 수 없어. 이대로……."

요괴는 입으로 뭔가를 중얼거리며 노승과 만해를 돌아보았다. 붉은 안광이 번뜩였다.

"너희들 때문이야!"

시뻘건 눈에서 갑자기 불길이 치솟아올랐다. 요괴는 노승과 만해를 향해 발을 옮기기 시작했다.

어느새 전신으로 옮겨 붙은 불길을 그대로 몸으로 안은 채 가까이 오는 요괴를 보며 노승은 만해에게 외쳤다.

"으… 크… 큰일이다! 놈이 동귀어진(同歸於盡)하려는 모양이다… 으윽!!"

노승은 기력이 다한 듯 다시 정신을 잃었다.

"아니, 하필 이 중요한 순간에? 일어나요!"

만해는 정신을 잃은 노승을 흔들며 소리쳤다.

그러나 노승은 그저 흔들리기만 할 뿐, 깨어날 기색은 전혀 보이지 않았다.

"다… 이 모든 게 다… 너희 때문이야……."

요괴는 자신의 분노를 몸으로 그대로 표현하며 음침한 목소리로 중얼거렸다.

당황하며 노승을 깨우려던 만해는 다가오는 요괴를 보며 노승을 부축해 일어나려 했다. 그러나 너무 늦었다.

불길에 휩싸인 몸을 이끌고 이미 요괴는 그들 바로 앞에 와 있었던 것이다.

뜨거움이 확 느껴졌다.

'이대로 가는구나…….'

요괴의 불타오르는 손이 공중으로 치켜 올라가는 것을 보며 만해는 눈을 질끈 감았다.

그때였다. 동굴 밖에서 희미하게 노랫소리가 들려왔다.

"사커! 사커! 사커! 오예오예오예오예오예~ 대!한!민!국! 짝짝! 짝! 짝짝!"

어린아이가 부르는 노랫소리였다.

요괴는 고개를 돌려 동굴 밖을 바라보았다. 불타오르는 얼굴에 희미한 미소가 떠오르고 있었다.

"저, 저것은……?"

요괴는 뭐에 홀린 듯 갑자기 몸을 돌려 동굴 입구를 향해 나아가기 시작했다. 불길이 최고조로 달하고 있었다.

"크… 크하하하하… 주… 죽지 않았어! 우리… 붉은 악마가 죽지 않았어… 크하하하!"

펑!

호탕한 웃음을 터뜨리며 밖으로 걸어나가던 요괴는 그나마 남아 있던 기운이 빠져나갔는지 엄청난 소리와 함께 몸이 산산조각났다.

팟! 팟!

동굴 여기저기에 요괴의 살점이 붙기 시작했다.

만해의 몸에도 붉은 피와 살점이 덕지덕지 붙었다. 그러나 그게 문제가 아니었다.

"요괴를 해치웠다!"

얼굴을 피와 살점으로 범벅을 한 채 만해가 힘차게 소리를 질렀다.

"정말이냐?"

만해의 외침을 듣자 정신을 잃고 누워 있던 노승은 재빨리 몸을 일으켜 주위를 살폈다. 과연 요괴가 보이지 않았다.

"정말이군! 역시 내 눈이 정확해… 세상을 구원할 인물이……."

뭔가를 중얼거리며 만해를 경이로운 시선으로 보던 노승은 갑자기 말을 멈추고 만해를 바라보았다. 잠시 바라보고만 있던 노승은 인상을 찌푸리면서 만해에게 물었다.

"근데 너, 얼굴에 그게 뭐냐?"

만해는 손으로 얼굴을 만져 보았다. 끈끈한 살점과 미끌한 피가 만져졌다.

"아! 별거 아니에요. 굳으면 괜찮아요. 굳으면 잘 떨어지거든요."

만해의 대답에 노승의 얼굴이 굳어졌다.

아, 이놈이 정말 세상을 구원할 놈인가… 헷갈렸다.

그렇다고 엄하게 다룰 순 없었다. 반항심에 아까처럼 가출이라도 시도하면 골치 아파지기 때문이다. 노승은 만면에 미소를 띠며 말했다.

"굳을 때까지 기다리지 말고 이번엔 꼭 씻어라!"

"예. 그나저나 저 요괴는 뭐였죠?"

만해의 질문에 노승은 진지한 표정으로 돌변하더니 가부좌를 틀어 제대로 앉았다.

"음… 좋은 질문이다. 방금 소멸한 놈은 현재 우리가 살고 있는 이쪽이 아닌 이세계(異世界)라 불리는 다른 차원의 세계에서 나름대로 힘이 있는 놈이었다. 맘만 먹는다면 언제든지 힘없는 인간들을 쉽사리 해칠 수 있는 능력을 지닌 놈이지."

"그런 세계가 있었나요? 근데 왜 우리는 모르죠?"

만해의 질문에 노승은 기특하게 바라보았다.

"그래, 좋은 태도이다. 배우는 제자로서 모르는 것은 언제든 질문하는 습관을 기르는 것이 좋지."

노승은 만족스러운 얼굴을 하고 말을 이었다.

"우리 인간들이 모두 모르는 것이 아니라 일부의 인간들은 다른 차원이 존재한다는 사실을 알고 있지. 너도 얼마 전까지 악귀의 존재를 몰랐지 않았냐?"

"그렇죠… 그 빨간 알약을 먹는 바람에… 사실은 안 먹고 싶었는데……."

"험! 그거 비싼 거다."

노승은 만해의 불만을 일축했다.

"아무튼 엄연히 다른 차원은 존재하고 또 그 비밀을 알고 있는 인간들도 상당수 존재하지. 귀신의 존재는 일반 인간들에게까지 널리

퍼져 있지? 귀신, 즉 영(靈)은 예로부터 너무 인간과 접촉이 잦기 때문에 잘 알려져 있을 수밖에 없지. 심지어 어떤 귀신은 심심풀이로 공포영화나 뮤직 비디오 등에 직접 출연을 한다는 소문도 있지. 하지만 이세계에는 영(靈)적인 존재들 말고도 다른 차원의 요물이나 요괴들이 많이 존재하지. 그러니 눈에 보이는 것만 믿으면 안 돼. 누군가의 말대로 진실은 저 너머에 있기 때문이지."

들으면 들을수록 만해의 놀라움은 더욱 커져만 갔다.

자신이 이제까지 알고 있던 세상에 대한 상식이 모두 무너져 내리는 기분이었다.

만해의 놀라움은 아랑곳하지 않고 노승의 말은 계속됐다.

"저놈은 자신이 있어야 할 곳에 머물지 않고 인간 세계로 넘어와 모종의 음모를 꾸미고 있었지. 악귀들을 이용해 세상을 뒤집어놓을 악한 인간과 손을 잡고 말이지."

"악한 인간이라니요?"

노승은 만해의 질문에 잠시 침묵했다.

"음… 그 인간에 대해선 다음에 자세히 얘기하도록 하지. 아무튼 내가 목숨을 걸고 저놈들의 본거지를 급습했었지. 그랬다가 중과부적(衆寡不敵)으로 저놈에게 부상을 입었었는데, 막판에 간신히 역전시켜 그 안에 있던 잡귀들과 더불어 저놈을 불에 태워 소멸시켰지. 하지만 저놈들은 그 불길 속에서 살아남아 일가족이 오히려 한 몸이 되어버렸더군. 그 몸으로 나를 쫓아오는 걸 간신히 따돌렸는데, 결국 이곳까지 추격해 왔군."

"…그렇다면 저들보다 더 강한 악귀가 있나요?"

"당연하지! 아직 그런 악귀들을 본 자는 거의 없지만 인간사(人間事)

가 더 혼란스러워지면 놈들은 차원을 넘어 하나둘 나타나기 시작할 거야. 어떤 인간들은 놈들을 원하니까. 그들을 본다는 것은 이 세상의 종말을 의미하는 것인지도 모르고 말이지."

노승이 잠시 말을 멈춘 사이 만해는 복잡해진 머리를 정리하다 문득 다른 것에 생각이 미쳤다.

"여기서 빠져나간 꼬마 요괴는 어쩌죠?"

"그렇지 않아도 그게 걱정이다. 부모의 우성인자를 모두 받았으니 장차 그놈이 우리의 강력한 적으로 등장하게 될지도 모르겠구나… 붉은 악마라… 사커? 사커?"

"힘이 돌아왔나 보죠? 말을 이제 꽤 잘 하시네요?"

"……."

노승은 대답을 하지 않고 자리에서 벌떡 일어났다.

"어, 몸놀림도 예전 같으시고……."

"……."

민망해진 노승은 갑자기 만해를 쳐다보더니 진지한 표정으로 입을 열었다.

"악귀사수대(惡鬼死守隊)가 된 것을 진심으로 환영한다!"

악귀로부터 인간을 사수한다…….

왠지 속는 듯한 기분이 들면서도 만해는 고개를 끄덕일 수밖에 없었다.

아직은 어린 꼬마 요괴에 불과하지만 좀 전에 놓친 붉은 악마가 세상을 어지럽힌다면 그 책임의 일부가 바로 자신에게 있다는 생각이 들었기 때문이다.

그리고 다른 세계가 있다는 것을 알게 된 이상 자신의 삶이 지금까지와 같을 순 없을 거란 예감도 들었다.

이제 정말 동굴을 떠날 때가 된 것이다. 만해는 주변을 한번 둘러보았다. 동굴 안은 침과 피와 살점으로 더럽혀져 있었다.

"떠나기 전에 청소를 깨끗이 하고 가야지."

언젠가 혹시 면벽수행을 위해 이곳을 찾을 또 다른 누군가를 배려하며 만해는 작은 목소리로 중얼거렸다. 옆을 보니 노승은 어느새 눈을 감고 참선에 들어가 있었다.

참선의 생활화가 몸에 배어 있는 듯했다.

만해는 그 옆으로 다가가 자리를 잡았다. 순간 노승의 코가 벌름거리더니 이내 인상이 구겨지는 것을 눈치 채지 못한 채 만해도 눈을 감고 참선에 들어가기 시작했다.

아주 깊은 참선에… 드르렁 쿨!

제3화
방망이와 공은 본래 하나다

"와와와~"

"우우우~"

두산 베어스와 LG 트윈스의 경기가 벌어지는 잠실 구장은 달아오르는 관중들의 열기로 가득 차 있었다. 한쪽 편에서 응원의 소릴 지르면 바로 다른 편에서 맞받아치는 야유의 함성이 그 위를 덮고 있었다.

스코어는 9회 말 현재 5대 3. 두산 베어스가 앞서고 있었지만 안심할 상황은 아니었다. 2사에 주자는 만루. 게다가 지금 타석엔 LG의 강타자인 강윤식 선수가 들어서고 있었다. 극적인 순간이었다.

타석에 선 윤식은 긴장된 얼굴로 방망이를 앞뒤로 휘둘러보고 있었다.

자신의 타석에 이런 상황이 닥친 것은 꽤 오랜만이었다.

윤식은 시즌이 개막한 지 두 달이 지나도록 지금 현재 타율 2할대를 간신히 넘기고 있었다. 강타자라는 호칭이 부끄러울 정도였다.

하지만 이번 타석에 큰 거 한 방 날린다면… 오늘 경기의 영웅이 되는 것은 물론 지금까지의 부진을 씻은 듯이 털어버리고 새로운 도약의 발판으로 삼을 수 있을 것 같았다. 아니, 홈런까지는 아니더라도 제대로 맞은 안타 하나라도 치게 된다면 최소한 맡은 임무는 제대로 수행하는 것이다.

타석에 들어서 방망이를 곧추세운 윤식은 침을 꿀꺽 삼키며 투수를 사납게 노려보았다.

고등학교 후배이자 지금은 상대편 에이스 투수인 김태정 역시 잔뜩 긴장한 모습이었다.

'그래, 치기 좋은 볼로 하나 던져라.'

윤식이 속으로 중얼거리고 있을 때 초구가 들어왔다.

야구공이 커 보였다. 공을 둘러싼 실밥이 뚜렷이 보일 정도였다. 그렇게 날아오는 공이 선명하게 보일 때는 빗맞아도 안타이다.

"야앗!!"

강윤식은 그 커다란 공을 향해 있는 힘을 다해 방망이를 휘둘렀다. 회심의 미소를 지으며…….

틱!

뭔가 스치는 소리가 나며 방망이가 부러져 나갔다. 크게 스윙을 한 윤식은 그 자리에서 한 바퀴 빙그르르 돌며 홈플레이트에 주저앉았다. 윤식의 눈에 파울 선을 따라 또르르 굴러가는 야구공이 보였다. 동시에 저 앞에서 뛰어오는 투수의 모습도 보였다. 굴러가는 야구공… 뛰어오는 투수…….

윤식은 그 둘을 번갈아 보며 뛸 생각도 못하고 타석에 그대로 주저앉아 있었다.

'아냐!! 이건 아니야!!'

윤식의 마음속 외침에도 상관없이 눈앞의 상황은 현실이었다.

투수가 잡아 1루에 정확히 송구를 했다.

"아웃! 게임 셋!"

아직도 홈플레이트에 주저앉아 있는 윤식의 귀에 흐릿하게 주심의 목소리가 들려왔다. 그 위를 가득 덮는 두산 베어스 응원단의 승리의 환호 소리!

그리고 그 소리에 가려 들리지 않는 야유 소리가 강윤식의 귀에만은 뚜렷하게 파고들었다.

경기가 끝나 텅 빈 덕아웃에 윤식은 혼자 남아 있었다.

몇 시간을 꼼짝도 않은 채 부러진 방망이만 손끝으로 만지작거리며 고개를 숙인 채 그저 멍하니 앉아 있었다.

자신의 실타에 대해서 감독이나 선수, 어느 누구도 질책하지 않았다. 오히려 용기를 주기 위해 어깨를 한 번씩 두드려 주었다. 하지만 그 가벼운 손동작이 윤식에게는 커다란 자책감으로 다가왔다.

윤식이 더욱 고민하는 것은 최근 계속되는 극심한 부진 때문이었다.

더군다나 그 이유가 무엇인지조차 명확히 알 수 없었다. 지난겨울에 동계 훈련도 게을리 하지 않았고, 특별히 몸이 안 좋은 곳도 없었고, 가정에도 별문제가 없었다. 하지만 작년까지 4번 타석을 치며 팀의 중심 타선 역할을 톡톡히 해냈던 그가 지금은 6번으로 내려간 채 근근이 경기에 출장하고 있었다.

'젠장!! 어디서부터 꼬인 걸까?'

윤식은 자신의 손에 들린 부러진 방망이를 보며 생각에 잠겼다.

요즘 얼마나 재수가 없으면 빗맞은 공에도 이 단단한 방망이가 부러져 나갈까?

'진짜 어디 가서 푸닥거리라도 해야지!'

운동장에 어둠이 깔리는 것을 보며 윤식은 비로소 자리에서 일어났다.

덕아웃을 나서려던 윤식은 움찔하며 멈춰 섰다. 웬 꼬마가 그 앞에 서서 자신을 쳐다보고 있었던 것이다.

'조금 전까지 아무도 없었는데……'

윤식은 이상하게 생각하며 꼬마를 보았다.

지나치다 싶을 정도로 붉은 얼굴에 붉은색 옷을 상하로 입고 있는 7살가량의 소년이었다.

"야구 보러 왔니?"

꼬마가 고개를 저었다.

강윤식은 꼬마의 붉은색 옷을 다시 한 번 본 뒤 말했다.

"붉은 악마구나! 오늘 한일전 보러 왔구나? 근데 축구 경기장은 이 옆인데……."

'악마'라는 말에 꼬마는 흠칫 놀라는 기색이었으나 이어지는 윤식의 말에 안도하는 눈치였다. 꼬마는 아무 말 없이 두 손을 내밀었다. 손 안에는 꼬마의 키보다 약간 작은 크기의 야구 방망이가 들려 있었다.

"주운 거야? 그럼 네가 그냥 가져도 돼."

윤식의 말에 꼬마는 답답하다는 듯 고개를 흔들었다.

"그럼 아저씨 주는 거야?"

꼬마는 웃으며 고개를 끄덕였다.

윤식은 다시 한 번 참담한 기분이 들었다. 이제 이런 꼬마까지 나를 불쌍하게 여기는구나! 오죽하면 자신이 쓰던 방망이까지 주려고 가지고 나올까.

"고맙지만 이거 그냥 네가 써라. 아저씬 방망이 많이 있단다."

제길, 방망이가 없어서 못 치나… 더 암담해지는 가슴을 억누른 채 윤식은 붉은 옷의 꼬마를 뒤로한 채 출구를 향해 걷기 시작했다.

딱!

그때 뒤통수에 엄청난 충격이 가해졌다. 머리를 감싸며 그 자리에 주저앉은 윤식의 뒤로 뭔가가 떨어져 내렸다. 야구 방망이였다.

"아니, 저 녀석이!!"

윤식의 눈에 자신에게 방망이를 던지고 도망가는 꼬마의 모습이 보였다.

일어나 쫓아가려 했으나 머리도 아프고 저 꼬마를 잡아서 무엇 할까 하는 데 생각이 미치니 뭘 힘도 나지 않았다.

'이게 다 내가 제대로 못 친 죄지.'

씁쓸한 미소를 지으며 발 밑에 떨어진 방망이를 집으며 꼬마가 도망가는 쪽을 바라보았다.

어느새 꼬마는 어디론가 사라지고 없었다.

윤식은 방망이를 바라보았다. 나뭇결도 좋고 단단해 보이는 것이 좋은 나무로 만들어진 것 같았다. 손 안에 묵직하게 잡혀오는 게 아이들이 동네 야구에서 쓰는 예사 방망이는 아닐 성싶었다. 어디에서 만들었는지 나타내는 상표도 없었으나 자세히 보니 방망이 끝에 붉은 글씨로 뭔가가 적혀 있었다.

당신의 소원을 들어준 나를 잊지 말아요.

"뭐야? 누가 기념일 선물로 사줬던 방망인가?"
나중에 꼬마를 다시 만나면 주인을 찾아줘야겠다고 생각하며 방망이를 어깨에 걸치고 윤식은 운동장을 나가기 시작했다.

똑! 똑! 똑!
"나무아미타불 관세음보살!!"
똑! 똑! 똑!
만해는 노승(老僧)의 행보가 영 마음에 들지 않았다.
세상을 구할 인물이라고 잔뜩 치켜세워 면벽수행을 하고 있던 자신을 이 복잡한 서울 거리로 끌고 온 것까진 이해할 수 있었다.
하지만 도착하자마자 다짜고짜 고속버스 터미널 지하철 계단 아래 출입구에서 목탁을 두드리며 절을 하라고 시킨 것이다.
"도(道)란 산중의 동굴에서만 닦을 수 있는 것이 아닌 것이다. 무릇 진정한 도는 사람 사이에서 부딪치며 깨우쳐야 하는 법! 고로 사람이 많이 다니는 곳에서 다양한 인간 군상들을 접해보아야 하는 것이지. 그리고 세상을 구하기 위해선 어느 정도의 자금(資金)도 필요하니 이걸 두고 옛 성현들이 일석이조(一石二鳥)라 이르셨느니라."
만해의 무릎 밑으로 얇은 방석 하나 깔아주고 그 앞에 시주함(施主函) 하나 세워주며 노승이 한 말이었다. 꺼림칙한 기분이 들면서도 노승의 분위기 있는 얼굴과 근엄한 목소리에 만해는 시키는 대로 할 수밖에 없었다.

그러나 세상을 구하러 산에서 내려온 지 벌써 일주일이 넘어가는데 세상을 구하기는커녕 무릎만 죽어라고 까져 나가고 있었다.

만해는 옆에서 스포츠 신문을 뒤척거리는 노승을 보며 볼멘소리로 말했다.

"저, 무릎 까진 데가 또 까진 것 같거든요. 빨간 약하고 대일밴드 좀 사다 주실래요."

"간 데 또 까지면 아프지. 알겠다. 내 다녀오마."

만해의 요구에 노승은 고분고분 신문을 접고 어디론가 사라졌다.

잠시 후 나타난 노승의 손에는 검정 비닐 봉투가 들려 있었다. 노승은 주위의 눈치를 살핀 뒤 만해를 은밀히 지하철 구내 화장실로 데려갔다.

"뭐죠? 악귀가 나타났습니까? 제 눈엔 안 보였는데……."

"아니, 그건 아니구……."

노승은 검정 비닐 안에서 무엇인가를 조심스레 꺼냈다.

"아니, 이건 아녀자들의… 으읍!"

재빨리 만해의 입을 틀어 막은 노승은 품 안에서 문방사우 중의 하나인 가위를 꺼내 그것을 반으로 나누었다. 그것은 핑크 색의 브래지어였다. 반으로 잘라진 브래지어를 만해에게 건네준 노승은 누가 들을 새라 조용히 입을 열었다.

"약으로 무릎이 까지는 것을 처방하는 것은 미봉책(彌縫策)에 불과하지. 자, 이것을 하나씩 양쪽 무릎에 대도록 하게. 금세 증상이 호전될 거야."

가만히 듣고 보니 그럴듯했다. 과연 나이는 헛먹는 것이 아니었다. 무슨 일이든 경험이 중요했다.

만해는 떨리는 손으로 그것을 얼굴에 갖다 댔다. 부드러운 촉감이 양 볼로 전해졌다.

"X-Large라 약간 헐거울지도 모르니 잘 조절해서 착용하도록."

말을 마친 노승은 몸을 돌려 나가려 했다.

"잠깐만요!!"

만해가 노승을 불러 세웠다.

"그 안에 하나 더 있는 것 같은데요?"

노승은 순간 얼굴이 벌게졌다가 위엄있는 모습을 되찾았다.

"7천 원에 두 개 준다길래… 하나만 사면 5천 원이고, 음… 그러니까 그게 더 이득이라… 혹시 나중에 또 쓸 데가 있을지도 모르고……."

더듬거렸지만 여전히 위엄있는 노승의 목소리는 역시 신뢰가 느껴졌다.

만해는 고개를 끄덕이며 미소를 띠었다.

"그런 조건이라면… 저 같아도 두 개 샀을 거에요."

만해의 말에 노승은 기묘한 표정을 지으며 황급히 화장실을 빠져나갔다.

잠시 후 무릎에 브래지어를 착용하고 상쾌한 기분으로 만해가 돌아왔다. 이제 최소한 무릎이 까질 염려는 줄어든 것이다.

노승에게 착용감에 대해 말하려고 했으나 스포츠 신문을 보고 있는 노승의 뒷모습이 왠지 심상치 않게 느껴졌다. 만해는 노승의 어깨너머로 신문을 훔쳐보았다.

김희선 **비키니** 모습 전격 공개.

대문짝만한 글씨와 함께 그 밑에는 글자의 반만한 크기로 수영복을 입고 있는 웬 여자의 사진이 박혀 있었다. 만해는 첫사랑과 헤어진 후로 다른 여자에게는 일체의 관심도 없었으므로 김히선인지 김히악인지에게도 당연히 손톱만큼의 관심도 없었다.

자리로 돌아와 무릎에 닿는 부드러운 감촉을 즐기며 절을 계속하던 만해의 귀에 노승의 고함 소리가 들려왔다.

"나타났구나!!"

만해는 재빨리 전투 태세—나름대로—를 갖추며 노승에게 달려갔다.

그러나 아무도 보이지 않고 노승만이 스포츠 신문을 두 손으로 붙잡은 채 부들부들 떨고 있었다. 만해가 옆에 다가온 것을 눈치 챈 노승은 신문을 바닥에 떨어뜨린 채 큰 소리로 말했다.

"가자! 출동이다!!"

하늘거리며 바닥에 떨어진 신문의 김히선 사진 밑으로 한 야구 선수의 기사가 커다랗게 실려 있었다.

강윤식 최근 타율 10할! 치면 맞는다.

"와와~"

삐삐삐~

만해는 생전 처음 와본 야구장의 분위기가 적응되지 않아 계속해서 주위를 두리번거리고 있었다. 엄청나게 소란스러운 분위기였다. 한쪽 팀 선수가 나올 때마다 환호와 야유가 만해가 앉은 자리 좌우에서 번갈아 들려오고 있었다.

노승은 입장료를 아낀답시고 경기가 시작되기 한참 전에 야구장 밖에 도착했음에도 불구하고 5회가 지난 뒤에나 만해와 함께 들어왔다. 5회가 지나면 공짜로 입장이 가능하기 때문이다. 게다가 좀 전에 지하철에서 출동할 때 시주함 안 챙겼다고 계속해서 구박이었다. 기다리다 지치고, 구박받아 지친 만해의 어깨를 노승이 탁탁 쳤다. 만해가 돌아보자 노승은 운동장에 있는 누군가를 가리켰다.

"저 선수야. 뭐 이상한 것 없나 살펴봐라. 어디선가 악귀가 보일 게야."

타석에는 강윤식 선수가 몸을 풀며 들어서고 있었다.

"와아아아!!"

그 선수가 타석에 들어서 이름이 호명되자 관중석에선 일제히 환호성이 터져 나왔다. 지나칠 정도로 잘 나가는 그 선수에게는 적도 아군도 없어 보였다.

얼마 전서부터 세우기 시작한 100% 출루라는 엄청난 기록을 계속 이어가기를 모든 사람들이 기원하는 것 같았다.

만해는 두 눈을 똑바로 뜨고 윤식의 일거수일투족을 지켜보았다.

그러나 윤식의 몸이나 눈에서 어떤 이상한 기운도 느끼지 못했다.

'이상하다. 아무것도 안 보이는데… 빨간 알약의 효능이 다됐나?'

슬쩍 곁눈질로 노승을 보니 그 역시 윤식의 모습에서 아직 이상한 낌새를 눈치 채지 못한 것 같았다. 다시 윤식에게 눈길을 돌린 만해의 눈엔 여전히 아무것도 발견되지 않았다. 윤식은 다른 선수와 다른 것이 거의 없었다.

다만 특이한 것은 윤식이 타석을 벗어날 때마다 방망이에 진한 뽀뽀를 하는 것이었다. 그 모습을 보며 만해는 고개를 갸웃거렸다.

선수가 방망이를 아끼는 것은 당연한 것이었지만 윤식의 행동은 단순히 방망이를 아끼는 차원을 넘어서는 것 같았다.

딱!

경쾌한 소리와 함께 공이 좌익수 쪽으로 죽 뻗어 나갔다. 어김없이 안타를 친 윤식은 특이하게 방망이를 던지지 않고 1루까지 가지고 뛰고 있었다. 윤식은 1루에 도착해서야 1루 코치에게 그것을 넘겨주었다. 그야말로 방망이를 신주단지 모시듯 하고 있었다. 그때까지도 만해와 노승은 아무것도 발견할 수 없었다.

"음, 아무래도 저 방망이가 수상한데… 덕아웃으로 들어가면 좋겠지만 들어갈 수 있는 방법이 없으니… 강윤식 선수에 대한 정보라도 더 수집해야 할 텐데……."

노승은 혼잣말을 하다가 옆 자리에서 이어폰을 낀 채 야구를 보고 있는 사내를 바라보았다.

똑! 똑! 똑!

"저… 실례합니다."

노승은 목탁을 꺼내 두드리며 옆 자리의 사내에게 고개를 숙이며 말을 걸었다.

사내가 노승을 바라보자 노승은 자애로운 미소를 지어 보였다.

"라디오 좀 빌릴 수 있을까요?"

잠시 후 노승과 만해는 사이좋게 한쪽 귀에 이어폰을 낀 채 눈으론 윤식을 살피며 라디오로 경기 중계를 듣고 있었다. 라디오에서는 아나운서의 말이 끊임없이 계속되었는데 노승이 원한 대로 주로 윤식에 대한 화젯거리였다.

[…예, 강윤식 선수의 신기록 행진이 오늘도 어김없이 계속되고 있

습니다. 최근 27 경기 100% 출루. 그것도 고의사구를 빼곤 전부 안타에 의한 것이죠. 타율이 10할인데다 올해 합산 타율이 8할 5푼! 게다가 홈런이 30개! 예… 놀라운 성적이죠!! 시즌 초반의 부진이 전혀 믿어지지 않을 정도의 괴력입니다! 전 야구 팬들의 시선이 모두 강윤식 선수에게로 모아지고 있습니다. 오늘은 일본 언론에서도 많은 기자들이 취재를 왔습니다.]

[예, 그렇죠. 그런데 재미있는 것은 일본 기자들의 질문이 강 선수의 야구 방망이에 집중되고 있다는 점입니다. 예전에 일본 야구계에도 엄청난 괴력의 타자가 나타났는데 그가 귀신들린 방망이를 가지고 경기를 했다 하여 화제가 된 전례가 있습니다.]

[그렇습니까? 그래서 결과는 어떻게 됐죠?]

[어떻긴요. 뭐, 방망이를 강제로 뺏어가 성분 분석을 했는데 귀신은커녕 개미 한 마리 나오지 않았죠. 그 선수는 물론 다른 방망이를 가지고도 맹타를 휘둘렀고요. 그 선수가 바로 장훈 선수죠.]

[그렇군요. 하긴 요즘 세상에 귀신들린 방망이가 웬 말입니까. 여하튼 잠잘 때도 방망이를 꼭 끌어안고 자고 수시로 뽀뽀를 하는 강 선수의 행동을 듣고 일본 기자들이 오버를 한 셈이군요. 아, 선수가 방망이를 아끼는 것은 당연하지 않습니까?]

[그렇죠. 그건 선수로서의 기본이지요.]

[예에! 아! 말씀드리는 순간 강윤식 선수 쳤습니다! 높이 뜬 볼! 예~ 공이 포물선을 그리며 관중석으로 떨어지고 있습니다. 아, 공이 떨어지는 곳에 노인이 앉아 있군요. 아, 노인이 딴 곳을 보고 있군요! 위험합니다! 어어! 위험합니다!]

조금 전부터 무대 위에서 춤을 추던 치어리더를 넋 놓고 바라보고 있던 노승은 순간 자신의 이마로 향해오는 맹렬한 기세의 기(氣)를 느꼈다. 노승은 재빨리 쌍수합일법(雙手合一法)을 써 이마를 가렸다. 쌍수합일법이란 두 손을 포개 상대의 공격이 들어오는 곳을 집중해 막는 고난도의 방어법이다. 완벽하게 막지는 못하지만 최소한 충격을 완화시키는 효과가 있다.

탁!

하지만 알 수 없는 것이 여자의 마음과 파울 볼이라 했던가! 야구공은 노승의 코를 강타하고 말았다.

"어때요? 코는 좀 괜찮습니까?"

노승은 양쪽 콧구멍을 솜으로 틀어막은 채 의료 침대에 누운 채 말없이 고개를 끄덕였다.

공에 맞은 즉시 노승은 코에서 피를 콸콸 쏟으며 경기장 내에서 대기하고 있던 의료진에게 옮겨졌다. 응급조치를 받은 결과 내공이 뛰어나서인지 생각보다는 부상 정도가 양호했다. 코 뼈에는 이상이 없었고 단지 계속 나오는 코피가 멈추기만을 기다리고 있었다.

응급조치실은 LG 트윈스 덕아웃 뒤쪽이었다.

노승은 의료진이 딴 곳에 한눈을 판 틈을 타서 걱정스럽게 자신을 보고 있는 만해를 가까이 오게 했다.

다친 코 때문에 맹맹한 소리로 노승은 만해에게 힘겹게 말을 하기 시작했다.

"내 이곳으로 옮겨질 줄 알았느니라. 어때, 쉽게 들어오지 않았느냐?"

"예. 덕분에……."

"이게 다 강 선수를 가까이에서 살피기 위한 계획이었다. 그나저나 이리로……"

노승은 만해의 귀에 대고 무엇인가를 지시했다. 만해는 반짝이는 눈망울로 노승의 말을 정성스레 듣고 있었다.

똑! 똑! 똑! 똑!
"나무아미타불 관세음보살."
똑! 똑! 똑! 똑!
"엥!!"
"뭐야? 덕아웃으로 시주를 받으러 오다니?"
"뭐?"
"웬 중?"

LG 트윈스 팀의 덕아웃에서 경기에 열중하던 선수들이 떠들썩하니 저마다 한마디씩 했다. 그들의 황당해하는 표정을 무시한 채 만해는 목탁만 두드리며 곁눈질로 강 선수를 슬쩍 보았다. 과연 강 선수는 자기 타석이 아직 돌아오기 전임에도 불구하고 방망이를 양손으로 꼭 안고 있었다.

"스님, 경기 중에 여기 들어오시면 안 돼요."

후보 선수 겸 막내인 종훈이 만해를 밀어냈다.

하지만 만해는 꼼짝도 않고 목탁을 계속해서 두드리며 말했다.

"나무아미타불 관세음보살! 오늘 경기 승리를 위한 축원을 해드리겠습니다."

"아, 필요없다니까요! 빨리 가세요!"

"나무아미타불 관세음보살… 나무아미타불……."

만해는 꼼짝도 않고 염불을 외워대기 시작했다. 그 뻔뻔함에 질렸는지 아니면 승리 축원이란 말에 귀가 솔깃했는지 선수들은 만해를 쳐다보며 웃을 뿐 더 이상 제지하지 않았다. 만해가 끝없이 염불을 외고 있을 때 LG 트윈스의 공격이 끝나고 선수들은 각자의 수비 자리로 달려나갔다. 강 선수 역시 방망이를 개인용품 보관함에 안전히 넣어두고 수비를 위해 포지션인 유격수 자리로 뛰어나갔다.

만해는 염불을 외우며 방망이를 넣어둔 곳으로 천천히 움직이기 시작했다. 다행히 덕아웃에 남은 선수와 코치 중에 만해의 행동을 주시하는 자는 없었다. 슬금슬금 강 선수의 방망이까지 다가간 만해는 방망이를 집어 들었다. 그리고 천천히 덕아웃을 빠져나오기 시작했다. 여전히 입으론 축원 염불을 외우고 있어서인지 만해가 방망이를 가져가는 것을 눈치 채는 사람은 아무도 없었다.

"어어… 저거 내 방망이!!"

그러나 유격수 수비를 하고 있던 윤식이 만해가 자신의 방망이를 슬쩍 집어가는 것을 보고 말았다. 수비 중에도 온통 자신의 방망이에만 신경을 쓰고 있었던 것이다.

그 소리에 덕아웃의 선수들이 모두 만해 쪽을 돌아보았지만 이미 그 자리엔 아무도 없었다. 만해는 이미 그곳을 빠져나가고 없었던 것이다.

어느 틈에 운동장에서 덕아웃으로 날다시피 뛰어들어 온 윤식은 만해가 사라진 출구를 통해 만해를 쫓기 시작했다.

경기 중에 유격수를 맡고 있던 윤식이 난데없이 덕아웃으로 뛰어들어 가자 경기는 엉망이 되었다. 선수들은 당황하고 관중들도 뜻밖의 사태에 웅성거리고 있었다.

"타임!"

급기야 주심은 양손을 치켜들며 경기를 중단시켰다.

LG 덕아웃으로 달려온 주심은 짜증스러운 얼굴로 감독에게 물었다.

"이봐, 박 감독. 이게 어떻게 된 거야?"

"어, 저기… 웬 중이… 방망이를… 그러니까 윤식이가……."

주심의 물음에 답할 길이 없던 박 감독은 더듬거리며 설명을 하려다 포기하고 덕아웃의 선수들을 돌아보며 말했다.

"이봐, 종훈이! 니가 유격수로 나가!"

"옛!!"

"제길, 방망이 훔쳐 가는 중도 있나? 그나저나 그렇다고 경기 중에 뛰쳐나가는 놈이 또 어딨어!!"

방망이를 들고 덕아웃을 빠져나온 만해는 노승이 누워 있는 임시 치료소로 뛰어들었다.

쾅!

문을 냅다 열어젖히며 들어간 만해는 방망이를 든 채 노승에게 외쳤다.

"방망이 훔쳐 왔어요!!"

그러나 그 말이 끝나기가 무섭게 만해의 뒤에 윤식이 나타났다.

"이런 땡중이!!"

윤식은 다짜고짜 만해에게서 방망이를 낚아채려 했으나 만해는 재빠른 동작으로 그를 피해 노승 옆에 가서 섰다.

"이 땡중들! 네놈들 누구냐? 내 방망이 이리 내놔!!"

윤식이 씩씩거리며 소리쳤다. 화가 아주 많이 난 눈치였다.

"아미타불. 이 방망이엔 귀신이 붙어 있습니다."

노승이 합장하며 진료대에서 몸을 일으키며 말했다.

"귀신이 붙다니? 웃기지 말고 니 코에 붙인 솜이나 빼라!!"

"나무아미타불… 이 방망이를 가진 뒤부터 뭐 이상한 거 없었습니까?"

윤식은 노승의 말에 움찔하며 둘에게 다가가던 발걸음을 멈췄다.

그러잖아도 강윤식이 인간으로서 도저히 칠 수 없는 타격을 하기 시작할 때부터 귀신 붙은 방망이라는 소문이 은근히 떠돌고 있었다. 심한 경우 악마에게 영혼을 넘겨준 대가로 방망이를 받았다는 말을 소곤거리는 사람도 있었다.

하지만 그럴수록 방망이에 대한 집착은 오히려 커져만 갔다.

그 붉은 옷을 입은 꼬마가 그에게 방망이를 던져 주고 간 이후로 윤식은 한시도 그것을 몸에서 떼논 적이 없었다. 야구 방망이에 지나치게 집착하는 그에 대한 부인과 동료들의 걱정도 뒷전이었다.

"여보, 그 방망이 좀 버려요. 다른 방망이도 많이 있잖아요."

잠자리에서도 방망이만 꼭 껴안고 자는 윤식을 부인이 보다 못해 한 말이었다.

그러나 소용이 없자 한번은 부인이 한밤중에 몰래 윤식의 품 안에 있는 방망이를 빼내 14층 베란다 아래로 던진 적이 있었다. 그런데 새벽에 깨어 그 사실을 안 윤식은 이성을 잃은 채 방망이를 찾아와 부인에게 휘둘렀던 것이다. 물론 맞지는 않았지만 지금 생각해도 등골이 오싹했다. 자신이 어떻게 사랑하는 아내에게 그랬는지… 그 일 이후로 방망이를 버릴까도 생각했지만, 그래도 자신을 화려하게 부활시켜 준 방망이를 버릴 수는 없었다.

설혹 그것이 악마가 자신을 시험하는 것이라도 너무나 달콤한 유혹이었던 것이다.

노승이 잠시 멈칫하는 윤식을 보며 품속에서 부적을 꺼냈다.

"자! 이걸 보시오."

노승은 부적을 만해가 들고 있는 방망이를 향해 날렸다. 쫘악 펼쳐진 채 부적은 놀랍게도 땅에 떨어지지 않고 만해가 들고 있는 방망이를 향해 정확히 날아갔다. 얇은 종이 한 장에 불과했으나 노승이 진기를 불어넣은 부적은 그저 가벼운 종이가 아니었다. 그러나 부적이 미처 닿기 전 방망이는 만해의 손을 떠나 저 혼자 공중으로 떠올랐다.

"어엇!!"

모두의 비명이 채 가시기도 전에 방망이는 노승의 턱을 향해 빠른 속도로 날아갔다. 한일(一) 자로 죽 펴진 채였다.

"이얏!!"

노승은 기합 소리와 함께 또다시 쌍수합일법(雙手合一法)을 써 턱을 방어했다.

팟!

그러나 방망이는 노승의 이마를 강하게 내리찍었다.

"흐억!"

외마디 소리를 지르며 노승은 그 자리에 쓰러져 기절하고 말았다.

그사이 만해는 노승이 날린 부적을 주워 노승의 이마에 아직도 박혀 있는 방망이로 몰래 다가갔다. 순간 방망이는 마치 살아 있는 생물처럼 획 돌더니 만해의 뒤쪽으로 돌아 만해의 엉덩이를 내려쳤다. 누군가가 조종이라도 하는 것 같았다.

"으왓! 으왓!"

난데없는 매질에 만해는 볼기짝에 불이 난 것 같은 아픔을 느끼며 쥐고 있던 부적을 뭉쳐 윤식에게 집어 던졌다. 어리벙벙한 표정으로 이 말도 안 되는 소동을 지켜보던 윤식은 얼떨결에 날아오는 부적을 받아 들고 아직도 만해의 엉덩이를 때리고 있는 자신의 방망이에게 다가갔다.

윤식이 방망이에 부적 쥔 손을 내밀자 방망이는 그 자리에 뜬 상태로 손잡이 부분을 윤식에게로 향했다. 주인을 알아보는지 잡아달라는 뜻 같았다.

윤식이 멈칫하고 있는데 순간 깨어난 노승이 그 광경을 보며 소리쳤다.

"강 선수, 빨리 붙이시오! 그건 예사 방망이가 아니오!!"

그러나 강윤식은 그 부적을 붙일 수 없었다. 이게 설사 귀신 붙은 방망이라 할지라도… 그 부적을 붙이면 자신이 지금까지 이루어놓았던 것들이 또다시 물거품이 될 것 같았다.

꿈같은 10할 타율도, 연일 스포츠 신문 머리기사로 나던 자신의 모습도, 무엇보다 자신을 보며 흥분하던 팬들의 열광적인 모습도 모두 연기같이 사라질 것 같았다.

잠시 망설이던 윤식은 손 안에 들고 있던 부적을 힘없이 바닥에 떨어뜨리고 말았다.

그러자 우뚝 공중에 솟아 윤식을 향하고 있던 방망이는 휙 돌더니 다시 만해의 엉덩이를 때리기 시작했다.

"으왓!! 으왓!!"

비명을 지르며 두들겨 맞던 만해는 결국 그 자리에 쓰러졌다. 잔뜩 부운 엉덩이엔 이제 감각이 하나도 없었다.

만해를 쓰러뜨린 방망이는 노승 쪽으로 목표를 바꿨다.

침대 위에서 만해가 맞는 것을 가만히 보기만 하고 있던 노승은 방망이가 다시 자신을 향하자 깜짝 놀랐다. 그리고 재빨리 품 안에서 무엇인가를 꺼내 공중으로 치켜들었다.

문방사우 중에 하나인 가위였다.

"오면 자른다!!"

노승은 자신을 향해 오던 방망이를 향해 가위를 짝짝거리며 말했다.

노승의 협박성 발언을 들은 방망이는 노승을 향하던 공격을 멈춘 채 그냥 공중에 떠 있었다.

가위로 방망이를 자른다…….

말도 안 되는 협박이었음에도 웬일인지 방망이가 겁을 먹은 것 같았다. 그사이 쓰러져 있던 만해는 누워 있는 자신의 발끝에 윤식이 떨어뜨린 부적이 있는 것을 발견했다.

재빨리 오른쪽 고무신을 벗어 부적을 엄지와 약지발가락 사이에 끼웠다. 방망이의 동태를 살피며 만해는 누운 채로 그 발을 공중으로 재빨리 들어 올렸다.

"이얏!"

기합과 함께 마치 수중발레를 하듯 만해의 발이 공중으로 쭉 뻗어졌다. 나름대로 긴 다리였다.

그와 동시에 발가락 사이에 끼운 부적은 허공에 떠 있는 방망이의 몸통 중간에 가서 정확하게 탁 붙었다.

"우우우우우—"

메아리 같은 나직한 음성과 함께 방망이에서 연기가 나오기 시작했다.

"봉인(封印)이 풀리는 게야!"

노승이 그 모습을 보며 말했다.

잠시 주위에 가득 찼던 연기가 점점 사그라지더니 방망이 끝에서 무엇인가가 튀어나오기 시작했다. 사람의 머리였다. 그렇게 방망이 끝에서 사람의 머리가 솟아오르더니 중간 부분에선 양팔과 양다리가 뻗어나왔다. 이어 사람의 몸통이 방망이 뒤로 스멀스멀 나타나더니 어느새 방망이를 중심으로 완벽한 남자의 모습을 갖추어가고 있었다. 그 방망이는 그 모습 그대로 남자의 가운데 부분에 아직도 그대로 붙어 있었다. 이윽고 사타구니 사이에 우뚝 선 방망이를 달고 있는 알몸의 남자가 연기 사이에서 그 모습을 드러냈다.

"우웨엑—"

그 모습을 본 윤식은 그 자리에서 토하기 시작했다.

지금까지 끌어안고 자고 수시로 뽀뽀를 하던 방망이가 바로……

미성년자 절대 관람 불가의 모습을 보자 노승은 품 안에서 청테이프를 꺼내 잡아뜯으며 몸을 공중으로 날렸다.

"허공질주(虛空疾走)!!"

말 그대로 번개같이 공중으로 날아 사내의 앞에 도착한 노승은 발가벗은 사내의 사타구니를 에로 영화 촬영장에서 하듯 청테이프로 에워싸는 공사(工事)를 시작했다.

"으흐흥……"

그러나 사내는 반항은커녕 요상한 신음 소리를 냈다. 흉측한 물건에 손이 닿는 것을 조심하며 열심히 청테이프로 사내의 사타구니가 포함된 하반신을 돌려 붙이며 공사를 하던 노승은 그 야릇한 소리에 기겁을 하며 만해 쪽으로 날 듯이 뛰어왔다.

사내의 소리가 얼마나 요상했으면 돌리던 청테이프도 미처 끊지 못한 상태였다. 덕분에 사내의 방망이 부분과 노승의 손 사이에는 청테이프가 길게 주욱 늘어져 있었다. 둘 사이를 이어주는 끈끈한 줄이 생긴 것이었다.

"요상한 것! 너는 누구냐?"

노승은 그의 몸에 시선이 닿는 것을 외면하며 우렁찬 목소리로 물었다. 온 야구장이 쩌렁쩌렁 울릴 정도였다.

"상관하지 말고 너희들은 이 야구장에서 떠나라!"

음침한 목소리로 방망이사내가 말했다.

"불쌍한 영 같으니… 그냥 네 갈 길을 가라! 이 우매한 인간을 홀리지 말고!!"

"홀린 것이 아니다. 나는 저 자식을 도와준 거야."

"한낱 미약한 영에 불과한 네가 인간을 도와준다고 한다니… 네 이놈! 썩 네 갈 길을 가지 못할까!!"

"나는 또다시 죽는 한이 있어도 이곳을 떠날 수 없다."

사내는 윤식을 돌아보며 말을 이었다.

"그리고 저 인간은 내 도움이 필요하다."

그 말에 윤식은 고개를 떨구었다. 부인하지 못했던 것이다.

사내는 계속 말을 이었다.

"…무엇보다 나는 이곳에서 기다릴 사람이 있다……."

"누구를 기다리지?"

목소리가 약간 누그러진 노승이 물었다.

사내는 노승을 한번 바라본 뒤 힘없이 중얼거렸다.

"…그녀, 내 연인… 서영이……!"

사내는 청테이프에 돌돌 말린 자신의 하체를 내려다본 뒤 그 자리에 주저앉았다.

"음… 보아하니 나쁜 맘 먹고 방망이에 들어가 있던 것은 아닌 모양 이니 어디 그 사연이나 들어보자."

노승은 사내를 경계하던 마음을 풀며 말했다.

"그녀는……."

"잠깐!!"

사내가 뭔가 이야기를 하려 할 때 노승이 소리쳐 막았다.

사내가 말을 멈추자 노승은 품 안에서 조그마한 기계를 꺼냈다. 주먹만한 액정 화면에 끝이 뾰족한 잭이 달린 기계였다. 노승은 기계를 들고 만해를 돌아보더니 씩 웃으며 말했다.

"우리는 영상 세대의 퇴마 사수대. 영상으로 표현되지 않는 것은 우리를 설득할 수 없다."

노승이 꺼낸 것은 일본의 최면 협회에서 극비리에 제작 완료한 휴대용 기억 재생 기구(記憶再生機具)였다. 인간의 뇌 속에 과거의 기억을 깨우는 부분인 전두엽을 자극시켜 잠재됐던 기억들을 액정 화면을 통하여 마치 영화가 상영되듯 볼 수 있게 하는 장치였다. 아직 인간에게는 임상 실험 중이고 상용화되진 않은 기구였다.

신기하게 기계를 바라보던 만해는 노승을 보며 물었다.

"아니, 저런 기계를 어떻게 구하셨죠?"

"훔쳤다!"

노승은 선 끝의 뾰족한 잭을 사내의 머리에 다짜고짜 쑤셔 넣었다.

"으흐흥……."

분명 아플 텐데도 사내는 또다시 요상한 소리를 냈다.

잭이 연결되자 시커멓던 모니터에 갑자기 노이즈가 생기기 시작했다.

그러더니 무지개 빛깔의 무늬가 난데없이 나타나더니 그 위로 자막이 떠올랐다.

화면 조정(畫面調整).

이윽고 모니터 안에 사내의 모습이 나타났다. 지금처럼 알몸이었다.

사내의 기억 속이라 그런지 모니터 안의 사내는 지금 보이는 사내의 모습보다 훨씬 멋있게 보였다. 자신의 모습은 역시 스스로에게는 더 그럴듯하게 왜곡되어 보이는 법이다.

잠시 후 사내의 뒤에서 한 여자가 나타났다.

"아아—"

만해는 자신도 모르게 신음 소리를 냈다.

여자도 역시 발가벗고 있었던 것이다.

이어 두 남녀는 한마디 대화도 없이 막바로 자연스럽게 정사를 나누기 시작했다.

서로 만지고 부둥켜안고 하며 서로의 몸을 정신없이 탐닉하고 있었다.

"꿀꺽!!"

어디선가 들린 마른침 넘어가는 소리에 만해는 고개를 들었다. 두리번거리던 만해는 노승과 눈이 딱 마주쳤다. 머쓱해진 두 사람은 다시 모니터로 눈을 돌렸다.

그렇게 오랜 시간 동안 두 사람의 정사는 계속됐다.

야한 것도 계속 보면 지겨운 법이다. 만해가 고갤 들어 하품을 할 때 난데없이 화면엔 회초리가 등장했다. 회초리를 손에 멋있게 든 그들은 그것을 가지고 서로를 때리기 시작했다.

사내의 기억이 빨라졌는지 갑자기 편집도 속도감있게 전개되고 장소도, 수없이 바뀌며 매질하는 기구도 끝없이 바뀌고 있었다.

곡괭이 자루와 채찍 등으로 맞고 때리면서도 그들은 행복해 보였다.

아! 그런데 그들을 향해 손가락질하는 사람들의 무리가 보였다. 무리들은 하나둘 많아지더니 이내 발가벗고 있는 그들을 에워쌌다. 그들에게 침을 뱉는 사람들도 있었고 성경책을 들고 기도문을 외우는 사람도 있었다. 그 안에 갇힌 그들이 빠져나갈 곳은 어디도 없었다.

막다른 길에 몰린 토끼처럼, 벌거벗은 그들의 당황하는 모습과 두려움이 모니터에 그대로 나타나고 있었다. 그들에게는 채찍보다 자신들을 인정해 주지 않는 세상 사람들의 비난이 더 큰 아픔으로 다가오고 있었던 것이다.

하드 코어를 좋아하는 만해는 회초리가 등장할 때부터 하품도 안 하고 열심히 보고 있었다.

그러나 세상 사람들이 그들을 인정하지 못하는 대목에 이르자 자신도 모르게 눈가에 눈물이 맺히기 시작했다.

"음… 메조키스트귀로군."

노승이 옆에서 중얼거렸다.

만해는 손등으로 눈물을 닦으며 다시 모니터를 주시했다.

장소가 바뀌어 그들은 실내 야구 게임장으로 손을 잡고 걸어가고 있었다. 만해는 그들의 표정에서 죽음을 읽을 수 있었다.

'안 돼!!'

만해는 속으로 외쳤지만 야구장 타석에 들어선 그들은 서로를 바라보며 천천히 옷을 벗었다. 잠시 후 알몸이 된 두 사람은 서로의 몸에 난 상처를 따뜻한 손길로 부드럽게 만져 주었다.

안타깝게 서로를 어루만지던 두 사람은 주머니에서 오백 원짜리 동전을 가득 꺼냈다.

한밤중이었다. 주위엔 아무도 없었다.

그들이 자동 투구기에 동전을 하나둘 집어넣기 시작했다.

그러자 투구기는 딱딱한 공을 하나씩 힘차게 튕겨내기 시작했다.

하지만 두 사람은 야구 방망이를 들지 않았다. 대신 그 자리에서 열성적으로 키스를 하기 시작했다.

퍽!

첫 번째 공이 벌거벗은 사내의 뒤통수에 와서 맞았다.

"아흐."

요상한 비명을 지르며 사내는 그 자리에 쓰러졌다. 그러나 표정은 행복해 보였다.

여자는 그런 사내를 감싸 안으며 몸을 숙여 이마에 키스를 했다.

퍽!

두 번째 공은 여인의 등짝에 가서 맞았다.

사내는 여인을 눕히고 자신의 엉덩이를 들어 올렸다.

퍽!

세 번째 공은 사내의 엉덩이에 맞았다.

여자는 사내를 밀치며 사내 위에 올라탔다.

퍽!

네 번째 공은 여자의 머리에 맞았다.

까무러친 여자를 사내는 어깨에 둘러맸다.

퍽!

다섯 번째 공은 사내의 사타구니에 맞았다.

그 충격으로 사내는 여자를 타석 앞 그물망으로 떨어뜨렸다.

퍽!

여섯 번째 공은 그물망에 떨어진 여인의 가슴에 맞았다.

시퍼렇게 된 가슴을 부여잡고 여인은 그물망을 기어 타석 쪽으로 나가려 했다.

딱!!

남자가 방망이를 들어 날아오는 일곱 번째 공을 후려쳤다.

퍽!

사내가 친 일곱 번째 공은 기어나오던 여인의 면상에 정확히 맞았다.

"으흥… 자기, 준비됐어?"

얼굴을 피로 떡 칠을 한 여자가 사내에게 물었다.

"그래. 자기, 이리 와!!"

사내가 외쳤다.

기어서 타석에 도착한 여인을 사내는 힘차게 얼싸안았다. 서로 꽉 부둥켜 안고 있는 그들의 뒤로 끊임없이 공이 날아들고 있었다. 그 공을 피할 생각을 하지 않고 둘은 마치 한 몸처럼 합일이 되어 서 있었다.

이윽고 둘은 서로를 껴안은 채 한 명씩 번갈아가며 공을 맞을 수 있도록 그 자리에서 휘휘 돌기 시작했다. 마치 무도회장에서 춤이라도 추는 듯한 모습이었다.

끊임없이 도는 두 사람 위로 하늘에서 눈송이가 날리기 시작했다.

하나둘 날리던 눈송이는 이내 함박눈으로 바뀌기 시작했다.

어디선가 탱고 음악이 들려오는 듯했다. 그 리듬에 맞추어 제자리에서 도는 두 사람.

그리고 두 사람의 몸을 향해 쏟아지는 야구공! 아름다운 장면이었다.

그렇게 새하얀 밤이 지나고 아침이 밝아왔다.

야구 게임장을 지나던 사람들은 가득 쌓인 눈 속에서 온몸이 피멍으로 얼룩진 채 서로를 꼭 부둥켜안고 죽은 두 남녀의 시체를 발견했다. 두 사람은 완벽하게 교접한 채로 죽은 것이다.

화면에 나타난 사내의 기억은 여기까지였다.

"그렇게 죽으면……."

자신의 머리에서 잭을 빼내며 사내가 말을 시작했다.

"마음 놓고 둘이 함께 살 수 있는 편견없는 곳으로 갈 줄 알았는데……."

"같은 곳으로 가지 못했나?"

노승의 말에 사내는 고개를 저었다.

"제 영혼이 빠져나왔을 때는 이미 서영이의 영혼은 어디론가 사라진 뒤였죠. 그래서 끊임없이 서영이를 부르며 찾아 헤매는데 어디선가 꼬마가 하나 나타나 내게 말을 걸었죠."

"혹시 그 꼬마 녀석 붉은 얼굴을 하지 않았나?"

노승이 인상을 쓰며 물었다.

"예! 어떻게 그걸 아시죠? 꼬마가 낮술이 과했더군요."

"역시 그 녀석이군!!"

"아! 내게 방망이를 준 것도 붉은 옷을 입은 꼬마였는데……."

윤식이 덩달아 소리쳤다.

"하여튼 그 꼬마가 내게 방망이를 보여주며 그 안에 들어가 기다리면 서영이를 만날 수 있다고 했어요. 그녀는 이미 야구공 안에 들어가 있다고 했죠. 그래서 방망이 안에서 기다리다 보면 언젠가는 만날 것이라고… 만나고 나면 우리 둘은 원하는 곳에서 사람들 눈치 보지 않고 사랑을 나누며 살 수 있을 거라고 말했죠. 비록 꼬마의 말이었지만 당시로써는 그 방법밖에 없어 보이더라고요. 언제까지나 정처없이 헤맬 수는 없었으니까요. 그리고 막상 그 안으로 들어가 보니 맞고 때리는 것은 제 전공이라서인지 그걸 전문으로 하는 방망이 안은 꼬마의 말대로 내겐 더없이 아늑했죠. 흡사 어머니 자궁 같았어요. 그러다가 이렇게 합일이 되었죠."

"그만 하게……."

노승이 엄숙한 목소리로 사내의 말을 끊었다.

"휴… 자네들 잘못이 아닐세. 변태도 인정해 줘야지. 자신과 조금 다르다는 이유로 누구도 다른 사람을 손가락질해서는 안 되는 법이지."

노승은 그 자리에 가부좌를 틀고 앉아 눈을 감고 참선을 하기 시작했다.

무엇인가를 심각하게 고민하는 듯했다. 잠시 후 눈을 뜬 노승은 사내에게 말했다.

"내 잠시 너를 그냥 둘 터이니 네 짝인 여인이 나타나는 즉시 네 갈 곳으로 가거라. 두 번 다시 꼬마의 말에 혹하지 말고! 그 녀석은 예사 꼬마가 아니다."

"고맙습니다! 정말 고맙습니다!"

사내는 고개를 여러 번 숙여 인사를 한 뒤 방망이 안으로 나올 때와 반대의 순서로 들어가기 시작했다.

사내의 영이 방망이 안으로 다 들어가자 방망이 가운데 부분에는 청테이프만 달랑달랑 붙어 있었다.

노승은 방망이를 주워 청테이프를 떼며 윤식에게 내밀었다.

"자, 받게. 일단 자네가 계속 쓰고 있는 게 좋겠군."

"우왓! 싫어요!! 싫어!"

윤식은 요란스럽게 양팔을 저으며 도망갔다.

그 모습을 지켜보며 만해는 노승을 보며 물었다.

"끝난 거예요?"

"그럼 끝이지 뭐가 더 있겠냐?"

"우리가 악귀를 잡은 거예요? 난 아무것도 한 것이 없는 것 같은데."

"엉덩이 아프지 않느냐?"

"아까 맞은 데요? 당연히 아프죠!"

"그럼 많은 일한 셈이지. 킁!"

그 말을 끝내고 노승은 콧바람을 불어 코에서 붉게 물든 하얀 솜을 뽑아냈다.

그리고 그 자리에 주저앉아 다시 참선에 들어갔다. 만해 역시 아까 본 X등급 영상을 잊기 위해 노승 옆에 가부좌를 틀었다.

"와아아~!"

삐이이익~

[예, 이종우 선수 타석이 돌아오자 환호 소리가 커지는군요!]

[예, 요즘 강윤식 선수가 타격이 주춤한 반면에 이종우 선수의 타율이 10할에 육박하고 있죠?]

[예, 그렇습니다. 그런데 이상한 것은 이종우 선수가 한때 강윤식 선수가 했던 버릇을 똑같이 따라 하고 있습니다. 정작 강 선수는 그 버릇이 싹 없어졌는데 말입니다. 예, 저거 보십시오! 방망이를 가지고 나올 때부터 계속 진한 뽀뽀를 하지 않습니까!!]

며칠 뒤 우연히 TV 야구 중계를 보던 만해는 이종우 선수가 하는 행동을 보며 속이 매스꺼워지는 걸 느꼈다. 그래도 방망이를 다시 보는 반가움에 계속 지켜보았다.

[예, 정민수 투수 던졌습니다. 앗! 쳤습니다! 아~ 그러나 관중석으로 들어가는 파울입니다. 주심, 새로운 공을 정민수 투수에게 던져 줍니다. 예, 제2구 던졌습니다. 쳤습니다! 어엇!!]

아나운서의 경악에 찬 비명과 함께 TV를 보던 만해 역시 순간 눈을 동그랗게 떴다. 공이 방망이에 맞는 순간 불꽃이 번쩍 일더니 공이 방망이에 딱 붙어버렸던 것이다.

[예, 희한한 일이 벌어졌습니다! 공이 방망이에 붙어버리다니… 어떻게 저런 일이… 이종우 선수 황당한 표정으로 공이 붙은 방망이를 들고 있습니다. 아잇! 저건 또 웬일입니까? 방망이가 이 선수의 손을 떠나 공중으로 떠오르기 시작하고 있습니다. 운동장 위로 높이 떠오르고 있습니다. 믿을 수 없는 일입니다. 앗! 하늘에서 눈송이가 날리고 있습니다. 세상에… 한여름에 눈이 오고 있습니다!]

호들갑을 떠는 아나운서와 달리 만해는 미소를 머금고 그 장면을 보고 있었다.

'드디어 만났군요! 이제 편견없는 세상에 가서 사랑하며 살아요!'

만해가 그들을 향해 손을 흔들 때 방망이와 야구공은 야구장 높이 떠올라 눈송이를 헤치며 운동장 저편으로 사라지고 있었다.

"으아악! 안 돼!!"

메조키스트귀를 떠나보낸 뒤 참선을 빙자한 잠자리에 든 만해는 소리를 지르며 잠에서 깨어났다. 재빨리 엉덩이를 만져 보았다. 아직 붓기가 다 빠지지 않았을 뿐 아무 이상도 없었다.

만해는 방금 전 꿈속에서의 일을 떠올렸다.

꿈속에서 곡괭이 자루와 야구 방망이를 든 벌거벗은 창백한 사내와 여인들이 만해에게 몰려들고 있었다. 만해는 도망가려 했으나 발이 미처 떨어지지 않았다.

그사이 한 사내가 방망이를 치켜들더니 만해를 향해 내려치기 시작했다.

픽!

엉덩이에 적중하자 만해는 입을 있는 대로 벌려 비명을 질렀다.

"으흐흥─"

그러나 만해의 입에서 나온 것은 비명 소리가 아니라 만족에 겨운 요상한 소리였다.

퍼퍽!

"으흥─ 더! 더!"

만해는 자신의 의지와는 달리 자기의 입에서 나오는 희열의 신음 소리를 어떻게 받아들여야 할지 몰랐다.

　그때였다.

　"허공질주(虛空疾走)!!"

　갑자기 노승이 벼락같은 소릴 지르며 공중에서 나타났다.

　전에도 말했지만 역시 언제나 영웅은 있는 법이다.

　노승은 귀신들을 보며 근엄하게 한마디 했다.

　"멈추어라!!"

　그 말을 듣자 만해의 입에선 엉뚱한 말이 튀어 나갔다.

　"안 돼요!! 더 때려줘요. 더요, 더!.제발……."

　그러나 노승은 말없이 만해를 쳐다본 뒤 귀신들과 함께 그곳을 떠나기 시작했다.

　"으아악! 안 돼! 더 때려 줘!! 플리즈!!"

　하지만 노승과 귀신들은 뒤도 돌아보지 않았다.

　그들의 냉정한 뒷모습을 보며 만해는 비명을 지르며 잠에서 깨어났던 것이다.

　잠시 엉덩이를 만지던 만해는 사적인 볼일을 보러 간 노승이 너무나 보고 싶었다.

　내 안의 숨겨진 모습마저 투영해 보고 있는 듯한 자… 그는 도대체 누구란 말인가?

　'아! 내 사부님이구나!!'

　그렇다면 강 선수와 메조키스트귀에게 나타난 붉은 옷을 입은 꼬마는 또 누구란 말인가?

　'아! 저번에 놓친 붉은 악마구나.'

만해는 스스로 묻고 답하는 자문자답(自問自答)을 즐기며 다시 참선
에 들기 시작했다.

아주 깊은 참선에… 드르렁 쿨!

제4화
내 다리 내놔!

"에구구, 순찰 나갈 시간이군."

광명시 외곽에 자리 잡은 목련 공원은 시에서 소규모로 조성한 공동 묘지였다.

그곳에서 일하는 관리인 김상부 씨는 초저녁부터 먹은 막걸리로 알딸딸해 있었다. 술기운 탓인지 컨디션은 별로 안 좋았지만 성실한 성품인 김씨는 그곳에서 같이 일하는 정씨가 깊은 잠에 빠져 있는 것을 보며 조용히 모자를 쓰면서 혼자 밖으로 나섰다.

조금 전까지 비가 내려서인지 아직까지 공기가 축축하게 느껴졌다. 게다가 땅은 질퍽해져 있었다. 거의 10년간 반복해 온 일이었지만 아직도 이런 음산한 밤에 혼자 순찰을 나가는 것은 유쾌한 일이 아니었다. 그렇다고 귀신을 두려워하는 것은 아니었다.

모르는 사람들은 공동묘지엔 귀신이 득실득실할 것이라고 생각하고 있지만 이곳을 삶의 터전으로 삼고 있는 사람들에게는 우스갯소리로밖에 들리지 않았다. 김씨 자신도 지난 10년간 귀신을 한 번도 만나보지 못했다. 하기야 귀신이 나오는 줄 뻔히 알면서 그런 곳에서 일할 사람은 없을 것이다.

그러나 김씨가 미처 알지 못했던 사실이 있었는데… 귀신들은 자신들의 묘를 돌봐주는 존재인 김씨에게 구태여 모습을 드러낼 필요가 없다는 것이었다. 세상은 넓고 놀래줄 사람은 많은데 쓸데없이 묘지 관리인에게까지 나타나 공포에 떨게 하면 누가 자신들의 묘지를 손봐주겠는가 하는 계산 때문인지 귀신들 사이에도 암묵적인 규제가 있었던 것이다.

여하튼 귀신 한 번 보지 못한 김씨는 자신에게는 작은 봉우리에 지나지 않은 봉분 사이를 오가며 순찰을 하고 있었다. 운이 좋으면 성묘객이 놓고 간 쓸 만한 물건도 주울 수 있을 것이다. 그런 물건을 습득했을 때 주인이 찾아온다면 당연히 돌려주지만 대부분의 사람들은 공동묘지에서 무엇인가를 잊어버리면 그냥 넘어가곤 했다. 힘들게 주인을 찾아 연락해도 그 물건이 이미 귀신들이 사용하거나 귀신이 붙었을 것이라고 생각해서인지 그냥 버리라는 사람들이 거의 대부분이었던 것이다.

짭짤한 부수입이었다.

그래서 야밤 순찰을 돌 때면 유난히 땅 밑을 열심히 살피고 다니는 것이 김씨에게 버릇 아닌 버릇이 되었다.

"쿵짝 쿵짝 쿵짜라자짝~ 네 박자 속에~ 사랑도 있고 이별도 있고 눈물도 있고~"

혼자 흥얼거리며 노래를 부르며 가던 김씨는 순간 어디선가 들려온 이상한 소리에 노래를 멈췄다. 플래시를 살며시 끈 뒤 귀를 기울인 김씨에게 무엇인가를 마구 내려치는 소리가 들려왔다.

픽! 픽!

나무를 내려치는 소리도 아니었고 땅을 파는 소리도 아니었다. 그렇다고 들짐승의 소리도 아니었다. 최근 들어 도둑 고양이가 자주 출몰하기는 했지만 그놈들은 저렇게 소릴 내면서 무슨 일을 하는 법은 없었다.

'뭔 소리지… 혹시… 귀신?'

귀신이라는 단어까지 생각이 미치자 김씨는 고개를 세차게 흔들었다.

'술 잘 먹고 뭔 주책맞은 생각여……'

김씨는 살금살금 소리나는 곳을 향해 다가갔다.

널려 있는 묘지들이 훌륭한 가리개가 되어주었기에 플래시를 켜지 않고도 소리나는 곳에 가깝게 접근할 수 있었다. 소리가 나는 곳은 김씨가 숨은 곳으로부터 두 칸 건너 있는 묘지가 분명했다.

묘지 위로 살짝 고개만 내밀었다.

순간 김씨는 눈앞에서 펼쳐지는 광경을 보고 자신도 모르게 소리를 지를 뻔했다. 이미 파헤쳐진 묘지 앞에 하얀 소복 입은 여인이 팔을 올렸다 내렸다 하며 무엇인가를 자르고 있었던 것이다.

'귀신인가?'

식은땀을 흘리며 그 자리에서 꼼짝 못하고 있는 김씨의 시선을 눈치 채지 못했는지 여인은 작업을 계속하고 있었다. 어둠이 눈에 익자 김씨의 눈에 먼저 보인 것은 여인이 들고 있는 커다란 작두였다. 여인은 그것을 올렸다 내렸다 하며 무엇인가를 자르고 있었던 것이다.

'칼을 들고 있는 걸 보면 귀신은 아닌 것 같은데……'

생각은 그렇게 하면서도 김씨는 선뜻 앞으로 나설 수가 없었다. 귀신일 수도 있겠다는 두려움이 김씨의 의식을 더 많이 지배하고 있는 탓이었다. 그도 그럴 것이 여인의 옷 입은 모양새나 하는 행동은 영락없이 귀신 스타일이었기 때문이다.

이윽고 목적을 달성했는지 여인은 한숨을 내쉬며 이마의 땀을 훔쳤다.

그러나 그것도 잠시, 이내 소복 안에서 보자기를 꺼내 무엇인가를 싼 뒤 여인은 그 자리에서 일어섰다. 여인이 싼 물건이 무엇인지 보기 위해 무덤 위로 고개를 주욱 내민 김씨는 마침 주위를 두리번거린 여인과 눈이 딱 마주쳤다.

'에구! 난 이제 죽었다!!'

온몸에 소름이 좍 돋는 것을 느끼며 김씨는 눈을 딱 감았다.

그러나 여인 쪽에선 김씨를 발견하지 못했는지 고개를 다른 쪽으로 돌려 두리번거렸다.

김씨가 아직도 눈을 감고 처분만 기다리고 있을 때 여인은 품 안에서 두꺼운 안경을 꺼내 쓰더니 보자기를 고이 안은 채 아래로 내려가기 시작했다.

발자국 소리에 눈을 뜬 김씨에게 저 밑으로 달려 내려가는 여인의 뒷모습이 보였다. 하얀 소복이 어둠을 뚫고 팔랑거리는 모습이 주변의 경관과 어울려 나름대로 운치있었다.

'휴— 살았다!'

그 여인이 귀신이든 사람이든 일단 목숨을 건졌다는 안도감에 한숨을 쉬던 김씨의 눈에 파헤쳐진 무덤이 들어왔다.

'도대체 무덤을 파헤쳐 뭘 하고 있었던 거지?'

김씨는 천천히 무덤으로 다가가 보았다. 파헤쳐진 무덤 안에는 관 하나가 뚜껑이 열린 채로 놓여 있었다. 그 안으로 수의를 입은 시체가 약간 비스듬한 자세로 누워 있는 것이 보였다.

매장한 지 얼마 안 된 탓인지, 보관이 잘되어 있었던 탓인지 역겨운 냄새만 훌훌 풍기고 있을 뿐 시체는 거의 온전한 모습을 갖추고 있었다. 매일같이 보아서인지 시체는 오히려 무섭지 않았다. 그러나 시체에게서 고개를 돌리려던 김씨의 눈에 두 개가 있어야 할 시체의 다리 하나가 보이지 않았다.

'살아생전에 외다리였나?'

이상하게 생각한 김씨가 그 자리에 앉아 잘린 쪽 다리를 자세히 보려고 눈을 갖다 댔을 때였다.

구름 사이를 뚫고 숨어 있던 달이 하늘로 나왔다.

마침 플래시를 켜던 김씨는 주위가 밝아지는 것을 느끼고 달을 보기 위해 시선을 하늘로 향했다.

'오늘이 보름이었군.'

다시 고개를 시체의 잘라진 다리 부분으로 돌린 김씨의 플래시 불빛에 비친 것은 시체의 다리가 아니라 사람의 뒤통수였다. 김씨가 보려던 그 다리의 잘린 부분을 누가 고개를 거꾸로 숙인 채 보고 있는 모양새였다.

"같이 봐요!!"

무의식적으로 불빛에 비친 머리통을 손으로 밀치며 시체의 다리 부분을 살펴보려던 김씨는 이내 자신이 이곳에 혼자 있었다는 것에 퍼뜩 생각이 미쳤다.

"으으으—"

등골이 오싹해진 김씨는 그 상태로 몸이 굳어버렸다. 순간 플래시의 불빛 앞으로 김씨의 손에 밀려났던 그 머리통이 다시 쓱 나타났다. 역시 뒤통수였다.

바로 시체의 뒤통수였던 것이다.

관 속에 얌전히 누워 있어야 할 시체가 그 자리에 앉은 채로 고개를 숙여 자신의 잘린 다리를 보고 있었던 것이다.

그 자리에서 꿈쩍도 못하고 있던 김씨를 향해 서서히 고개를 올리는 시체의 창백한 얼굴이 플래시 불빛에 비추어지기 시작했다. 불빛에 비친 시체의 얼굴은 부패하기 시작해 이곳저곳이 삭아 있었다. 꿈에 나타날까 두려울 정도로 끔찍한 얼굴이었다. 드디어 김씨의 눈과 시체와 눈이 딱 마주쳤다. 시체의 눈가가 부르르 떨렸다.

김씨의 몸도 덩달아 부르르 떨렸다.

시체는 김씨의 얼굴과 자신의 잘려진 다리를 번갈아 보기 시작했다.

그러나 그것도 잠시뿐.

김씨의 얼굴만을 뚫어지게 쳐다보기 시작했다. 김씨 역시 시선을 어디에 두어야 할지 모른 채 시체의 얼굴만 겁에 질린 눈으로 바라보고 있었다.

모르는 사람들이 본다면 달밤에 연애를 하러 나온 커플로 오해하기 딱 좋은 자세였다.

아무 말 없이 서로를 바라보던 침묵의 순간을 깬 것은 시체 쪽이었다.

아주 조용히 입을 열었다. 굵지만 나지막한 목소리였다.

"내 다리 내놔."

"예엣?"

"내 다리 내놔."

"제가… 안 가져갔는데요."

"내 다리 내놔!!"

"……"

김씨는 난데없이 자신의 다리를 달라는 시체를 바라보며 어찌할 바를 몰랐다.

'진짜 귀신이다! 망했다. 근데 뭘 달라는 거지? 다리라니?'

냐옹냐옹—

그때 어디선가 고양이 울음소리가 들려왔다. 순간적으로 시체가 그쪽으로 고개를 돌렸다.

"사람 살려!!"

김씨는 이때다 싶어 그 자리에서 벌떡 일어나며 비명을 질렀다. 그리고 죽을 힘을 다해 아래쪽 관리실을 향해 뛰기 시작했다. 물에 젖은 잔디와 진흙에 신발이 미끄러지고 있었으나 그게 문제가 아니었다.

탁! 탁!

30미터쯤 뛰었을까, 뒤쪽에서 무엇인가 쫓아오는 소리에 김씨는 달리는 상태에서 고개를 뒤로 돌렸다. 김씨의 눈은 두려움으로 더욱 커졌다. 어느새 일어나 한쪽 다리로 뜀뛰기를 하듯 달려오는 시체의 모습이 보였던 것이다.

비록 한쪽 다리였지만 뛰는 게 아니라 흡사 날아오는 것처럼 보였다.

"내 다리 내놔! 내 다리 내놔! 내 다리 내놔!!"

수의 자락을 휘날리며 한쪽 다리로 점프를 하듯 달려오는 시체는 똑같은 말을 반복해서 하고 있었다. 나지막이 깔리는 중저음의 목소리에 달빛을 등에 지고 쫓아오는 시체의 모습은 역시 시체다운 괴기스러움을 충분히 보여주고 있었다.

달리기를 싫어하던 김씨는 태어나서 가장 빠른 속도로 뛰고 있었으나 더 엄청난 속도로 달려오던 시체의 손에 이내 목덜미가 잡히고 말았다.

"으아악! 살려줘요!!"

"내 다리 내놔!!"

김씨의 절규에도 불구하고 시체는 엄청난 고함과 함께 그 자리에 선 채 김씨의 발목을 잡아 거꾸로 들어 올렸다. 김씨가 결코 마른 체형이 아니었음에도 한 손만으로 들어 올리는 괴력을 보이는 시체였다. 김씨는 공중에 거꾸로 매달린 채 온몸을 버둥거렸다. 그런 김씨는 아랑곳 않고 시체의 다른 손은 김씨의 무릎으로 향했다.

"내 다리 내놔!"

"무, 무슨 다리요?"

김씨는 두려움을 참으며 최대한 이성적으로 반문했다. 그러나 시체는 결코 이성적인 존재가 아니었다.

"내 다리!!"

그것은 엄청난 고통을 느끼기 전 김씨가 마지막으로 들은 말이었다. 김씨의 무릎에 강한 압력이 가해졌다.

두두둑둑!

"으아아아악—"

뼈가 부러지고 살점이 찢기는 소리와 함께 김씨의 처절한 비명이 밤하늘을 가로질렀다. 그러나 불행히도 그 소리를 들은 사람은 주변에 아무도 없었다.

피가 뚝뚝 떨어지는 다리만 한 손에 든 채 김씨의 나머지 몸을 바닥으로 던진 시체의 얼굴이 약간 움찔거렸다. 자기 딴에는 미소를 지은 것이었다. 썩어가는 얼굴에서 보여지는 만족스러운 미소는 참으로 경이로운 장면이었다.

"내 다리 찾았다!"

시체는 중얼거리며 김씨에게서 자른 다리를 자신의 잘라진 왼쪽 무릎에다 붙이기 시작했다.

생각처럼 잘 붙지 않는지 이리저리 붙여보며 한참을 씨름하고 있었다.

마침내 붙였는지 시체는 허리를 펴며 몸을 똑바로 일으켜 그 자리에 섰다.

그러나 그것도 잠시, 이내 몸이 왼쪽으로 기울어졌다. 그도 그럴 것이 김씨의 키가 시체보다 훨씬 작았기 때문이다. 그러니 당연히 김씨의 왼쪽 다리 역시 시체의 원래 다리보다 짧았던 것이다.

그래도 억지로 걸어보려던 시체의 노력은 10여 미터도 못 가서 산산조각났다.

몸이 기우뚱하더니 그대로 앞으로 폭삭 쓰러져 버린 것이다. 억지로 붙인 김씨의 다리가 견디다 못해 떨어져 나간 것은 물론이고. 시체는 떨어진 김씨의 다리를 들어 이리저리 살피더니 중얼거렸다.

"내 다리가 아닌게벼."

그러더니 다시 얼굴을 움찔거리다 양팔을 하늘 높이 들어 올렸다.

입에서는 분노의 외침이 터져 나왔다.

"내 다리 내놔! 내 다리!!"

소리소리 지르다 팔을 내린 시체는 김씨의 다리를 앞쪽의 숲 속으로 던져 버렸다.

탁! 소리와 함께 숲 저편에 다리가 떨어졌다.

"으아악! 내 다리 내놔!!"

고함을 지르며 한쪽 다리로 탁탁거리며 주위를 맴돌던 시체는 어디론가 뛰어가기 시작했다.

땅바닥에 내동댕이쳐진 김씨는 가물거리는 의식 속에서 간신히 정신만은 놓지 않고 있었다.

잘린 다리 사이로 온몸의 피가 다 빠져나가는 느낌이 들었다.

그게 피가 아니라 저녁때 마신 막걸리였으면 좋으련만…….

매사에 긍정적이던 김씨는 죽음의 순간까지 엉뚱한 생각을 하고 있었다.

소리칠 기운조차 없었던 김씨는 관리실까지의 거리를 가늠해 보았다. 기어가기엔 너무 멀었다. 이제 어차피 살기 틀렸다는 건 김씨 스스로 잘 알고 있었다. 김씨는 마지막 힘을 짜내어 양팔을 움직여 관리실과 반대 편인 숲 쪽으로 방향을 잡았다. 그리고 기어가기 시작했다.

무슨 생각인지 김씨는 시체가 자신의 다리를 던진 곳으로 향하고 있었던 것이다.

시체가 한 행동을 따라 할 생각인지도 몰랐다. 잘린 부분을 다시 붙이면 혹시 살 수 있지 않을까 하는 생각을 김씨처럼 죽어가는 사람이라면 할 수도 있을 터였다.

그렇게 얼마를 기어갔을까……. 김씨는 그 자리에 멈추었다. 어느새 꿈틀거리던 움직임도 잦아들었다. 이미 피가 많이 빠져나가 창백하게 된 김씨의 머리 속에는 한 가지 생각밖에 들어 있지 않았다.

'죽더라도 다리가 붙어 있는 온전한 사람으로 죽고 싶어……'

머리가 서서히 바닥으로 떨어지는 것을 느끼며 김씨가 마지막으로 생각한 것은 바로 그것이었다.

이튿날 성묘하러 온 가족에 의해 김씨의 시체가 발견되었다.

파헤쳐진 무덤 옆의 50여 미터가량 떨어진 곳에 김씨의 시체는 처참하게 널브러져 있었다. 무덤 안에는 부서진 관 외에 아무것도 없었고, 그 옆으로 불빛이 채 꺼지지 않은 플래시가 하얀 빛을 발산하며 풀 속에 처박혀 있었다.

죽은 김씨의 다리 한쪽이 무릎 아래로 왕창 잘려 나가고 없었다.

다리가 잘려서도 의식은 있었는지 파헤쳐진 무덤에서 몇십 미터 떨어진 곳에서부터 김씨의 시체가 발견된 곳까지는 핏자국이 죽 이어져 있었다. 성한 팔을 이용해서 죽을힘을 다해 기어온 듯했다. 그러나 그렇게 힘을 쓴 보람도 없이 김씨는 핏자국만 남긴 채 창백한 모습의 시체로 발견된 것이다.

"직접적인 사인은 과다 출혈이겠군."

긴급 연락을 받고 온 강력계 형사인 한영인 반장이 시체를 대충 살펴본 뒤 중얼거렸다.

그런 한 반장을 보며 마동수 형사가 조심스레 입을 열었다.

"빨리 발견됐더라면 목숨은 구할 수 있었겠죠?"

"확실하진 않지만 그럴 수 있었을 것도 같은데……."

"근데 왜 피해자의 핏자국이 관리실 쪽을 향하지 않고 숲 쪽을 향하고 있을까요?"

"모르지!! 범인이 질질 끌고 다녔나?"

외투 깃을 치켜세우며 한 반장은 말했다.

"이곳에 훔칠 것도 없을 테니 설마 강도는 아니겠고… 원한 관계로 보기도 힘든걸. 처음부터 죽이려고 들었다면 아무리 범인이 멍청한 놈이더라도 가슴이나 배를 찔렀을 테니까. 그런데 다리만 잘랐단 말야. 아니지, 전문적인 살인 청부업자의 짓일 수도 있겠군."

"반장님, 그나저나 잘린 다리는 어디 있을까요?"

"글쎄, 빨리 찾아야지. 그것이 이번 사건의 핵심 단서가 될 수 있을 테니까. 음… 내 다년간의 경험으로 봐서 잘린 다리를 찾긴 어려울 테니 모든 수사력을 없어진 다리를 찾는 데 집중하도록! 한강 고수부지나 난지도 같은, 평소 토막 시체가 많이 발견되는 곳에 탐문 수사를 보내도록! 그리고 검은 비닐 봉투를 들고 다니는 사람은 무조건 검문하도록 하고!"

"옛!"

그때 조금 떨어진 숲 속으로 볼일을 보러 간 박성기 형사가 잘린 다리 하나를 들고 얼빠진 표정으로 숲 속에서 걸어나왔다.

다리는 박 형사의 분비물로 촉촉이 젖어 있었다.

한 반장이 깜짝 놀라 박 형사에게 물었다.

"그 다리가 이 다리냐?"

"글쎄요."

박 형사는 한 반장의 예리한 질문에 고개를 저으며 답했다.

"어디서 났어?"

"저기서 소변 보는데 앞의 풀 속에 있던데요."

한 반장은 다리를 빼앗아 마 형사와 함께 김씨 시체의 잘라진 부분에 맞춰보았다.

"음… 이 다리가 그 다리군! 아귀가 딱 맞는데."

"반장님, 그런데 이상한 점이 있습니다!"

마 형사가 대단한 것을 발견한 것처럼 상기된 표정으로 외쳤다.

"뭔가?"

"잘려 나간 다리가 피 한 방울 없이 깨끗합니다."

"그렇군. 역시 전문가의 솜씨인 듯한데… 깔끔하게 도려냈어. 피도 안 내고……."

다시 한 번 다리를 살핀 한 반장은 심각한 표정으로 중얼거렸다.

그러자 다리를 발견해 들고 온 박 형사가 난처한 표정으로 입을 열었다.

"그건 저… 제 오줌 줄기에 묻어 있던 피가 씻겨 나가서……."

"흠… 우선 가족들에게 알리고 혹시 원한 관계가 있나 확인해 보도록. 근처 불량배 몇 놈 잡아서 족쳐 보고."

한 반장은 박 형사의 말을 애써 무시하며 재빨리 지시를 내렸다.

"옛!!"

"아, 그리고 시간있으면 관리인한테 저 위에 파헤쳐진 무덤 똑바로 해놓으라고 해. 영 보기 안 좋더라고."

"저… 반장님, 그 무덤도 조사해 봐야 하지 않을까요?"

"시간 많다, 그런 쓸데없는 거나 조사하고 있게!"

마 형사의 말을 일축하고 한 반장은 김씨의 잘린 다리를 소중히 품에 안고 현장에서 떠나기 시작했다. 다시 한 번 외투 깃을 치켜세우며 걸어가는 뒷모습이 진지하고 듬직해 보였다.

한영진 반장은 중앙 경찰청 소속 강력 5반의 잘 나가는 반장이었다. 어떤 어려운 사건이라도 일단 한 반장의 손에 넘어가면 어떤 식으로든 끝장을 보곤 했다.

그게 정상적인 해결이든 엉터리 해결이든 간에 자신이 맡은 일 하나는 확실하게 처리해 내는 능력을 가졌다.

그래서 경찰서 내에서도 한 반장을 귀신도 잡을 형사라고 부르는 사람들도 있었다. 그게 칭찬의 말인지 비꼬는 말인지 한 반장에게는 중요하지 않았다.

한 반장은 단지 맡은 바 임무를 성실히 노력하여 처리할 뿐이었다.

'한 번 더 생각하자'는 그의 좌우명이었다.

'다리 잘려 죽은 살인 사건'이라 명명된 사건의 수사는 이렇게 시작됐다.

만해는 노승과 함께 서울 외곽의 조그만 고시원에서 생활하고 있었다.

큰길 건너 골목길에 있는 건물 2층에 자리 잡은 고시원은 1평 반, 2평짜리 방이 조막조막 붙어 있었다. 50평짜리 2층에서만 30여 명이 생활하고 있는 셈이었다.

고시생들이 몰려 있는 신림동 쪽은 그렇지 않겠지만 외곽 지역의 고시원이라는 것은 말만 고시원이다 뿐이지 고시를 준비하는 사람은 눈을 씻고 찾아봐도 거의 없었다. 이런저런 뜨내기들이 한두 달 거쳐 가거나 술집 삐끼들이 임시로 생활하는 곳에 불과했다. 초기 입주 시 목돈이 안 들어가고 매월 일정한 돈만 내면 잠자리는 해결이 되기 때문이다. 화장실이나 주방도 거주인들이 모두 공동으로 써야 하는 열악한 환경이었지만 동굴 안에서 면벽수행으로 몸이 단련된 만해는 별 불편을 못 느끼고 있었다.

그보다는 오히려 노승의 수발을 드는 것이 훨씬 고된 일이었다.

지난번 사건 이후 이곳으로 거처를 옮긴 노승은 시도 때도 없이 참선을 핑계로 잠만 자고 아무 때나 깨어 만해에게 이것저것 잡다한 심부름만 시켜댔기 때문이었다.

"만해야, 가서 라면 좀 끓여와라."

"시주받은 돈이 다 떨어졌습니다."

"그럼 요 앞 슈퍼마켓에서 외상으로 사 오면 되지 않겠냐."

"이제 안 준답니다, 밀린 외상값 다 갚기 전까진."

"호… 그래?"

노승은 갑자기 자리에서 벌떡 일어나며 소리쳤다.

"옷 입어라! 갈 데가 있다!"

"옛? 슈퍼마켓에 직접 가시려고요?"

"거긴 네 담당이지!"

"그럼 어딜 가시려고요?"

"집집마다 돌아다니다 보면 악귀가 씌인 집이 있을 테니 그걸 퇴치해 주러 가는 것이다. 그리고 시주도 받을 겸… 변변한 후원자도 없으니 생활비는 스스로 벌어야지. 아… 이 사회에 꼭 필요한 좋은 일을 하는 우리들을 후원해 줄 독지가들이 있으면 좋을 텐데 말이야. 전 국민 모금 운동을 해볼까? 그럼 퇴마에만 집중할 수 있고 좋잖아?"

"그럼 얼마나 모을 수 있을까요? 음… 생중계를 하면서 ARS를 이용해야겠죠?"

만해는 초롱초롱한 눈을 하고 물었다.

노승은 그런 만해를 빤히 바라보더니 답했다.

"그냥… 악귀나 퇴치하러 가자."

이번 출타의 목적이 악귀 퇴치가 아닌 단순히 라면 값을 버는 데 있는 것 같아 만해는 꺼림칙했으나 더 이상 군소리없이 노승의 뒤를 따라나섰다. 하긴 돈도 있긴 있어야 하니까.

무지개 아파트에 사는 37살의 주부 한은희는 흰 소복을 입고 아파트에 막 들어서고 있었다.

엘리베이터 버튼을 누른 채 은희는 품 안의 보자기를 꼭 안고 있었다. 예쁜 얼굴이었으나 어딘지 모르게 근심이 가득 차 보이는 얼굴이었다. 게다가 어디서 묻혀왔는지 흰 소복에 마른 진흙이 덕지덕지 붙어 있었다.

땡! 소리와 함께 은희 앞에 도착한 엘리베이터의 문이 열리며 두 명의 아주머니가 내렸다.

두 사람은 앞에 서 있는 은희를 보더니 깜짝 놀라며 말했다.

"아니, 현수 엄마! 웬 소복을 입고 있어요? 품 안의 그것은 뭐고?"

은희는 당황하며 한 손을 저었다.

"아무것도 아니에요. 그럼 이만."

재빨리 엘리베이터에 올라탄 은희는 버튼을 누른 뒤 문이 닫히기 전 가볍게 고개를 숙여 목례를 했다. 남은 두 사람은 닫힌 문을 쳐다보며 입을 열었다.

"현수 엄마 오늘 이상하네?"

"이상할 것도 없지 뭐. 남편이 오늘 내일 한다며?"

"맞아! 병명도 모른대요, 글쎄. 요즘 세상에도 불치병에 걸리는 사람들이 있네 그래."

"쯧쯧… 안됐어, 젊은 나이에. 부부 간 금실도 좋았는데……."

"사람 팔자 알 수 없다니까… 어머! 저기 웬 스님들이……!"

두 아줌마가 떠드는 것을 뒤로하고 엘리베이터에 올라탄 은희는 빨리 18층 자신의 아파트에 도착하기만을 기다리고 있었다. 어차피 이웃 아줌마들의 이상한 시선은 신경 쓰지도 않았다.

묘지에서 이곳까지 오는 동안 그런 시선을 한두 번 받은 것이 아니었기 때문이다.

장례식장도 아닌데 흰 소복을 입고 바깥을 돌아다녔으니 그럴 만도 했다.

그래서 어제 공동묘지에서 일을 끝마치고 나와 택시를 타지도 못했다.

어쩌다 간신히 차를 세우면 운전기사가 자신의 아래위를 살펴보고는 공포에 질려 도망갔기 때문이다.

하긴 패션에 문제가 있긴 있었다. 하지만 그 무당님이 그렇게 차려입고 가라고 했으니 별수없었다. 남편의 병만 낫는다면 이보다 더한 일도 할 수 있었다.

어쨌든 날이 밝을 때까지 걷고 뛰고 하다 간신히 버스를 타고 지금에서야 집에 도착했던 것이다. 오는 내내 자꾸 뭔가가 뒤쫓는 느낌이 들어 기분은 안 좋았으나 이제 집에 도착하기만 하면 모든 일이 다 해결될 것 같았다.

'조금만 참아요, 여보.'

엘리베이터가 맨 위층인 18층에 도착하자 은희는 문을 따기 위해 품 안을 뒤졌다. 그러나 아무것도 잡히지 않았다.

'어, 열쇠가 어디 갔지? 큰일 났네! 묘지에 떨어뜨렸나 보네. 어떻게 들어가지?'

땡!

은희가 사색이 되어 열쇠를 찾고 있을 때 옆에서 엘리베이터가 다시 도착하는 소리가 났다.

문이 열리자 안에 있던 사람들이 내리며 떠드는 소리가 들려왔다.

"맨 위층부터 시주받으며 내려와야 편하걸랑."

"왜요?"

"생각해 봐라. 계단을 올라가는 게 편하냐, 내려가는 게 편하냐?"

"내려가는 거요."

"그러니까 이렇게 엘리베이터를 타고 한번에 올라와서 계단으로 걸어 내려가며 집집마다 시주를 받는 거다 이거야. 알겠느냐? 앗! 나무관세음보살……."

만해에게 시주의 노하우를 전해주며 엘리베이터 안에서 내리던 노승은 은희를 발견하고 두 손을 모아 인사를 했다. 만해 역시 노승을 따라 예를 갖췄다.

"무슨 문제 있습니까, 보살님?"

노승의 질문에 흰 소복을 입은 채 땀을 삘삘 흘리고 있던 은희는 고개를 끄덕였다.

"문이 잠겼는데 열쇠를 잃어버려서……."

"본초가 시주를 받으러 다니는 몸이지만 그래도 문쯤은 열 수 있을 겁니다."

말을 마친 노승은 현관문을 살펴보더니 품 안에서 문방사우 중 하나인 가위를 꺼냈다.

"아니, 가위는 왜?"

놀라는 만해의 시선은 아랑곳 않고 노승은 가위 날을 뾰족하게 세우더니 능숙한 솜씨로 현관문을 쑤셔댔다.

찰칵!

걸쇠가 풀리는 소리와 함께 문이 어처구니없을 정도로 쉽게 따졌다.

"들어가시지요."

전직을 의심하는 만해의 눈초리를 무시한 채 노승은 은희에게 말했다.

"예, 고맙습니다. 그럼 이만."

"잠깐만!"

인사를 하고 황급히 들어가려는 은희를 노승이 막아섰다.

"더운 여름날이라 소승들이 목이 마르군요. 물 한잔 시주받아도 되겠습니까? 뭐, 꼭 문을 따줘서 그런 건 아니고… 허허."

은희는 자신이 품에 안고 있는 보따리와 노승 일행을 번갈아 쳐다보더니 체념한 듯 말했다.

"들어오세요."

"나무아미타불… 고맙습니다."

은희가 먼저 들어가자 노승은 만해의 옆구리를 치며 조그만 소리로 말했다.

"저 보따리가 수상쩍어."

"그래요? 난 아무 요기(妖氣)도 못 느꼈는데……."

"난 요기(療飢)를 느꼈지. 분명히 맛있는 걸 거야. 꼭 얻어먹고 가야지."

"……?"

은희는 들어가자마자 보따리를 냉장고에 재빨리 쑤셔 넣었다. 노승은 딴 데를 보는 척하며 은희의 그런 행동을 다 보고 있었다. 만해는 거실에 들어가 발 밑에 떨어져 있던 리모콘을 만지작거리다 자신도 모르게 파워 버튼을 누르고 말았다.

파팟거리는 소리와 함께 TV가 순간적으로 켜졌다. TV에서는 아나운서가 나와 다급한 목소리로 무엇인가를 전하고 있었다.

[뉴스 속보입니다! 어젯밤 살해된 것으로 추정된 목련 공원 관리인 김상부 씨 이후로 똑같은 상처를 가진 피해자가 매시간 속출하고 있습니다. 광란의 연쇄 살인범입니다. 지금까지 한쪽 다리가 잘린 채 사망한 사람의 숫자가 파악된 것만 10여 명에 이르고 있습니다. 피해자는 모두 30후반 이상의 남자이고 한 명을 제외한 나머지는 과다 출혈로 인해 현장에서 바로 사망한 것으로 알려져 있습니다. 예, 여기서 병원으로 긴급 후송되어 목숨은 건진 유일한 생존자를 만나보겠습니다. 을지 의료원에 나가 있는 취재 기자 연결합니다.]

[예, 여기는 피해자인 고정운 씨가 입원 중인 을지 의료원입니다.]

[피해자가 정신을 차렸다죠?]

[예! 지금 현재 수사 요원들에게 당시 상황을 증언을 하고 있습니다. 시민들이 경계를 할 수 있도록 증언 내용을 생방송으로 보내드리겠습니다. 살인마가 지금 어디선가 또 다른 누군가를 노리고 있을지도 모르니까요. 예, 병실에 연결되었네요.]

[범인의 인상착의는 보셨습니까?]

[못 봤슈. 그냥 걸레 같은 너저분한 옷을 입은 것밖에 기억 안 나유. 아, 다리도 절고 있었슈. 아니던가… 외다리였남?]

[아는 사람 아니었습니까? 혹시 원한 관계라든지?]

[아니유, 첨 봤슈. 그리고 원한이와 난 아무 관계도 없슈.]

[아니, 옷밖에 못 봤다면서 어떻게 처음 본 자인지 알 수 있었죠?]

[느낌으로 알쥬. 아는 사람은 필이 오잖아유. 더군다나 남잔데.]

[어… 에… 그러니까… 그 범인과 대화를 나눈 게 혹시 있습니까?]

[할 틈도 없었슈. 다짜고짜 다리를 잡아 거꾸로 들어 올리는 통에 깜짝 놀라서 비명만 질러댔쥬. 그리고 막바로 잘린 거유. 나는 미친 듯이 아파 죽겠는디 아! 글쎄, 그놈이 한마디 하더라구유.]

[뭐라고 했는지 기억나십니까?]

[그럼유! 죽을 때까지 안 잊혀질 거구만유!]

[뭡니까?]

[내 다리가 아닌게벼… 이 한마디였슈!]

[혹시 마지막으로 시청자들께 하실 말씀은 있습니까?]

[붙이유!]

[옛?]

[아! 그놈이 다리를 잘라 버리고 가면 기어서라도 재빨리 떨어진 다리를 찾아 붙이란 말이유! 나두 그래서 살았슈!]

[참고가 되셨습니까? 이상 을지 의료원에서 전해드렸습니다.]

[예, 다시 스튜디오입니다. 시청자 여러분, 도움이 되셨는지요? 그럼 여기서 수사를 맡고 있는 중앙 경찰청 강력 5반 한영인 반장님을 만나보겠습니다. 경찰청에 나가 있는 취재 기자 연결합니다.]

[예, 여기는 임시 수사 본부가 설치된 중앙 경찰청입니다. 지금 이 자리에는 수사를 맡고 있는 한 반장님이 직접 나오셨습니다. 안녕하……]

[안녕이고 뭐고, 국민 여러분! 미치광이 살인마가 여러분의 다리를 노리고 있습니다. 현재 수사 본부에서는 동일 전과를 지닌 다리 애호증이라는 변태 성향을 지닌 자의 소행으로 보고 있으나, 대상이 여자가 아닌 남자의 다리인데다가 그것도 한물 간 나이의 남자 다리만 노리는 것으로 보아 범인의 심리 상태는 짐작하기 매우 어렵다 할 수 있습니다.]

[예, 반장님 고정하시고요, 그럼 현재까지의 수사 진행 사항은 어떻게 되어가고 있습니까?]

[목격자들에 따르면 범인은 일정한 방향으로 나가고 있습니다. 목련 공동묘지에서부터 현재 마지막 피해자가 발견된 지역까지는 거의 일자로 이어지고 있습니다. 현재 범죄 예상 지역은 우방동 일대로 추정됩니다. 그리고 범인이 목격되기에 앞서 흰 소복을 입은 여자가 몇 시간씩 앞질러 현장 근처를 지나가는 것을 봤다는 목격자도 여럿 나오고 있습니다.]

[예, 많은 도움이 되겠군요. 이상 임시 수사 본부에서 전해드렸습니다.]

[잠깐만요! 결정적으로 수사에 도움을 주는 제보를 해주시는 분껜 29인치 평면 TV를 증정합니다. 많은 제보 바랍니다. 범죄는 국번 없이 112.]

넋 놓고 뉴스 속보를 보고 있던 만해는 자신 말고도 노승과 은희의 눈길이 화면을 주시하고 있다는 것을 알아챘다. 만해는 고개를 돌려 은희를 바라보았다.

은희는 만해의 시선이 자신의 흰 소복으로 향하자 얼굴 표정이 사색이 되며 안방으로 들어갔다.

"신경 쓰이는군……."

옆에 있던 노승이 혼자 중얼거렸다. 만해는 그런 노승에게 공감하며 몰래 속삭였다.

"그쵸? 흰 소복 입은 여자라던데요?"

"뭐가?"

"방금 TV에서 말한 거요."

"뭔 말이냐? 이제 보따리에 있는 먹을 것을 풀어놓을 때도 됐는데… 거참, 신경 쓰이는군. 배고픈데……."

"…사부님, 방금 뉴스에서 나온 거 의심스럽지 않아요?"

"연쇄 살인은 경찰 소관이다. 우린 악귀사수대이지 양들의 침묵이 아니란다."

"악귀의 소행일 수도 있잖아요?"

"그래에? 왜 그걸 이제야 말하지?"

"……?"

둘이 토론을 하는 동안 어느새 옷을 갈아입은 은희가 방에서 나왔다.

흰 소복을 벗고 나니 빼어나진 않지만 소박하게 어여쁜 미모를 지닌 은희의 모습이 눈에 확 들어왔다.

"보아하니 범상한 분들이 아닌 것 같은데 이왕 여기 들어오신 것 식사나 하고 가시죠."

"아미타불… 스치는 바람과 같은 몸. 갈 곳이 바쁜 몸이나 시주님의 덕업(德業)을 쌓는 것을 거절할 순 없으니, 그럼!"

말을 마친 노승은 번개같이 식탁에 가서 앉았다. 만해는 눈꼴사나운 노승의 모습을 보며 천천히 식탁으로 다가갔다. 그때 어디선가 가냘픈 신음 소리가 들려왔다.

만해는 남보다 발달된 귀를 쫑긋거리며 소리나는 곳으로 귀를 기울였다.

방금 은희가 나온 안방이었다. 이상하게 여긴 만해가 다가가려 하자 어느새 달려온 은희가 앞을 막았다.

"여긴 안 돼요!"

"사람 소리가 들린 것 같은데… 뉘신지 인사드려야죠. 이렇게 음식 시주도 받는데."

"남편이에요. 하지만 몸이 안 좋아서 거동을 못해요. 제발 식사나 하세요."

"어허, 이놈, 만해야! 빨리 이리 와서 밥이나 처먹지 못할까!"

노승의 호통에 만해는 식탁으로 다가갔다.

둘이 식사를 하는 사이 은희는 따로 밥상을 차려서 안방으로 가지고 들어갔다.

간단한 상차림으로 봐서 환자를 위한 죽 같았다.

고개를 돌리며 그 모습을 본 만해는 중얼거렸다.

"아프더라도 한번쯤 인사는 시켜줄 수도 있을 텐데… 그죠, 사부님?"

다시 앞으로 고개를 돌린 만해의 눈에 식탁 앞에 있어야 할 노승의 모습이 보이지 않았다.

옆을 보니 어느새 노승은 냉장고 문을 열고 안에 있던 보따리를 풀어헤친 채 그 자리에 꼼짝도 안 하고 서 있었다. 만해는 기가 막혔다.

아무리 먹고 싶어도 그렇지 주인 허락도 안 받고 냉장고를 열고, 게다가 보따리를 맘대로 풀러대다니…….

만해는 사부의 경우없는 모습을 목격하자 순간적으로 할 말을 잃었다.

"내 이럴 줄 알았지……."

냉장고 문을 열고 서 있던 노승이 혼자 중얼거렸다.

"왜요? 맛있는 거라도 들었답니까?"

"빈정거리긴 이놈아! 이리 와서 네 눈으로 봐라."

노승의 말에 냉장고로 다가간 만해는 눈을 동그랗게 떴다. 잘라진 사람의 다리가 마치 닭다리처럼 냉장고 안에 잘 모셔져 있었던 것이다.

"아니, 이게 무슨 짓이죠? 주인 허락도 안 받고 냉장고를 열다니?"

이상한 낌새를 챘는지 은희가 방에서 황급히 나오며 외쳤다.

"저… 물! 예, 물 좀 먹으려고요."

어설픈 핑계를 대던 노승은 중요한 게 그게 아닌 것을 인식하고 반대로 은희에게 물었다.

"이 다리는 웬 거죠?"

"무슨… 다리요?"

"이거 사람 다리 아니에요?"

"…얘들이 가지고 노는 장난감이에요. 모조품인데 잘 만들었죠?"

"이거 왜 이러십니까? 무슨 일로 사람 다리를 들고 다녔는지 몰라도 저희가 도와드릴 수 있으면 도와드릴 테니까 솔직히 말씀해 주세요."

노승의 추궁에 대답을 하지 못한 채 은희는 고개를 숙이고 한참을 서 있었다.

잠시 후 뭔가가 주방 바닥에 뚝뚝 떨어졌다. 눈물이었다.

고개를 드는 은희의 커다란 눈엔 눈물이 가득 맺혀 있었다.

"제 남편을 살려야 해요! 용서해 주세요! 제 남편을 저대로 보낼 수 없어요! 살린 뒤에 제가 죽어도 좋으니 제발 제 남편을 살릴 수 있게 못 본 척해주세요! 제발!"

은희는 절규하듯 외쳤다.

"쯧쯧… 무슨 병이죠?"

"몰라요! 어디를 가도 모른대요! 가는 병원마다 그냥 죽는 날만 순순히 기다리라는 얘기뿐이에요!"

"그런데 왜 사람 다리를 잘라서 다녀요?"

"저거 산 사람 다리가 아니에요! 뉴스에서 나온 살인 사건하곤 관계없어요! 죽은 사람 다리 잘라온 거예요! 죽었는데 어때요? 제 남편은 아직 살아 있는데… 산 사람이 더 중요한 거 아닌가요? 죽은 사람 다리를 잘라와 고아 먹으면 남편을 살릴 수 있다고 했어요!"

"누가 그랬죠?"

"오정동 무당이요! 지난번에 굿을 하는데 그랬어요, 죽은 사람 다리를 달밤에 흰 소복 입고 잘라와 달여 먹이면 살릴 수 있다고요."

"음… 그놈의 무당, 전설의 고향을 너무 많이 봤군."

노승은 혀를 차며 중얼거렸다.

"제발 못 본 척해주세요! 저… 사실 무서웠어요. 무서워도 꾹 참고 묘지에 다녀왔어요. 닭다리도 못 자르는 제가 비록 시체지만 사람 다리도 잘랐고요! 하지만 그보다 더한 일도 할 수 있어요. 무슨 일을 해서든 남편을 살려야 해요! 전 남편한테 아직 아무것도 못해줬는데… 이렇게 보낼 순 없어요!"

"상황은 이해가 됩니다만… 우리가 모른 척하는 게 문제가 아니에요."

"…예?"

"그 시체가 일어났어요. 그리고 이리로 오고 있어요. 딴 사람 다리를 뜯어내 자신의 잘린 다리에 맞춰보면서 말이죠."

"예? 그럼 아까 TV에서 말한 연쇄 살인범이······?"

"그 시체죠. 다리 잘린 시체. 죽은 자가 다리를 찾기 위해 깨어난 거예요. 아미타불······."

노승의 말에 은희는 충격을 받았는지 얼굴이 하얗게 탈색되었다.

쿵! 쿵!

그때 층계에서 뭔가가 힘겹게 올라오는 발소리가 들렸다. 소리로 미루어보아 두 발로 걸어오는 것은 분명 아니었다. 몸의 무게가 잔뜩 실려 한 발로 힘겹게 뛰는 소리였던 것이다.

쿵쿵거리는 소리는 점점 위로 올라오고 있었다.

"귀신도 제 말 하면 온다더니··· 빨리도 왔군. 근데 엘리베이터가 고장났나? 층계로 걸어 올라오려면 힘들 텐데."

노승이 고개를 갸웃거리며 말했다.

"어떡하죠?"

하얗게 질리는 은희를 본 뒤 노승은 만해를 보며 말했다.

"이리 와봐라. 넌 아까 뉴스에 나온 반장한테 전화해서······."

노승은 만해에게 귓속말로 무엇인가를 속삭였다. 그사이 발자국 소리는 드디어 바로 문 앞에 다다랐다. 요란하던 소리도 잦아들고 잠시 침묵이 흐르고 있었다.

"허억 허억······."

문을 사이에 두고 숨을 고르는 거친 숨소리가 집 안까지 들려왔다.

"자식, 18층까지 외다리로 올라오려니 역시 힘들었군."

노승이 현관문을 쳐다보며 중얼거렸다. 옆을 보니 만해는 전화기에 대고 손짓 발짓 해대며 노승이 지시한 것을 말하고 있었다. 그때였다.

쾅쾅!

엄청난 소리와 함께 아파트의 문이 활짝 열렸다. 철로 된 자물 고리가 순식간에 부서져 버린 놀라운 괴력(怪力)이었다.

문 앞에 등장한 시체는 더벅머리에 썩어가는 피부를 지니고 있었다. 시체는 거실에서 긴장된 얼굴로 자신을 보고 있는 노승과 은희를 바라보았다. 그러나 얼굴에는 관심없다는 듯 이내 시선을 두 사람의 다리 쪽으로 돌려 살피던 시체의 눈이 순간 반짝했다. 이어 시체는 노승의 다리를 가리키며 음산한 목소리로 입을 열었다.

"내 다리 내놔!"

"니 다리 아니다."

노승이 바로 답했다.

"내 다리 내놔!"

"니 다리 아니라니까!"

"내 다리 내놔!"

"그래, 니 다리다! 가져가라, 가져가!"

무슨 생각인지 노승은 자신의 왼쪽 다리를 들어 발을 시체의 바로 코앞까지 주욱 내밀었다. 잠시 코를 벌름거리던 시체는 화들짝 놀라며 노승의 발을 피해 고개를 숙였다.

"으웩! 내 다리 아니다!"

문에다 구역질을 하던 시체의 눈에 막 통화를 끝낸 만해의 다리가 들어왔다.

"내 다리다!"

손을 들어 그 다리를 가리킨 시체는 다짜고짜 만해에게 달려들었다.

"니 거 아녀! 네 다린 여기 있어!"

소리를 지르며 만해는 냉장고로 달려갔다. 냉장고 문을 열고 보따리를 든 만해는 그 안에서 다리를 꺼내 번쩍 들어 올렸다.

"안 돼!"

은희가 두 팔을 벌리고 번개같이 만해를 향해 몸을 날렸다. 그러나 정작 만해에게서 다리를 빼앗은 것은 노승이었다. 노승이 자신의 다리를 들고 있는 것을 보자 시체는 그를 향해 다가갔다.

음산하고 거친 기운이 몸 전체에서 몰려 나오고 있었다.

"빨리 줘버리세요!"

만해가 노승에게 외쳤다. 은희는 그 소리를 듣자 울부짖었다.

"주면 안 돼요! 제 남편 병을 고쳐야 해요! 안 돼요!"

노승은 다리를 든 채 은희를 바라보았다.

그리고 고개를 돌려 한 발로 쿵쿵거리며 자신에게 다가오는 시체의 모습을 보았다. 시체는 자신의 다리를 찾은 것이 기쁜 듯이 양손을 내밀며 다가오고 있었다.

잠시 갈등을 하던 노승은 다리를 만해에게 던지며 외쳤다.

"산 사람이 더 귀한 법이지!"

얼떨결에 다리를 받은 만해는 재빨리 시체의 눈치를 살폈다.

시체 역시 뜻밖의 상황에 놀란 듯 입을 벌린 채 만해와 노승을 번갈아 쳐다보았다. 그러나 이내 상황 판단을 한 듯 자신의 다리를 들고 있는 만해를 향해 두 팔을 쫙 벌리더니 남아 있는 한쪽 다리로 바닥을 박차 점프를 하여 공중으로 날아올랐다.

만해는 자신을 공격해 오는 시체의 무서운 기세에 눌려 다리를 품에 꽉 안은 채 눈을 감았다.

쾅!!

엄청난 굉음과 함께 시체는 아파트 천장에 머리가 심하게 부딪쳐 바닥에 풀썩 쓰러져 내렸다. 생각보다 아파트 천장은 낮았다.

만해 근처에 가지도 못한 채 머릴 감싸고 뻗어 있는 시체를 보며 노승이 입을 열었다.

"거참, 보기보단 귀여운 놈이네……."

노승의 말이 끝나기가 무섭게 시체는 벌떡 일어나 손으로 머리를 비벼대더니 이내 아무 일 없었다는 듯 다시 만해에게 달려갔다. 역시 한쪽 다리로… 그리고 더욱 무서운 기세로…….

"이리 패스!!"

노승이 외쳤다. 만해는 자신에게 시체가 다가오기 직전에 노승에게 다리를 던졌다.

"나이스 패스!!"

노승의 외침이 끝나기 무섭게 시체는 재빨리 방향을 바꿔 이번엔 노승을 공격해 들어갔다. 노승은 다리를 한 손에 들고 거실과 주방으로 마구 도망쳐 다녔다. 좁은 공간에서 잡힐 듯 안 잡힐 듯 아슬아슬한 추격전이 벌어졌다. 전력으로 도망치던 노승이 지쳐 갈 무렵 만해가 외쳤다.

"사부님, 다시 패스!"

노승이 도망치던 방향의 바로 앞에서 만해가 뛸 준비를 하며 손을 뒤로 내밀고 있었다. 육상 선수들이 바톤 터치를 하듯 노승은 만해의 손에 다리를 넘겨줬다.

만해는 자신의 손에 다리가 무사히 건네지자 재빨리 스타트를 끊었다. 열심히 거실과 주방을 한 바퀴 돌고 난 만해는 뭔가에 부딪쳐 멈췄다. 자신의 뒤가 왠지 허전한 것을 느낀 만해는 뒤를 돌아보았다. 뒤에 따라왔어야 할 시체의 모습이 보이지 않았다. 불길한 생각이 뇌리를 강타하면서 만해는 앞을 올려다보았다. 바로 앞에서 시체가 그 자리에 선 채 자신을 보고 있었다. 시체는 두 팔을 벌리며 만해에게 달려들었다.

"이야앗—"

만해가 위험해지자 노승이 몸을 날려 시체에게 달려들었다.

퍼퍽!

공중에 뜬 상태에서 노승은 시체의 주먹에 연속 이 중타를 맞은 채 그 자리에 쓰러져 정신을 잃었다.

"안 돼! 안 돼!"

만해는 쓰러진 노승을 본 뒤 공포에 떨며 천천히 뒷걸음질을 쳤다.

시체는 눈이 새빨개진 채로 만해에게 다가왔다. 그때 만해의 허리춤 뒤쪽으로 안방문의 문고리가 걸렸다. 다행이었다. 만해는 순간적으로 문고리를 돌려 문을 열고 재빨리 안으로 들어갔다. 하지만 만해가 미처 문을 닫기 전 시체의 손이 문틈에 끼어들어 왔다.

"내 다리 내놔!!"

시체는 아까보다 더 음침하고 공포스러운 목소리로 외쳤다. 온 집안이 쩌렁쩌렁 울릴 정도로 큰 소리였다. 바로 앞에서 그 소리를 듣자 만해는 문고리를 쥔 손에서 순간적으로 힘이 빠져나가는 것을 느꼈다. 그때를 놓치지 않고 시체는 문을 밀어 젖히며 안방으로 들어왔다.

"내 다리 내놔!"

만해는 어떡하면 좋을지 몰라 노승을 보았으나 노승은 쓰러진 그대로 아직 깨어나지 않고 있었다.

"죽! 인! 다!"

시체의 입에서 흘러나온 살벌한 말을 들은 만해는 뒷골이 오싹해지는 것을 느끼며 자신도 모르게 다리를 앞으로 내밀었다. 시체가 그것을 건네받기 위해 팔을 뻗었다. 그러나 다리가 건네지기 직전, 옆에서 다른 손이 불쑥 튀어 나와 다리를 낚아챘다.

만해와 시체가 놀라 동시에 쳐다보았다. 은희였다. 은희는 다리를 소중하게 품에 안은 채 침대로 다가갔다. 조금도 서두르지 않는, 매우 자연스러워 보이는 동작이었다. 그리고 아무 말 없이 이불을 들추었다. 비쩍 말라 도무지 살아 있는 사람으로 보이지 않는 남자의 모습이 밖으로 드러났다.

머리칼이 다 빠지고 얼굴도 야윌 대로 야위어 온몸에 병색이 완연한 것이 마치 죽음 직전에 있는 노인의 모습과 같아 보이는 남자였다.

"…제 남편이에요."

은희는 흐느꼈다.

"이 다리가 있어야 해요. 이 다리가 있어야 남편을 살릴 수 있어요!"

은희가 남편 위에 포개져 울부짖듯이 말을 하자 시체도 예상치 못한 상황에 당황했는지 동작을 멈추고 만해를 쳐다보았다. 조언을 구하는 눈초리였다.

만해 역시 잘 모르겠다는 듯 어깨를 으쓱해 보였다.

"네 다리가 있으면 저 남자의 병이 낫는다는 거지."

갑자기 들려온 소리에 모두 뒤를 바라보았다. 어느새 일어났는지 노승이 말을 하며 안방으로 들어오고 있었다.

"그게 무슨 말이지?"

시체가 물었다. 역시 음침했지만 목소리는 많이 수그러져 있었다.

"흠… 나보다 어린 놈이 죽은 놈이라고 반말이군. 말 그대로야. 네 다리가 저 남자에게는 만병통치약이나 마찬가지야."

"그럴 리가 없다! 난 살아 있을 때 발도 잘 안 닦았는데……."

"그래서 약효가 배가됐을 걸세."

"……?"

"그건 그렇고… 자, 저들을 위해서 자네 다리 한 짝을 기부하지 않겠나?"

"난 어떡하고? 외다리로 어떻게 좀비 노릇을 할 수가 있겠어?"

"말도 잘하는구먼. 왜 '내 다리 내놔' 란 말만 하고 돌아다닌 거냐?"

"무서워 보이라고……."

"싱거운 놈."

"……."

"때로는 아름다운 희생도 필요한 법이야. 저 어여쁜 부부를 보게나. 검은 머리 파뿌리되도록 살게 하고 싶지 않나? 자네도 저런 감정을 느낄 수 있지?"

노승의 말에 감화된 듯 시체는 침대의 부부와 자신의 잘린 다리를 번갈아 보았다.

나름대로 갈등하고 있는 것 같았다. 새빨갛던 눈동자가 점점 흐려지고 있었다.

"난 노총각으로 죽어서 부부 간의 정을 몰라……."

시체가 혼자 중얼거렸다.

"그런데 왜 이리 눈물이 나지?"

팔을 들어 너덜너덜한 소매로 흘러내리는 눈물을 훔친 시체는 입술을 굳게 다물었다.

그리고 눈을 감고 생각에 잠겼다. 그렇게 얼마의 시간이 흘렀을까…
눈을 번쩍 뜬 시체는 드디어 결심한 듯 외쳤다.

"까짓 다리 하나, 원래 없었다고 생각하면 되지 뭐!!"

시체가 소리치자 은희는 기쁨의 통곡을 터뜨렸다. 침대에 그대로 엎
드린 채 흐느껴 울며 연신 중얼거렸다.

"고맙습니다. 정말 고맙습니다."

"잘 생각했네! 잘 생각했어!"

노승은 시체의 더벅머리를 쓰다듬으며 말했다. 만해 역시 시체에게
다가가 악수를 청했다. 화기애애한 따뜻한 현장이었다.

"그럼 전 이만 가보겠습니다."

"잠깐!"

돌아서려는 시체를 노승이 불러 세웠다.

"올 때가 됐는데……."

"뭐가?"

"급한 약속 없지? 잠깐만 기다려."

"……?"

순간 딩동거리며 아파트의 벨이 요란하게 울렸다.

"왔군. 기다리게."

노승은 혼자 나가 아파트 문을 열었다.

밖에는 한 반장과 무장을 잔뜩 한 경찰들이 서 있었다.

"당신이 신고했어요? 범인은 어디 있죠?"

"아미타불… 잠깐만 기다려요, 해결해 줄 테니. 그나저나 약속한 물
건은 가져왔습니까?"

"여기 있소. 그런데 그건 왜 필요한 거죠?"

"다 말해 줄 테니 여기서 잠시만 기다려요."

떨떠름한 표정의 한 반장을 뒤로하고 노승은 문을 닫았다.

노승의 손에는 포장지에 싸인 기다란 물건이 들려 있었다.

그게 무엇일까 궁금해하는 일행 옆으로 온 노승은 주저하지 않고 포장지를 벗겨냈다.

"아!"

모두의 입에서 감탄사가 터져 나왔다.

그것은 잘 빠진, 아니, 잘 만들어진 의족이었다.

노승은 그것을 시체에게 내밀었다.

"자, 자네 것이야."

"네?"

"처음엔 조금 불편하겠지만 차츰 익숙해지면 괜찮을 걸세. 그래도 뭐, 자연산만 하겠냐마는 요즘엔 의족도 잘 나오니까 아쉬운 대로 달구 다니도록 하게."

"고맙습니다! 이렇게 신경을 써주시다니……."

시체는 또다시 눈물을 흘렸다.

"이런 일로 울다니. 자네가 그러니까 장가를 못 가고 죽었지. 천성이 그렇게 착해서야 원."

"정말 고맙습니다! 흑……."

"한번 붙여보게."

시체는 자신의 왼쪽 다리에 의족을 붙이려 했으나 잘 붙여지지 않았다.

낑낑거리며 어떻게든 붙이려는 시체의 모습을 바라보던 노승은 고개를 갸우뚱거렸다.

"불량품인가?"

노승이 다가가 의족을 이리저리 살피더니 품 안에서 자신의 무기인 문방사우 중에서 본드와 청테이프를 꺼냈다.

"조금밖에 안 남아서 아껴 쓰려고 했는데… 어쩔 수 없지."

의족 상단에 본드를 잔뜩 바른 뒤 노승은 시체의 잘려진 다리에 척 꿰어 맞추었다.

"붙었어요!!"

시체가 기쁨에 겨운 목소리로 외쳤다.

"아직 굳지 않았으니 움직이지 말고 잠깐만 기다리게."

노승은 이번엔 청테이프를 죽 잡아당기며 본드로 붙인 다리와 의족 사이를 친친 동여맸다.

"이왕 하는 거 튼튼히 해야지. 자, 이제 움직여 보게."

시체는 천천히 한 발씩 발을 디뎠다. 무리없이 걸을 수 있었다. 청테이프로 돌린 자국만 없으면 자연스러운 다리로 보일 것 같았다.

쾅! 쾅!

밖에서 요란하게 문을 두드리는 소리가 났다.

"엄청 서두르는군. 그나저나 자넬 여기서 어떻게 빠져나가게 하지?"

"아, 제 나름대로 방법이 있습니다. 걱정 마세요."

"무슨 방법?"

"뛰어내리면 됩니다."

"뭐? 여긴 18층이야!"

"괜찮습니다. 저는 살아 있는 사람도 아닌걸요. 완벽한 착지를 보여드릴 테니 구경이나 하세요."

말을 마친 시체는 베란다로 다가갔다. 베란다 문을 활짝 열어젖힌 시체는 창틀에 한 발을 올린 채 뒤를 돌아보았다.

"저분의 병이 꼭 낫기를 바랄게요. 여러분, 그럼 모두 안녕히……."

말을 마친 시체는 밖으로 몸을 날렸다.

모두 달려가 베란다 밑을 보자 시체는 다 헤진 옷을 나풀거리며 아래로 새처럼 떨어지고 있었다. 그 와중에도 시체는 얼굴을 들어 눈물을 머금고 떨어지는 자신의 모습을 보고 있는 은희를 보며 외쳤다.

"다리를 깨끗이 씻은 뒤 고아 드세요! 워낙 안 씻어서……."

"조심해!"

채 말이 끝나기 전에 노승이 외쳤다.

"저런! 저런!"

"어떡해!"

쿠웅!

일행의 소리가 끝나기 전에 시체는 18층 아래 시멘트 바닥에 개구리같이 죽 뻗어버렸다.

"완벽한 착지라고? 그냥 아래나 보고 떨어지지 뭐라고 주절거린 겨?"

노승의 말이 끝나기가 무섭게 시체는 벌떡 일어나 옷을 탁탁 턴 뒤 위를 향해 밝게 웃으며 손을 흔들었다.

"저놈도 악귀로 살긴 힘들겠어. 저렇게 정이 많아서야 원."

콰쾅!

굉음과 함께 아까 부서졌던 현관문이 또다시 부서지며 경찰들이 나타났다.

노승은 그들을 보며 엄숙하게 말했다.

"사건은 끝났소. 더 이상의 희생자는 없을 거요."

한마디를 남기고 몸을 돌려 바깥으로 나가는 노승과 만해를 보며 한 반장은 소리쳤다.

"거기 서요!!"

밤새도록 경찰서에서 조사를 받고 풀려나 숙소로 돌아오는 노승과 만해는 지쳐 있었다.

어제 은희의 집에서 얻어먹은 밥이 마지막으로 먹은 식사였던 것이다.

한 반장은 은희가 시체의 다리를 자른 부분만 빼고 모든 것을 솔직히 말하는 노승과 만해를 정신병자로 몰아붙였으나 별다른 진척을 보지 못했다. 결국 아침이 밝아오자 두 사람을 서에서 내보냈다. 한 반장은 그들을 보내며 한마디 했다.

"연쇄 살인이 당신들 말대로 이대로 끝나면 당신들의 말을 조금은 믿겠소. 두 분 다 워낙 진지해서 거짓인지 정말인지 알 수 없군요. 개인적으론 그 말들을 믿고 싶은 심정이오."

슈퍼에 사정사정해서 외상으로 라면을 사 가지고 숙소로 돌아온 두 사람은 바로 라면을 끓이기 시작했다. 라면을 먹다 말고 만해는 문득 생각난 듯 열심히 젓가락질을 하고 있는 노승에게 물었다.

"그런데 은희 씨 남편은 정말 그걸 달여 먹고 나을 수 있을까요?"

"후루룩! 뭘 먹어도 나을 수 있지."

"예?"

"중요한 것은 약이 아니라 흔들리지 않는 믿음과 사랑이야. 후룩! 그 부인은 사랑하는 남편이 낫는다는 확신만 있었다면 자신의 다리도 마다 않고 잘랐을 거야. 그런 믿음과 용기를 가진 사람이 사랑하는 자를 하늘이 그렇게 빨리 데려갈 리 없지. 암, 없고말고. 후루루룩!"

"예에……."

만해는 고개를 끄덕이며 감동에 젖었다. 노승의 말이 이어졌다.

"또 모르지, 총각의 다리였으니 양기가 충만해서 진짜 약효가 넘쳐날지도."

"옛?"

"총각은 몰라도 되느니라… 후루룩! 그런데 찬밥 남은 거 없느냐?"

"예."

"에잉… 아쉽구나."

말을 마친 노승은 젓가락을 내려놓고 두 손을 포갠 뒤 참선에 잠기기 시작했다.

만해도 설거지를 미룬 채 그 옆으로 다가가 눈을 감고 참선에 들어가기 시작했다.

그로부터 얼마 후 숙소로 반가운 손님들이 찾아왔다.

먼저 은희와 그녀의 남편이었다. 아직 남편은 완쾌가 되지 않았지만 바깥을 돌아다닐 정도로 건강이 확연히 좋아지고 있었다.

"의사가 깜짝 놀랐어요. 무슨 약을 썼기에 이렇게 나아졌냐구요. 그래서 제가 뭐라고 했는지 아세요? 비밀이라고 했죠."

은희는 한층 밝아진 모습으로 이야기를 했다. 알고 보니 상당히 시끄러운 여자였다. 하지만 사랑하는 사람을 위해서라면 한밤중에 공동묘지라도 갈 수 있을 정도로 용기있고 진실한 여자였다.

더군다나 다리를 썼던 보따리에 먹을 것을 가득 싸가지고 왔다. 노승이 은희의 인간성을 가장 높게 쳐준 대목이었다.

그들이 가고 난 뒤에 강력계의 한 반장이 역시 음료수를 사 들고 그들을 찾아왔다.

노승의 말대로 그날 이후로 동일한 사건은 더 이상 없었던 것이다.

한 반장은 노승과 만해의 정체를 아직 의심스러워했지만 일단 사건이 더 이상 발생하지 않자 이들을 떠올린 것이다.

"시간이 지날수록 당신들 말이 사실인 것처럼 계속 머리 속에서 떠나지 않더군요. 믿을 수 없는 일이지만 말이죠. 앞으로 제가 많은 도움을 받을지도 모르겠습니다."

그 말을 남기고 그 역시 돌아갔다. 그들이 가고 난 뒤 만해는 뿌듯한 미소를 지으며 노승을 바라보았다. 자신들이 뭔가 큰일을 한 기분이었다. 어느새 노승은 눈을 감은 채 참선에 들어가 있었다. 만해의 시선을 의식했는지 노승은 입을 열었다.

"뭘 보느냐? 하릴없으면 가서 라면이나 끓여오너라."

"으아악! 안 돼!!"

만해는 비명을 지르며 잠에서 깨어났다. 등에선 식은땀이 줄줄 흐르고 있었다. 주위를 살펴보니 라면 국물이 담긴 냄비와 그릇이 뒹굴고 있었다. 참선에 잠겼던 노승의 모습은 어딜 갔는지 보이지 않았다.

'휴… 꿈이었구나.'

만해는 안도의 한숨을 쉬며 방금 전 꿈속에서의 일을 떠올렸다.

꿈속에서 만해는 시주를 받으러 다니고 있었다.

한적한 곳에 있는 다 쓰러져 가는 건물을 들어가니 아무도 보이지 않았다.

하지만 만해가 오기를 기다렸다는 듯이 이곳저곳에 보이지 않게 쓰러져 있던 시체가 하나둘 일어나기 시작했다. 그들은 만해를 향하여 곧장 다가오고 있었다. 떼거지로 몰려오는 게 상당히 괴기스러웠다. 게다가 그들의 걸음걸이가 이상했다.

아! 그들은 모두 다리가 하나였다. 다리 하나에 의지한 채 쿵쿵거리며 한꺼번에 만해에게 달려들고 있었던 것이다.

"내 다리 내놔! 내 다리 내놔!"

똑같은 말을 일제히 내뱉으며 다가오는 시체 무리들을 멍청히 보고 있던 만해는 몸을 돌려 도망가려 했다. 그러나 때가 늦어 이미 가까이 온 시체에 붙잡힐 지경에 처했다.

순간 누군가가 만해의 몸을 가볍게 들어 올려 자신의 어깨에 통째로 들어 멨다.

만해는 거꾸로 매달리게 되어 어쩔 수 없이 바로 눈앞에 있는 그 사람의 엉덩이를 바라보았다. 어디서 많이 보던 엉덩이였다. 바로 노승의 엉덩이였다. 오른쪽이 더 튀어나온 짝궁둥이로 봐서 의심할 여지 없이 분명 노승이었다.

'언제나 영웅은 있는 법이여!'

만해는 만족스럽게 생각하며 노승의 어깨에 거꾸로 매달려 있었다. 노승은 만해를 멘 채 열심히 도망치고 있었다. 그러나 그 상태로 매달린 채 만해가 고개를 돌려보니 외발의 시체 몇 구가 자신의 바로 뒤쪽에 바짝 다가서고 있었다.

"사부님, 더 빨리 뛰어요! 잘못하면 잡히겠어요!"

만해가 놀라 소리 지르자 노승은 그 자리에서 우뚝 섰다.

"아니, 왜 서요?"

만해는 큰 소리로 외치며 다시 뒤를 보았다.

10여 미터 떨어진 뒤쪽에서 시체들이 침을 흘리며 한 발 한 발 다가서고 있었다.

"이얏!"

노승의 일갈이 들려왔다. 두려움에 떨고 있던 만해는 갑자기 자신의 몸이 공중에서 한일(一) 자처럼 똑바로 들려지는 것을 느꼈다. 다리 쪽이 시체가 오는 곳을 향하게 되어 마치 로켓포처럼 만해의 몸이 노승의 어깨에서 일직선이 된 것이었다.

"사부님! 지금 뭐 하시는 거예요?"

만해의 외침에도 아랑곳 않고 노승은 양손으로 만해의 몸을 잡고 이리저리 조준을 하고 있었다. 시체의 무리가 더욱 바짝 다가오자 노승은 갑자기 만해의 중요 부위를 덥석 잡더니 위로 확 잡아 올리며 외쳤다.

"족켓포 발사!"

"으아악!!"

만해의 처절한 비명과 함께 만해의 왼쪽 다리가 마치 마징가Z의 주먹처럼 발사되어 뻗어 나갔다.

퍼퍽!

만해의 다리에 맞은 시체들이 줄지어 쓰러져 내렸다. 신기한 것은 모두 코를 막으며 쓰러진다는 것이었다. 만해는 자신의 다리가 공중에서 회전하여 돌아와 다시 붙는 것을 확인하고 일단 안심했다. 그러나 그 뒤를 이어 시체들이 또다시 몰려들고 있었다.

만해는 노승에 의해 자신의 다리가 또다시 그들을 향해 조준되고 있는 것을 느꼈다.

가슴이 철렁 내려앉았다. 발사 버튼이 올려질 때의 고통이란……

만해는 양손으로 발사 버튼을 가리며 소릴 질렀다.

"으아악! 안 돼!"

그러다가 깬 것이었다.

만해는 아직도 생생한 꿈에 몸서리치며 자신의 다리가 붙어 있는지 확인하였다. 내친김에 발사 버튼도 정밀 검사를 했다. 다행히 아무 이상 없었다.

만해는 라면을 먹은 냄비를 싱크대로 가져가 설거지를 하며 생각했다.

태어날 때부터 나쁜 인간이 없는 것처럼 악귀도 처음부터 나쁜 악귀는 없을 것이라고. 단지 험한 세상이 그들을 그렇게 만들고 있을 뿐이라고 생각했다. 하지만 그러기에 노승과 자신이 존재하는 것이라는 데까지 생각이 미쳤다.

라면 국물이 오래되면 그릇이 잘 안 닦이는 것처럼 악도 오래될수록 정화하기 힘든 것이다.

만해는 자신도 빨리 힘을 길러 하나의 사람과 하나의 악귀 모두를 따뜻하게 감싸줄 수 있는 새 나라의 진보적인 악귀사수대가 되어야겠다고 다짐했다.

오늘 밤에도 라면 가닥은 수채 구멍에 걸리고 있었다.

제5화

제5화
포스트맨은 벨을 울리지 않는다

내 생활은 거의 매일 비슷하다. 물론 다른 사람들도 그렇겠지만 우체부란 직업 역시 별다른 사건 없이 하루하루를 똑같은 일을 반복하며 지내는 직업 중의 하나이다.

아침에 눈을 뜨면 가방에 하나 가득 편지와 소포가 쌓여 있고, 나는 그것들을 그것을 기다리고 있을 주인들에게 전해주면 되는 것이다. 단순히 중간을 이어주는 역할이지만 바로 내 손에 의해 편지는 소유주가 바뀌게 된다.

편지를 쓴 자가 처음에 그것의 주인이었다가 일단 그 손을 떠나게 되면 내가 배달해 주는, 즉 그것을 전달받는 자로 수신인의 소유로 주인은 바뀌게 되는 것이다. 그러므로 내 손안에 그것이 있을 때면 편지나 소포는 주인을 잃은 상태에서 공중에 붕 떠 있는 셈이다. 내 일의 중요성을 거창하게 말하자면 그렇다는 것이다. 주인과 주인 사이를 연결해 주는 것! 그것은 바로 우체부의 힘이다.

나는 내 일이 자랑스럽다. 그래서 수십 년 동안 다른 것은 돌아보지도 않은 채 이 일을 하고 있었다.

가끔 슬픈 소식을 전하게 될 때도 있지만 나라는 존재는 사람들에게 큰 기쁨을 안겨줄 수 있기에 더욱 특별한 가치가 있다. 그것에서 나는 이 세상에 존재하는 보람을 찾는다.

오늘은 붉은 피부에 붉은 옷을 입은 꼬마에게서 대량의 우편물을 받았다.

원래 배달할 것도 많았지만 내 자식처럼 어린 꼬마가 특별히 부탁하는 것을 외면할 수는 없었다. 게다가 이미 우표도 다 붙어 있었다.

덕분에 오늘은 바쁜 하루가 되고 있었다.

어느새 다음 배달할 집에 다 왔다. 삼일 아파트 404호 김영호.

이번 것은 꽤 무거운 소포인데… 나는 입을 벌려 외친다.

"소포 왔습니다!"

소포란 것은 안에 무엇이 들어 있던 간에 받는 사람으로서 기쁘기 마련이다.

거의 선물이기 때문이다. 편지 봉투에 들어 있는 것은 편지 못지않게 독촉장이나 공과금(公課金) 등이 많아 기쁨 반 불안 반의 심정으로 받아보지만 묵직한 소포는 받는 사람들로 하여금 일단 기쁨을 주는 것이다.

어쨌든 간에 편지든 소포든 무엇이든 건네 주고 돌아서면 그 편지나 소포에 대한 내 임무는 그것으로써 끝이다. 바로 지금처럼.

그리고 나는 그곳을 떠나 다음 배달지로 향한다.

"까아악!!"

뒤에서 비명 소리가 울려 퍼졌지만 난 개의치 않는다. 그 소포에 뭐가 들어 있는지 이제 나하곤 상관이 없기 때문이다.

자! 이제 다음 배달할 사람의 이름은 '노승(老僧)'?

"까아아악!"

집배원이 다음 수신자인 노승에게 향하고 있을 무렵 삼일 아파트 404호에 사는 김영호는 계속해서 비명을 지르고 있었다.

조금 전까지 TV를 보고 있던 영호는 밖에서 나는 이상한 기척에 문을 열어보았다. 하지만 문 앞에는 아무도 없었고 바닥에 커다랗고 묵직한 소포가 하나 놓여 있을 뿐이었다.

'웬 소포지?'

난데없는 소포가 문 앞에 있는 것은 이상했지만 영호는 나름대로 기대감을 가지고 포장을 풀어보기 시작했다. 누군가가 몰래 놓고 간 선물인지도 몰랐다.

영호는 얼마 전부터 사귀기 시작한 미현이를 떠올렸다. 그녀가 놓고 간 것이 틀림없을 것이다.

포장을 한 겹 벗기자 글씨가 써져 있는 쪽지가 나왔다.

미리 보지 말기! 눈을 꼬옥 감고 꼭 한 손으로 들어 올려서 보기!

'앙큼한 계집애, 깜짝 놀랄 짓도 잘한다니까. 근데 이거 왜 이리 두껍게 포장했어!'

투덜거리면서도 열심히 손을 놀려 드디어 포장을 모두 벗긴 영호는 안에 들어 있는 것을 보려다가 멈칫했다. 방금 전의 쪽지가 마음에 걸렸던 것이다.

'눈을 감고 한 손으로 들어 올려서 보라고? 까짓것 어려운 일도 아닌데 뭐.'

영호는 눈을 살며시 감고 더듬거려 박스 안에 들어 있는 것을 한 손으로 슬슬 만져 보았다.

'동글동글 하네… 축구공인가? 아닌데… 털 같은 게 덮여 있네? 느낌이 보들보들하게 부드러운 것이 뭔지 기대되는걸.'

부드러운 모(毛)로 추정되는 것을 조심스레 한 움큼 움켜진 영호는 힘을 주어 그것을 들어 올려 자신의 눈앞에 가까이 댔다. 그리고 행복한 미소를 지으며 눈을 번쩍 떴다.

"으읍!!"

그것을 보는 순간 영호는 공포에 휩싸여 순간적으로 몸이 굳어졌다. 사람의 머리였다. 그것도 자신이 2년 전에 토막 내 죽인 회사 동료 이상수의 머리통이었다. 얼굴은 핏기가 없이 하얀 데다가 여기저기 피와 흙이 덕지덕지 뒤엉킨 끔찍한 모습이었다.

영호는 부들부들 떨며 자신의 손에 들린 머리를 바라보았다. 순간 잘려진 머리통의 감겨져 있던 눈이 번쩍 떠졌다. 흰자위가 가득한 눈동자가 나타났다.

"까아악!"

영호는 머리를 그대로 든 채 비명을 질렀다. 눈을 부릅뜬 머리통은 이번엔 피가 말라 엉켜 있는 입술을 열어 말을 건네왔다. 음산한 목소리였다.

"나 죽이니까 좋지?"

영호는 온몸에 힘이 풀리는 것을 느끼며 그 자리에 주저앉았다. 온

몸에 소름이 좍 끼쳐 왔다. 머리 속에선 두개골이 홀라당 열리는 것 같았다.

기겁을 하며 영호는 들고 있던 머리를 던져 버렸다. 그리고 후들거리는 몸을 달래며 바닥을 기어서 잘려진 머리로부터 멀어지려 했다. 그러나 영호의 귀로 상수의 목소리는 계속 이어졌다.

"내 팔하고 다리는 어디 있어?"

더 이상 참지 못하고 영호는 있는 힘을 다해 소리 질렀다.

"까아아악!!"

"빨리 나와요!!"

만해는 화장실 앞에서 문고리를 붙잡고 몸을 비비꼬며 애원을 하고 있었다.

어제저녁에 강력 5반의 한영인 반장이 한턱 낸다기에 들어가는 데까지 음식을 꾸역꾸역 먹어댄 것이 결정적이었다. 먹는 걸로 하면 누구에게 안 뒤지는 두 사람이지만 너무 무리해서 먹은 탓에 똑같이 배탈이 났던 것이다. 하긴 허구한 날 라면으로 연명하다가 오래간만에 식사다운 식사를 하게 되었으니 과식을 하게 된 것도 결코 무리가 아니었다.

"어허! 도인(道人)은 참을 줄도 알아야 하는 법! 왜 그리 소란을 피우느냐? 좀 참아라."

안에서 노승이 태평한 목소리로 말했다.

"우— 모저히… 나오려고……."

한계 상황에 도달한 만해가 몸을 비비꼬고 있을 때 물소리가 들리더니 노승이 상기된 얼굴로 화장실에서 나왔다. 손에는 스포츠 신문이 들려 있었다. 무슨 일인지 노승은 눈을 커다랗게 뜨고 있었다.

"세상에, 이런 일이?!"

얼굴이 벌게져서 기다리고 있는 만해의 모습을 보며 노승은 고개를 저으며 나지막한 목소리로 중얼거렸다. 또 신문에 악귀가 나타난 것 같은 징조가 나온 것일까?

"왜… 왜요? 시, 신문에 무, 무, 무슨 일이라도 나, 나왔습……?"

노승의 심상치 않은 표정에 만해는 화장실로 들어가려던 발걸음을 멈춘 채 남은 힘을 쥐어짜 물었다.

노승은 못 믿겠다는 표정으로 고개를 저으며 말했다.

"시원하구나. 얼릉 들어가거라!"

"으… 으……."

엉덩이에 힘을 꽉 준 채 오리걸음으로 만해는 노승의 배려를 고마워하며 화장실 안으로 들어갔다.

안에는 냄새를 동반한 보이지 않는 안개가 뭉실뭉실 피어 있었다. 좁은 공간에서, 더군다나 남들보다 시, 후, 청각이 발달한 만해는 뇌까지 파고드는 냄새 바이러스의 공격에 속수무책으로 당하고 있었다.

"흐읍! 합!"

냄새를 저지하기 위해 숨 안 쉬고 오래 참기를 시도한 만해는 서둘러 일을 보고 자리에서 일어났다.

일어서서 다음 행동을 위해 화장지를 손에 쥔 만해에게 문짝에 새겨진 아주 조그만 글자가 눈에 들어왔다. 글자는 자리에서 일어선 만해의 눈 높이에 딱 맞춰져 있었다. 붓글씨 쓰듯 휘갈긴 것이 분명 노승의 문체였다.

'뭐지? 혹시 무슨 비밀 메시지라도?'

자신에게 지금 당면한 더 중요한 일도 잊은 채 한 손에 화장지를 들고 만해는 문으로 눈을 더 가까이 대었다.

　일어서니까 시원하지? 이제 물 내리고 나와.

　쾅!
　만해는 문을 박차고 밖으로 나갔다.
　노승의 횡포를 더 이상 참을 수 없었다. 이렇게 자신의 심리를 잘 꿰고 있다니…….
　"사부님!"
　만해는 노승을 큰 소리로 부르며 자신들의 방으로 향했다.
　"사부… 엉!"
　눈앞에 펼쳐진 광경에 만해는 노승을 부르던 것을 멈춘 채 그 자리에 우뚝 섰다.
　노승이 방문 앞에서 심각한 표정으로 무엇인가를 들고 있었던 것이다. 그가 저런 표정을 짓고 있을 때는 분명히 무슨 일인가 분명히 벌어진 것이다.
　만해는 노승에게 따지고자 했던 것도 잊어버리고 천천히 그쪽으로 다가갔다.
　"무슨 일이라도 있습니까?"
　노승은 고개를 들어 만해를 보더니 말없이 손에 든 것을 내밀었다. 소포 상자와 편지였다.
　"그들에게서 선물과 편지가 왔어."
　"그들이라뇨?"

"예전에 우리가 저승으로 보냈던 머리 깨진 여귀(女鬼)와 기다란 혀의 소유자였던 남귀(男鬼) 말일세."

"그거 반가운 일이… 에엥!"

만해는 말을 하다 깜짝 놀랐다. 그들은 저승에 있을 텐데 어떻게 자신들에게 소포와 편지를 보낼 수 있단 말인가? 역시 노승이 심각한 표정을 짓고 있을 때는 무슨 일이 생긴 것이다. 그러고 보니 소포와 편지에서 음산한 기운이 감돌고 있는 것 같았다. 노승도 필시 이것들이 어떻게 여기까지 오게 된 것일까 하는 생각에 잠겨 있었을 것이다.

만해는 오싹한 기분이 드는 것을 느끼며 노승에게 물었다.

"저… 이걸 누가 갖다 놓았죠? 악귀의 소행인가요?"

"우체부가 갖다 놓았겠지. 중요한 건 그게 아니라……."

노승은 만해를 바라보며 한숨을 쉬었다. 그리고 편지를 내밀었다.

"자, 읽어보게."

만해는 떨리는 손으로 편지를 받았다.

편지지에는 염라대왕의 캐릭터 그림이 그려져 있었다. 그리고 그 옆으론 캠페인성 문구가 쓰여져 있었다.

저승길! 노자 돈을 넉넉하게 챙깁시다.

만해는 천천히 글을 읽기 시작했다.

안녕하세요?

저희 부부를 기억하실지 모르겠네요.

두 분의 저승과 같은 은혜에 힘입어 저희는 이곳까지 무사히 들어왔답니다.

오는 길에 이이가 길을 잘못 들어 잠깐 헤매기도 했지만, 어쨌든 무사히 우리가 와야 할 곳에 도착을 했답니다. 이곳까지 오는 동안에 노승께서 붙여주신 눈알이 확실히 붙어서 이제 제 뒤통수를 아무리 후려쳐도 떨어지지 않는답니다.

역시 대한민국 돼지표 본드의 품질은 알아주더라고요. 그리고 저에게 주신 기다란 가발 또한 유용하게 잘 쓰고 있답니다.

얼마 전엔 하도 심심해서 가발을 얼굴 앞으로 쓰고 지상에 놀러 간 적이 있었지요.

중간에 목이 말라서 근처의 우물에 들어가서 물을 먹고 나오는데 사람들이 모두 저를 보고 기절, 혹은 사망하더군요. 손으로 저를 가리키고 비명을 지르며 '링!', '사다코!'… 뭐, 그런 단어만 내뱉더라고요. '양파링'을 먹고 싶었나?

여하튼 이이도 다친 혀가 다 아물어 이제는 붙여주신 청테이프를 떼고 다닌답니다. 그리고 이제는 어떤 말도 완벽히 발음할 수 있지요. 침도 예전같이 흐르지 않고요.

다시 한 번 감사드립니다.

참, 저희 부부 얼마 전에 잘생긴 아들 하나 낳았답니다. 이름은 두 분의 이름을 한 자씩 따서 노해(老海)라고 지었어요. 아버지 성이 안 씨니까 안노해(安老海)! 이름 좋죠?

그런데 노해가 아빠를 닮아서인지 태어날 때부터 혀가 턱까지 죽 버려왔지 뭡니까! 그래서 날 잡아서 가위로 혀를 잘라주었답니다.

하지만 기술이 부족해서인지 혀를 너무 짧게 자르고 말았답니다.

그래서인지 애 울음소리가 이상합니다.

'응애! 응애!' 하고 울어야 될 놈이 '오예! 오예!' 하고 울고 있답니다.

혀가 짧아져서 발음이 안 되나 봅니다. 뭐, 나중에 크면 조금 잡아당겨서 늘리든지 본드로 살점을 조금 붙여주든지 하면 되겠지요.

아무튼 이곳 저승에서 저희 세 식구는 지상에서 못 이룬 행복을 누리며 잘살고 있습니다.

모두 다 두 분 덕택이죠!

언제 시간나시면 놀러 오세요. 맛있는 식사를 대접해 드리겠습니다.

그럼 이만.

눈알 빠졌던 여자가 저승에서.

P.S. 동봉한 소포에 천도복숭아가 하나 있습니다. 이이가 그곳을 지키는 원숭이하고 놀다가 얻어 온 건데 한번 드셔보세요. 몸에 아주 좋다고 하더군요.

만해는 미소를 지으며 편지를 손에서 내렸다. 만족스러웠다. 악귀사수대가 된 보람이 있는 것 같았다.

이곳에서 성불(成佛)한 악귀들의 소식이 궁금했는데 이렇게 손수 소식을 전해주니 더할 나위 없이 기뻤다. 잠시 히죽거리던 만해는 한 가지 사실에 다시 생각이 미치자 얼굴색이 변하기 시작했다.

'아니, 그런데 이 편지는 누가 전해준 거지?

만해는 노승을 바라보았다. 노승은 여전히 얼굴을 찡그리고 있었다.

'아, 사부님도 그것을 생각 중이셨구나.'

비록 좋은 소식을 전해온 것이지만 이런 식으로 저승과 이승을 왕래하는 영혼이 있다면 그 존재는 위험한 것이다. 별거 아닌 일일 수도 있지만 만에 하나 인간 세상과 저승과의 경계가 순식간에 무너질 수도 있었다. 노승도 그런 고민에 잠긴 것이리라……

"사부님, 누가 이런 것을 배달했을까요?"

노승은 만해를 힐끔 보더니 중얼거렸다.

"그건 하나도 중요한 게 아니다. 정작 중요한 일은……."

노승은 이 편지에서 더 커다란 위협을 발견했을지도 모르는 것이다. 만해는 마른침을 삼키며 노승의 다음 말을 기다렸다.

"정작 중요한 일은… 이 귀한 복숭아가 하나라는 것이다!"

"……?"

"짜식들, 보내려면 두 개를 보내지. 아기 이름만 우리 이름 따서 지으면 뭘 하나… 휴……."

"반씩 나눠 먹죠."

먹을 것은 절대 양보할 수 없는 만해는 자신이 노승에게 기대했던 것도 까맣게 잊은 채 지극히 현실적인 제안을 했다. 지금까지의 노승의 행태로 보아하니 자신에게 전부 양보할 리는 만무했다. 그러니 조금이라도 먹을 수 있는 길은 그 수밖에 없었다. 더군다나 오리지널 천도복숭아인데…….

노승은 만해의 말을 듣자 날카로운 눈을 하고 만해를 노려보았다.

만해 역시 지지 않고 노승을 바라보았다. 두 사람 사이에는 포장지가 풀러진 복숭아가 하나 있었다.

눈빛이 초롱초롱한 것이 둘 다 조금 전까지 과식으로 배탈이 났던 사람들 같아 보이지 않았다. 그때 어디선가 기척이 느껴졌다. 긴장하고 있던 두 사람은 동시에 그쪽을 돌아보았다. 낡은 우편 배달부 옷을 입은 노인이 깜짝 놀란 표정으로 그들을 바라보고 있었다.

"뭡니까?"

노승이 여전히 복숭아와 만해를 경계하며 물었다.

"아까 소포 배달하고 쿨럭! 도장을 안 받아가서… 쿨럭! 쿨럭!"

"사인도 돼나요?"

"그건 인정이 안 되고 지장은 가능합니다. 쿨럭! 쿨럭!"

집배원은 심하게 기침을 하며 증명서를 내밀었다. 노승은 지장을 찍어주며 집배원에게 물었다.

"기침을 심하게 하시는군요."

"쿨럭! 예… 오래된 병인데 낫지 않네요. 쿨럭!"

만해는 걱정스레 집배원을 바라보며 말했다.

"집에서 쉬시지 않고요."

"원래는 단거리만 배달했는데 피치 못하게 간간이 이렇게 먼 곳까지 오게 됐답니다. 늙어서도 복이 지지리도 없지… 천도복숭아만 먹으면 몸이 낫는다고 하던데… 원체 귀한 거라 구할 수가 없으니."

집배원의 말이 끝나기 무섭게 만해는 복숭아를 집어 앞으로 내밀었다.

"자요, 드세요."

"이놈, 만해야!"

노승의 노성을 뒤로한 채 만해는 집배원의 손에 복숭아를 쥐어 주었다.

집배원은 뜻밖의 선물에 놀라 만해를 바라보았다. 만해는 잔잔한 미소를 지으며 복숭아를 바라보았다.

'아깝지만 어차피 못 먹을 거…….'

집배원은 잠시 노승과 만해를 번갈아보다 허리를 굽혀 인사를 했다.

"두 분이 뉘신지는 모르겠으나 고맙습니다. 잘 먹겠습니다."

집배원은 복숭아를 주머니에 소중하게 넣은 뒤 재빨리 창문으로 다가가 밖으로 나갔다.

"이놈, 만해야!"

노승의 불호령이 떨어졌다.

"셋이 공평하게 나눠 먹어도 되는걸! 다 주다니……."

만해는 노승의 말을 들은 척도 하지 않고 창문만 바라보았다. 그러더니 갑자기 소릴 질렀다.

"어엇!!"

만해에게 호통을 치던 노승은 만해가 갑자기 소리를 치자 말을 멈추고 만해가 보고 있는 곳을 같이 바라보았다. 떨리는 손으로 창문을 가리키며 만해가 노승을 보며 입을 열었다.

"차, 창문으로 나갔어요. 여기 3층인데!"

노승 역시 만해의 말을 듣고 그제야 집배원의 몸에서 흐르던 귀기(鬼氣)를 인식하기 시작했다.

복숭아에 신경 쓰느라고 본업인 퇴마에 소홀한 것이었다. 노승은 아직도 손으로 창문을 가리키고 있는 만해를 돌아보며 외쳤다.

"뭐 하냐? 빨리 뒤쫓아가자!"

그 시각, 서울 시내 각 경찰서로는 계속해서 이상한 사건들이 접수되고 있었다.

죽은 부인에게서 편지를 받았다고 하는 중년 남자의 신고에 이어 자신이 친구를 죽였다며 머리가 들어 있는 소포 박스를 보여주며 자수한 사람도 있었다.

한영인 반장은 처음엔 살짝 돈 사람들의 헛소리로 치부했다. 하지만 시간이 흐를수록 비슷한 신고가 늘어가고 있었다. 한 반장은 책상 위에 늘어져 있는 서류와 편지지를 하나씩 들어 확인하기 시작했다.

한 반장의 손에 처음 잡힌 것은 중년 남자가 공포에 질려 가지고 온 편지였다.

사랑하는 당신에게.

여보, 내가 불의의 사고로 일찍 죽어 얼마나 힘들고 외로우세요.

그래도 당신이 꿋꿋이 생활하시는 모습을 다 보고 있답니다.

얼마나 자랑스러운지 모르겠어요.

드릴 말씀은 이곳에 올라와 가만히 보니 당신은 저 몰래 두 집 살림을 해오셨더군요. 요즘같이 경제가 어려워 먹고 사는 게 힘들 때 한 집도 아니고 두 집을 건사하느라 얼마나 힘드셨을까?

제가 당신에게 돈 못 벌어온다고 바가지를 긁은 일이 못내 후회됩니다.

내가 죽은 다음날 당신은 죽은 아내를 보는 것 같다며 그녀의 품에 안겼죠.

아직도 밤일은 정정하시더군요. 그때 당신이 흘리던 땀방울 하나하나에서 전 당신의 사랑을 느꼈답니다. 특히 결정적인 순간에 '미자야' 하고 제 이름을 부르며 몸을 부르르 떠는 것을 보고는 흘러내리는 눈물을 주체할 수 없었죠.

아! 당신이 날 이렇게 사랑했구나… 살아 있을 땐 왜 몰랐을까.

다른 여자에게 안겨 있으면서도 저를 생각해 주는 당신으로 인해 저는 제가 죽은 것을 땅을 치며 안타까워했습니다.

그리고 사랑하는 우리 두 남매… 정현이와 정윤이.

요즘 훌륭하게 크고 있더군요. 벌써 고등학교를 다닐 나이가 되다니.

정현이는 초등학교 때만 해도 대통령(大統領)이 되고 싶다고 했는데…….

요즘 밤이면 밤마다 가스통을 오토바이 뒤에 실은 채 항상 이렇게 외치더군요.

'빠라빠라빠라밤!!'

적어도 밤의 대통령은 된 것 같아 역시 제 마음이 자랑스러웠습니다.

그리고 예쁜 우리 딸 정윤이.

정윤이는 두 달 전에 가출해서 아직 소식이 없지요?

당신은 항상 자식을 믿으니까 물론 걱정을 안 하겠지만 역시 당신의 바람대로 정윤이도 꿋꿋하게 잘 생활하고 있답니다. 주변에 있는 정윤이 또래들이 정윤이가 나타나면 슬슬 피하며 한마디씩 하더군요.

'쟤가 바로 그 유명한 짱이야! 거의 또라이래.'

정윤이는 당신보다 수입이 더 좋더군요. 월수 300이 넘는 것 같아요.

내가 살아 있었으면 정윤이에게 용돈 좀 타 쓰는 건데…….

이렇게 옆에서 하염없이 바라보며 눈물만 흘린답니다. 다 당신 덕분이죠.

고생하시는 당신께 이곳에서 인기있는 시 한 수 적어 올립니다.

귀곡성(鬼哭聲).

나는 가겠소.

머리가 잘라져도

사지가 찢어져도

배가 터져 내장이 흘러나와도

허휘 허휘

빈 껍데기뿐인 육신을 끌고서라도

나는 가겠소.

어딜 가냐고 어딜 가냐고

그대가 내게 묻거든

나는 대답 않고 온몸에서 붉은 피를 쏟으리!

내가 쏟은 그 피가 마르고 말라

그 흔적도 찾아볼 수 없을 때

그때서야

비로소 알게 될 거요.

내가 가고자 했던 곳이

바로 당신의 심장이라는 것을……. (구전가요. 작자 미상.)

당.신.도. 밤.이.면. 밤.마.다. 조.심.해. 내.가. 가.고. 있.어.

당.신.의. 심.장.으.로.

                              사랑하는 당신의 부인 미자가.

첫 번째 편지는 이렇게 끝나고 있었다. 한 반장은 편지지에서 느껴
지는 싸늘한 감촉을 인식하며 고개를 저었다. 어떻게 해석을 해야 할
지 막막했다. 처음엔 누가 장난 친 것인 줄만 알고 무시하려 했다. 하
지만 남편이 같이 가지고 온 죽은 부인의 글씨와 편지의 필체가 똑같
았던 것이다. 게다가 그 시각 이후로 책상 위에는 이곳저곳에서 신고
된 유사한 편지들이 잔뜩 쌓이고 있었다. 아무리 장난이라도 이렇게

치밀할 리가 없었다. 그리고 그것들은 모두 죽은 사람이 보냈다는 공통점이 있었다.

날도 춥지 않은데 한 반장은 오싹한 기운을 느꼈다. 의자를 뒤로 뺀 한 반장은 책상 밑에 내려놓은 소포 박스를 바라보았다. 그 박스에는 잘려진 사람의 머리가 들어 있었다.

한참 전에 이상한 신고가 들어와 삼일 아파트로 달려갔다. 그곳에는 소포 박스와 함께 잘려진 머리가 뒹굴고 있었다. 그리고 그 앞에는 나중에 영호라고 밝혀진 사내가 거의 실성한 채로 계속 중얼거리고 있었다.

"내가 죽였어! 그래, 내가 죽였다고! 근데 상수, 이 자식… 살아 있어!"

잘린 머리가 말을 한다는 헛소리를 사내가 한참이나 지껄였던 것이다.

하긴 처음 머리를 발견했을 때는 머리의 눈이 흰자위가 선명하게 보일 만큼 부릅떠져 있었는데, 경찰서에 도착해서 보니 어느 틈에 눈이 감겨져 있었던 점은 수상했다. 여하튼 지금 사내가 토막 낸 시체를 파묻었다는 장소로 형사대를 급파해 조사하고 있는 중이었다. 그리고 이상한 편지가 도착한 집들도 집중 조사하고 있었다.

편지들을 배달한 사람을 수소문했으나 모두 모른다는 대답뿐이었다.

문밖에서 난 인기척에 나가보니 집 앞에 편지 혹은 소포가 놓여 있었다는 말뿐이었다.

'젠장, 이거 또 골치 아픈 사건 아냐?'

아직 희생자는 한 사람도 없었지만 한 반장은 왠지 이것은 자신의 힘으로 해결하기엔 벅찬 사건 같다는 느낌을 받으며 서늘해지는 가슴을 쓰다듬었다.

'이런 일이 언론에 알려지면 안 된다.'

아직 쉬쉬하고 있지만 이번 사건이 공개되면 사회적으로 큰 파장을 불러올 것이 뻔했다.

과학과 이성이 지배하는 시대에 귀신이 보낸 편지라니…….

한 반장은 고개를 휘휘 저었다. 정말 귀신이 한 일은 아닐 것이다. 아마 사회 혼란을 노리는 사이비 종교 집단의 소행일 가능성이 클 것이다.

생각은 그렇게 하면서도 한 반장은 어제 식사를 함께한 노승과 만해를 떠올렸다.

'악귀사수대라고 했지. 악귀로부터 인간을 사수한다고? 허…….'

그들에게 생각이 미친 한 반장은 전화기에 손을 뻗었다. 하지만 이내 어제저녁에 걸신들린 사람처럼 밥을 먹던 그들을 생각하며 손을 거둬들였다.

'내가 보기엔 그들이 바로 아귀(餓鬼) 같았어!'

허겁지겁 밥을 먹던 그들을 떠올리며 불신에 찬 눈빛으로 고개를 저었으나, 어느새 한 반장의 손은 다시 책상 위의 전화기로 향하고 있었다.

삐삐삐삐삐삐삐.

어디선가 들려온 삐삐 소리에 만해는 우편 배달부를 쫓아 뛰어가던 걸음을 멈추고 주위를 두리번거렸다. 앞서 뛰던 노승 역시 그 자리에 우뚝 멈춰 섰다. 그리고 알 수 없는 미소를 지으며 길게 늘어뜨린 도복(道服)을 걷어 올려 아랫도리에서 새까만 호출기를 꺼내 들었다.

만해의 시선을 의식하며 자랑스러운 표정으로 번호를 확인하던 노승은 혼자 중얼거렸다.

"112? 많이 보던 번호데?"

노승은 공중전화 박스로 들어가 전화를 걸었다. 전화는 직통으로 한 반장에게 연결되었다.

"혹시 호출하신 분 있습니까?"

"예, 바로 연락 주셨군요. 저, 한 반장입니다. 다름이 아니라……."

만해는 공중전화 박스 앞에서 멍하니 서서 노승의 전화가 끝나기만을 기다렸다. 노승은 심각한 얼굴을 한 채 한 반장과 통화를 하고 있었다. 이윽고 통화가 끝난 노승은 전화 박스를 나왔다.

"생각보다 심각한걸."

"왜요? 무슨 일이 일어났답니까?"

"그 집배원을 잡아야 돼. 생각보다 사태가 심각해!"

노승은 주먹을 불끈 쥐고 다시 뛰어가기 시작했다. 발자국 소리가 경쾌하게 울려 퍼졌다. 만해 역시 그 뒤를 따라 뛰기 시작했다.

"전화 안 하고 따라갔으면 벌써 잡았겠다."

만해는 입을 삐죽 내밀고 중얼거리며 뛰고 있었다. 앞서 가던 노승 역시 뭔가를 입 안으로 끊임없이 중얼거리고 있었다. 비 맞은 중마냥 중얼거리며 뛰어가는 그들의 기세에 길을 가던 사람들은 모두 비켜줄 수밖에 없었다. 사람들이 차례대로 피하는 사이에 저 앞에서 걸어가고 있는 늙은 집배원의 모습이 보였다. 그를 발견하자 노승은 손을 위로 뻗으며 몸을 공중으로 날렸다. 동시에 노승의 입에선 벼락같은 일갈(一喝)을 터져 나왔다.

"허공질주!"

오랜만에 듣는 소리였다. 만해는 공중으로 뛰어오른 노승을 보며 계속 뛰어갔다.

공중으로 날아오른 노승은 도복을 펄럭이며 길을 가던 사람들의 머리, 어깨, 무릎, 팔, 무릎, 팔 할 것 없이 밟아 제끼며 허공을 갈라 순식간에 집배원의 앞을 막아섰다. 노승 앞에는 이미 만해가 도착해 있었다.

"아니, 넌 왜 이리 빨리 왔느냐? 아직 네게 허공질주를 전수하지 않았는데……."

"그냥 계속 뛰어왔는데요."

"흠……."

노승은 만해를 애써 무시하고 집배원을 보았다. 확실히 온몸에서 귀기가 뿜어져 나오고 있었다.

자신의 앞에 하늘과 땅에서 갑자기 불쑥 나타난 두 사람을 보고 노집배원은 깜짝 놀랐다. 그러나 그들이 노승과 만해인 것을 확인하더니 이내 안도의 한숨을 쉬었다. 하지만 한편으로는 주머니에 집어넣은 복숭아를 만지작거렸다.

'다시 뺏으러 왔나? 진작 먹을걸!'

집배원이 불안한 표정을 짓자 노승은 커다란 목소리로 말했다.

"우리의 존재를 익히 들어 알고 있나 보군."

복숭아를 꺼내 든 집배원은 노승에게 내밀었다.

"쿨럭! 가져가시오. 내 구차하게 얻어먹지 않으리."

"그게 뭐요? 쩝… 복숭… 아! 그건 드시구려."

"그럼 내게 원하는 게 뭐요? 쿨럭! 난 힘없고 늙은 우체부요."

"저승에 편하게 있지 어째서 이런 요상한 것들을 배달하고 있나요?"

"저승이라뇨? 쿨럭! 쿨럭! 내가 아무리 늙었기로서니 면전에서 저승을 들먹이는 경우가 어디 있소?"

"노인께선 돌아가신 영(靈)이니까요!"

"아니, 이 사람이! 멀쩡히 일하는 사람한테 무슨 심보로 그런 말을 하는 거야? 쿨럭! 쿨럭! 쿨럭! 내가 죽었다니? 쿨럭! 허헉! 쿨럭!"

노집배원은 소리를 버럭 질렀다. 얼마나 화가 났는지 기침이 끊이지 않았다.

만해가 보기에 대화가 이상하게 흘러가고 있는 것 같았다. 집배원은 자신이 영이라는 사실조차 인정을 하지 않고 있었다. 아니, 현재의 대화로 미루어봐서 그 사실을 아예 모르고 있는 것 같았다.

"잠깐만요!"

기침을 하는 노집배원 앞에서 멍청히 서 있던 노승은 만해의 옷깃을 잡아끌더니 그곳에서 조금 떨어진 거리의 구석으로 데려갔다.

"네가 보기에 어떠냐?"

"자신이 영이라는 사실을 모르는 것 같은데요."

"그렇지! 분명히 지박령이야."

"지박령이라면?"

"자신이 죽었는지도 모른 채 생전과 똑같은 일을 반복하고 있는 영을 말하지."

"저 노인이 그럼 매일 똑같은 일을 반복하고 있었다는 거예요?"

"그렇지. 하지만 자신은 매일매일을 살아가고 있다고 생각하지. 혹시 영화 식스 센스라고 봤냐? 여섯 번째 감각?"

"…제가 산에 오래 있다 보니……."

"음… 그 영화에도 저런 영이 나오지. 죽어서도 죽은 줄도 모르고 자신이 하던 일을 반복하는 영혼 말이야. 인간으로서도 영혼으로서도 좋지 않은 케이스이지."

이야기를 듣다 보니 만해는 노집배원이 불쌍하게 느껴지기 시작했다. 죽었다면 마땅히 성불하는 게 영혼을 위해서 좋은 것이다. 하지만 저 집배원은 그걸 인정하지 못하고 끊임없이 구천(九天)을 헤매고 있는 셈이었다.

"그런데 오늘은 어쩌다가 저승 우편물을 배달하고 있는지 모르겠군."

혼자 중얼거린 노승은 집배원에게 가서 두 손을 포갠 뒤 정중히 사과했다.

"사람을 잘못 봤습니다. 죄송합니다."

"그래요. 보아하니 좋으신 분들 같은데… 쿨럭! 어쨌든 주신 복숭아는 잘 먹겠소."

집배원은 다소곳이 고개를 살짝 숙인 뒤 다시 걸어가기 시작했다.

한쪽 어깨에 배낭을 걸치고 고개를 숙인 채 길거리를 가득 메운 사람들을 그냥 통과하는 노집배원의 쓸쓸한 뒷모습은 누가 보아도 연민을 불러일으키고 있었다.

"그냥 보냈네요. 이제 어떻게 하실 생각이죠?"

"어차피 자신이 죽었는지도 모르고 생전에 하던 행동을 계속하는 것은 어쩔 수 없네. 하지만 누군가가 집배원의 가방에 장난을 쳤어. 저승에서 편지를 모아 저 가방에 넣은 거지. 휴우… 이렇게 된 이상 저 집배원에게 죽음을 인정하게 해야지. 그리고 극락왕생(極樂往生)을 시켜야겠지."

"어떤 방법으로요?"

"글쎄… 일단 가볼 데가 있다."

노승은 만해를 데리고 시내에 위치한 중앙 우체국으로 갔다. 그곳에서 여기저기 수소문해서 가장 오래 근무한 배달 담당 과장을 만날 수 있었다.

자신을 김 장서라고 밝힌 과장은 호기심에 가득 찬 얼굴로 승복 비스무레한 것을 입고 자신을 찾아온 두 사람을 뚫어지게 쳐다보았다.

"무슨 일이시죠?"

"죄송하지만 이곳에서 일하던 분 중에 사고로 돌아가신 집배원이 혹시 안 계십니까?"

그 말을 듣자 김 과장은 얼굴에 주름을 잔뜩 지은 채 한숨을 쉬었다. 말하기가 거북한 듯 한참을 망설이더니 천천히 입을 열었다.

"아시다시피 배달 일이라는 게 밖으로 나돌아다니는 일이라서요. 지금이야 이 안에서 분류 담당을 맡고 있지만 저도 예전에는 밖에서 배달을 하는 것이 주 임무였죠. 한 30년 정도 했죠. 배달하는 방식도 조금씩 바뀌어 초창기에는 가방을 둘러매고 걸어다녔는데 한 10년 지나니 자전거가 나오더라고요. 그리고 아시다시피 요즘엔 오토바이로 우편물을 배달하고 있죠. 이쯤 되면 아시겠지만 우리 나라의 도로 환경이 여간 위험하지 않습니까?"

김 과장은 동의를 구하듯 말을 멈추고 두 사람을 바라보았다. 둘은 고개를 끄덕였다.

맞는 말이었다.

마구잡이로 설계된 우리 나라의 도로 실정상 거리만 나가면 걸어가든, 차를 타고 가든, 그야말로 저승길과 지상 길을 경계를 곡예하는 셈인 것이다. 김 과장의 말은 계속 이어졌다.

"사고로 죽은 사람요? 많죠! 경찰관이나 소방관이 순직하면 신문에

도 나고 알려지지만 집배원이 잘못되면 공식적으론 쉬쉬하면서 넘어가니 일반인들은 그 속사정을 잘 알 리 없죠. 한 30년 일하다 보니 이제 웬만한 동료들의 사고는 면역이 됐어요."

"그것참."

노승은 혀를 끌끌 차더니 말을 이었다.

"저희가 알고 싶은 것은 자전거가 나오기 전에 일하시던 분 중, 혹시 배달하다 돌아가신 연세 드신 집배원을 알고 있나 해서요."

"가만있자… 그때라면 70년대니까… 그때는 사고가 그래도 지금보다 덜했죠. 차가 귀할 때니까. 아! 혹시 강정만 씨를 말하는 건가요?"

"글쎄요, 눈썹이 짙고 꽤 연세가 있으신 것 같은데요."

"맞아요! 제가 신출내기 때 그분하고 몇 년간 일한 적 있어요. 참 좋은 선배였는데… 평생을 배달 일만 해오신 분이죠. 다시 태어나도 우편 배달부를 할 것이라고 입버릇처럼 말씀하셨죠."

"그분이 어떻게 돌아가셨죠?"

노승이 묻자 김 과장은 다시 한 번 한숨을 내쉬고 말했다.

"…돌아가신 지 오래됐죠. 어차피 그때 교통사고가 아니었더라도 연세가 많이 들어 지금쯤이면 돌아가셨겠지만 뺑소니 차에 치어서 그만……."

"음… 갑작스레 당한 죽음을 몇십 년 동안이나 인정하지 못한 게로군."

"옛?"

노승이 혼자 중얼거리자 김 과장이 정색을 하며 물었다.

"아니, 아닙니다. 그게 정확히 언제쯤이죠?"

김 과장은 노승의 태도에서 수상함을 느꼈는지 의심스러운 눈초리로 두 사람을 다시 한 번 본 뒤 말을 이었다.

"글쎄요… 가물가물하네요. 강 선배가 돌아가신 게 벌써 20여 년이 훨씬 지난 일이라…….'

"혹시 묘지가 어디에 있는지 알 수 있습니까?"

"처음에는 자주 가보았는데 아시다시피 이제는 원체 오래된 일이라… 충북 괴산의 무슨 산이었다는 것밖에 기억이 나지 않네요."

"그분에게 혹시 자식이 있습니까?"

"끔찍이도 아끼던 딸이 하나 있었는데…….'

"그분 연락처 좀 알 수 있을까요?"

김 과장은 대답을 하지 않고 흘러내린 안경을 올려 쓰며 노승을 빤히 쳐다보았다. 그리고 시선을 돌려 이번엔 만해를 쳐다보았다. 상당히 의심스런 눈초리였다.

"그런데 이제 와서 왜 그분을 찾죠?"

"예, 얼마 전에 어쩌다가 아는 사이가 되어서요."

"얼마 전이라뇨? 어쩌다가라뇨? 죽은 사람을요?"

김 과장은 날카로운 눈초리로 노승을 노려보았다.

노승은 자신의 실수를 깨닫고 이내 변명을 했다.

"그게 아니고… 만해야."

"예, 사부님."

"이 아이가 그분의 숨겨진 자식입니다. 돌아가시기 1년 전에 과부댁에 편지 배달을 하러 갔다가 벨을 두 번 누르는 바람에 실수로 그만…….'

"예엣?!"

난데없는 노승의 말에 김 과장은 깜짝 놀라 눈이 휘둥그레졌다. 그러나 가장 놀란 것은 역시 만해였다. 만해는 놀라 입을 열었다.

"사부!!"

"24년 동안 고아로 자라 이제 출생의 비밀을 탐구하던 중 우연히 아버지를 찾게 된 것입니다."

"사부!!"

"돌아가신 분을 만날 수는 없지만 아버지의 산소에 인사라도 드리고자 이렇게 찾아오게 된 것입니다."

김 과장은 입을 벌린 채 노승의 말을 들으며 만해를 자세히 바라보았다. 졸지에 노집배원의 숨겨진 자식이 된 만해는 과장의 시선을 피해 고개를 숙였다.

"그리고 보니 닮았어. 저 다소곳이 고개를 숙이는 행동까지……."

김 과장이 혼자 중얼거렸다. 만해는 그 말을 듣고 놀라 고개를 번쩍 쳐들었다.

"녀석, 갑자기 고개를 번쩍 드는 버릇까지 똑같구먼."

김 과장은 만해에게서 눈을 떼지 않고 감동 어린 시선으로 만해를 계속 바라보았다.

만해의 파르라니 깎은 머리에 잠시 눈길을 두던 김 과장은 입을 열었다.

"머리숱만 있었다면 정말 그분과 똑같았을 것 같군."

만해가 머리로 손을 올려 어루만지는 사이 노승은 때를 놓치지 않고 결정타를 먹였다.

"아버지를 애타게 찾는 아이의 심정을 그대는 아시나요? 김 과장님이 도와주셔야 합니다!!"

김 과장은 만해에게서 눈을 떼고 노승을 바라보았다. 김 과장의 눈가는 어느새 촉촉이 젖어 있었다.

안경을 벗고 눈시울을 훔치며 허공을 바라보던 김 과장은 혼자 중얼거렸다.

"장하십니다, 선배!"

그리고 다시 노승과 만해를 번갈아 보며 말을 했다.

"말씀은 안 하셨지만 그분이 아들 하나 있기를 그렇게 바라셨는데… 이렇게 장성한 아들이 있다는 것을 알면 무척 좋아하시겠군요. 늘그막에 큰일을 하셨구려, 이런 늦둥이를 생산하시다니. 따님의 연락처요? 알려드리죠! 아니, 당연히 알려드려야죠!"

"우이쒸… 꼭 그렇게 해야 돼요? 속이면서까지!"

졸지에 노집배원의 숨겨진 자식이 된 만해는 중앙 우체국을 나오자마자 툴툴거렸다.

만해를 정말로 노집배원의 아들로 알고 김 과장이 만해의 손을 잡고 놓지 않으며 끊임없이 이 말 저 말 물어온 것이다. 만해로서는 참 곤욕스러운 자리였다.

특히 지금 뭐 하냐고 물어왔을 때는 할 말이 없었다. 단지 조심스레 입을 열어 솔직히 말을 할 수밖에 없었던 것이다. 백수라고…….

그 말을 들은 김 과장은 실망스러운 기색을 감추지 않았다. 그리고 만해에게 인생을 그렇게 살면 안 된다고 하며 걱정 어린 설교를 한참이나 해댔다. 만해는 고개를 숙인 채 진지한 눈빛으로 자신을 걱정해 주는 김 과장의 말을 들을 수밖에 없었다. 두 사람은 한참이 지나서야 비로소 우체국을 빠져나올 수 있었다.

"그렇게 하지 않고서 어떻게 알아낼래?"

"솔직히 말하면 되잖아요!"

"어떻게?"

"그 집배원이 아직 극락왕생 못하고 구천을 떠돌고 있다. 게다가 요즘엔 불법 우편물을 배달하고 있어서 사회적 혼란이 우려된다. 그러므로 노집배원을 이제는 저승에 가서 편히 쉬게 해야 한다. 그 방법 중에 하나가 자식과 대면해서 자신의 묘비명이 있는 묘지에 가서 설득을 하는 길밖에 없다! 뭐, 이런 식으로요!"

"너라면 그 말을 믿겠느냐?"

"…말해 놓고 보니까 나라도 좀 믿기 어렵겠네요."

"가자, 얼릉."

"예."

"그러니까요! 부인의 아버님께서 극락왕생을 못하고 지금도 구천을 떠돌고 있거든요. 게다가 요즘엔 불법 우편물을 배달하고 있어서 사회적 혼란이 우려되걸랑요! 그러니까요. 아버님이 성불하실 수 있게 해야 되걸랑요! 그렇게 하려면 자식이 인도해서 아버님을 직접 묘지에서 확인시켜야 하거든요! 그래서 우리가 이렇게 온 것이걸랑요!"

김 과장이 말해 준 노집배원의 집에 도착한 노승은 현관문 앞에 나온 이제는 40대 후반이 된 집배원의 딸 앞에서 손짓 발짓 해가며 설명을 하고 있었다. 특이한 것은 만해가 조금 전에 했던 말을 거의 복사하다시피 그대로 재연하고 있는 것이었다.

만해는 노승의 예상치 못한 행동에 입을 딱 벌리고 쳐다보고만 있었다.

처음엔 놀라는 기색으로 설명을 듣던 부인은 노승의 말이 끝나자 의

외로 차분하게 말했다.

"그래요. 그랬군요. 제가 어떻게 하면 되죠? 아, 잠깐만요!"

"예엣!!"

더 이상 아무것도 물어보지 않고 담담하게 말을 한 부인은 안으로 사라졌다. 노승과 만해는 서로 쳐다보았다. 노승은 휑한 눈빛으로 손가락을 들어 안을 가리키더니 입을 열었다.

"…다 믿네!"

노승의 말에 만해는 고개를 끄덕일 뿐이었다. 노승은 손가락을 내리며 혼자 중얼거렸다.

"아까 우체국에서도 진작 이럴걸."

부인은 옷을 입은 채 한 20대 후반의 청년을 데리고 나왔다. 청년의 얼굴을 본 두 사람은 깜짝 놀랐다.

노집배원과 너무 비슷했다. 청년은 이상한 복장의 두 사람이 자신을 놀라는 눈초리로 쳐다보자 다소곳이 고개를 숙였다. 그러더니 갑자기 고개를 번쩍 들었다.

"허억!!"

그 행동에 노승과 만해는 다시 한 번 놀라 자신들도 모르게 외마디 비명을 내질렀다. 김 과장이 말한 행동과 너무나 비슷했기 때문이다.

"제 동생이에요. 아버님의 늦동이죠."

노승과 만해는 부인의 말에 입을 벌리고 고개를 끄덕일 수밖에 없었다. 노승은 늙은 집배원을 떠올리며 혼자 중얼거렸다.

"정말 장하십니다."

택시 기사로 일하는 오규진은 아까부터 룸밀러를 힐끔힐끔 보고 있었다.

뒤에 탄 두 사람의 행동이 이상했기 때문이다. 한 사람은 민숭민숭한 머리에 승복 비슷한 것을 입은 젊은 사람이었고, 또 한 사람은 도포 자락 위로 수염이 늘어져 중국 영화에나 나오는 도인 비슷하게 생긴 사람이었다. 외모도 범상치 않았으나 그들이 하는 행동은 더욱 이상했다. 두 사람은 택시 뒷좌석에 올라탈 때부터 가운데 자리는 비워놓고 멀찌감치 떨어져 않더니 선문답 같은 말들만 주고받고 있었던 것이다.

'택시비는 받을 수 있을까?'

선불로 받을 걸 그랬다는 생각이 뇌리를 스치면서 규진은 그들이 가자고 말한 충북 괴산으로 향하고 있었다. 택시 기사가 룸밀러를 통해 자신들을 수상한 눈길로 보는 것을 느낀 만해는 노승에게 작은 소리로 물었다.

"한 반장님이 꼭 와 있겠죠?"

"그렇겠지, 할 일이 있는데."

만해는 노승의 말에 고개를 끄덕이며 창밖으로 시선을 돌렸다. 집배원의 딸과 아들을 묘지가 있는 곳으로 먼저 보낸 뒤 두 사람은 편지를 배달하기 위해 아직도 거리를 헤매는 집배원을 찾아 데려가는 중이었다.

"도대체 나를 어디로 데려가는 거요?"

만해와 노승 사이에 뻣뻣하게 앉아 있던 노집배원이 또 물어왔다.

"우편물들이 좀 먼 데 있어서요."

노집배원을 자신의 무덤으로 데려가기 위해, 붙일 우편물들이 많이 있다는 핑계를 댄 노승이 어설프게 대답했다. 노집배원이 활동할 때만 해도 우편 배달부가 직접 우편물을 접수하는 일은 다반사였던 것이다.

"음… 이러다가 오늘 배달할 거 다 못할지도 모르겠다."

노집배원은 우편물이 든 가방을 꼭 안으며 중얼거렸다.

그런 집배원이 보일 리 없는 택시 기사 오규진은 혼자 말하는 노승의 모습을 다시 룸밀러를 통해 바라보며 생각했다.

'미쳤나? 우편물들이 먼 데 있다니… 도대체 누구에게 지껄이는 거야? 아이고, 이거 택시비 떼어먹히는 거 아냐?'

택시 기사의 걱정을 더해줄 행동을 만해와 노승은 꺼리지 않고 계속해서 하고 있었다.

"배달 일 하기 힘드시죠?"

만해가 창밖을 바라보다 고개를 돌려 집배원에게 물었다.

"힘들긴 뭘… 매일 하는 일인데. 요즘 들어 갑자기 우편물이 늘어 조금 바빠지긴 했어. 웬 꼬마가 우편물을 그렇게 많이 가지고 오는지 말야."

"앗! 꼬마요?"

"헉! 꼬마?"

끼이익!

노승과 만해가 갑자기 소릴 지르자 규진은 깜짝 놀라 급브레이크를 밟았다.

"무슨 일이에요?"

규진이 몸을 돌려 소리를 지른 두 사람에게 물었다. 갑자기 서는 바람에 앞 의자에 머리를 부딪친 노승은 손으로 머리를 만지며 대답했다.

"졸려서 자다가 잠꼬대한 거요. 미안하오."

"원… 잠꼬대를 동시에 하나?"

규진은 인상을 쓰며 택시를 다시 출발시켰다. 그러자 이번엔 집배원이 물었다.

"잠꼬대는 무슨? 나하고 말하다 그래 놓고서… 그런데 저 기사양반도 이상하네."

"앗! 그러고 보니 이제 기침을 안 하시네요?"

화제를 돌리기 위해 노승이 집배원에게 물었다.

"허! 두 분이 주신 복숭아를 먹고 나니 거짓말같이 싹 낫지 뭐요. 이거 고맙다는 인사가 늦었구려."

"나무아미타불… 다 하늘의 뜻입니다. 그건 그렇고, 아까 말씀한 꼬마 말인데 혹시 붉은 옷을 입지 않았습니까?"

"붉은 옷이라… 그렇지 않아도 제가 눈에 거슬려 꼬마에게 물었죠. 넌 왜 아래위로 붉은 옷을 입고 있냐? 그랬더니 이 맹랑한 꼬마 녀석이 하는 말이 '개성이에요!' 하더군요. 뭐, 제가 그 아이의 아버지도 아니니 뭐라고는 못했는데… 혹시 아는 꼬마입니까?"

"뭐… 잘 알진 못하고 그냥… 으음! 또 그 녀석 짓이군."

두 사람의 대화를 듣고 있던 만해가 노승에게 물었다.

"이번 일을 꾸민 것도 역시 그 붉은 악마?"

"그래, 맞는 것 같다. 녀석의 장난이 점점 심해지는데……."

노승은 고개를 끄덕이며 대답했다. 그리고 심각한 표정으로 눈을 감고 참선에 들어갔다.

만해는 더 궁금한 것들이 있었지만 노승이 참선에 들어가는 모습을 보자 방해하지 않기 위해 자신도 눈을 감았다.

택시 기사 규진은 자신의 귀에 들려오는 뒷좌석의 두 사람이 주고받는 횡설수설 대화에 거의 미칠 지경에 이르렀다. 집배원이 보이지도, 그의 말소리가 들릴 리도 없으니 뒷자리에서 오가는 대화가 규진의 상식 선에선 도저히 이어지지 않는 것이었다. 그걸 벗어나는 방법은 단 하나! 빨리 목적지에 도착하는 것이다.

규진은 엑셀을 세게 밟아 알피엠을 최대한 올린 뒤 속도를 내기 시작했다.

사람 둘, 귀신 하나를 태운 택시가 충북 괴산을 향해 엄청난 속도로 달려가고 있었다.

한영인 반장은 괴산의 칠보산 입구에서 초조하게 노승과 만해를 기다리고 있었다. 몇 시간 전에 노승은 전화로 괴편지 사건의 해결을 할 수 있을 것 같다고 연락을 취해왔다. 그리고 그러기 위해서는 한 반장이 해야 할 중요한 일이 있다고 했다. 한 반장은 혼자 오라는 노승의 말을 지켜 이곳까지 최대한 빨리 내려와 노승이 도착하기를 기다리고 있었다.

비가 조금씩 내리고 있었다. 한 반장은 하늘을 올려다보았다. 산 중턱에 먹구름이 조금씩 걸리고 있었다. 시간이 지남에 따라 몰려드는 구름의 양이 많아지고 있었다.

'우산을 가져올 걸 그랬군.'

한 반장은 자신의 트레이드 마크가 되어버린 외투 깃을 올려 빗물이 옷 안으로 들어오는 것을 막으며 생각했다. 비도 부슬부슬 오고 있고 외투 깃도 치켜올리고 있자니 왠지 저절로 고독하고 낭만적인 분위기가 나는 것 같았다.

'폼나는데! 누가 봐주는 사람 없나?'

한껏 분위기를 잡으며 주위를 힐끔거리던 한 반장의 눈에 도로 저편에서 우산을 쓴 채 자신 쪽으로 다가오는 두 사람의 모습이 보였다. 중년의 나이 정도 되어 보이는 여인과 20대 정도의 청년이었다. 두 사람은 한 반장 있는 곳으로 점점 다가오더니 반장을 힐끔 보았다. 한 반장은 때를 맞춰 외투 깃을 치켜올렸다. 하지만 두 사람은 바로 시선을 돌려 한 반장을 무시하더니 그대로 걸어갔다. 산속으로 멀어지는 두 사람의 모습을 멍청히 보고 있는 한 반장의 옷 위로 떨어지는 빗방울이 점점 세지고 있었다.

"아니, 비 오는 날 저 산속에 무슨 일로 가는 거지? 불륜 관계인가?"

그들의 무관심에 약간의 서운함을 느끼며 한 반장은 중얼거렸다. 두 사람을 따라가 보고 싶은 호기심이 솟아올랐다. 하지만 중요한 일이 있으니 이곳에서 꼭 기다리고 있으라는 노승의 말도 떠올랐다.

"할 수 없지."

한 반장은 그냥 그 자리에 서서 그들이 숲 저편으로 사라질 때까지 그 뒷모습을 바라보고 있었다.

아쉬움을 달래고 있는 한 반장에게 이번엔 도로 저편에서 엄청난 속도로 달려오는 택시가 눈에 띄었다.

"으왓! 총알이다!"

자신도 모르게 한 반장은 소리쳤다.

아무리 차가 거의 다니지 않는 시골 길이라지만 비가 오고 있어서 속도를 줄여도 시원찮은데 저 택시는 거의 자동차 경주를 하는 정도의 속력을 내고 있었던 것이다.

끼이이이익!!

순식간에 한 반장 앞의 도로에 도착한 택시는 급브레이크를 밟았다. 엄청난 속도 때문에 제동을 걸고서도 한참을 밀려간 택시는 도로 저편에 가서야 비로소 멈춰 섰다.

입을 벌리고 자신의 훨씬 앞쪽에 멈춰 선 문제의 택시를 바라보던 한 반장의 눈에 문을 열고 내리는 두 사람이 보였다.

수염을 휘날리는 그럴듯한 외모에 도복을 입은 노승에 이어 조금 시간을 두고 만해가 내렸다. 만해는 차에서 내리자마자 쏟아지는 비를 가리기 위해 두 손으로 머리를 감쌌다. 노승은 택시로 다가오는 한 반장을 발견하더니 반갑게 뛰어왔다.

"늦지 않게 와 계셨군요!"

노승의 말에 한 반장은 미소를 지며 대답했다.

"제 도움이 필요한 중요한 일이라는데 늦을 수 없죠."

"예… 역시 신용이 있으시군요."

"저, 그런데 제가 필요한 중요한 일이라는 게 뭐죠?"

덜컥!

그때 택시의 운전석 문이 열리더니 기사 규진의 얼굴이 차 지붕 위로 나타났다.

그리고 볼멘소리로 노승을 향해 소리쳤다.

"아, 택시 요금 안 줘요!!"

노승은 그 말을 듣자 한 반장을 향해 다정한 미소를 지었다.

"저, 반장님."

"옛?"

노승은 손을 들어 택시를 가리키더니 말했다.

"중요한 일!!"

잠시 어리둥절하다가 이내 노승의 뜻을 알아챈 한 반장은 역시 손을 들어 택시를 가리키며 입을 열었다. 들고 있는 손가락도, 말하는 목소리도 가느다랗게 떨리고 있었다.

"저… 그럼 제가 필요한 중요한 일이라는 게……?"

"나무아미타불……."

노승은 고개를 끄덕이며 눈을 감고 합장을 했다. 한 반장은 노승의 진지한 얼굴을 보며 자석에 이끌리듯이 택시로 발걸음을 옮겼다. 만해가 여전히 머리를 두 손으로 가린 채 한 반장 옆으로 스쳐 갔다.

"나무아미타불……."

만해 역시 한 반장을 보더니 머리에서 손을 뗀 뒤 합장하며 중얼거렸다.

한 반장이 고개를 끄덕이자 만해는 다시 손을 올려 머리를 가리고 노승이 있는 곳으로 다가갔다. 한 반장은 왠지 모를 외로움을 느끼며 운전석으로 다가갔다.

"빨리 주세요!"

규진은 한 반장이 다가오자 쳐다보지도 않고 운전석에서 유리창 밖으로 손바닥만 내민 채 말을 했다.

한 반장은 불끈했으나 꾹 참은 채 기사에게 물었다.

"요금이 얼마나 나왔소?"

"탈 때 삼십만 원에 하기로 했어요."

"허억! 삼십만 원?"

"예, 보통 그렇게 해요."

"십오만 원만 하죠."

"아니, 이 아저씨가 장난하나? 한 푼도 못 깎아주니까 빨랑 내놓기나 해요. 내가 고생한 게 어딘데……."

"십오만 원!!"

한 반장은 단호하게 말하며 지갑에서 돈을 꺼내 택시 기사의 손에 쥐어준 채 성큼성큼 걸어갔다.

"야! 빨리 다 안 내놔! 경찰에 신고한다!"

반말로 외치는 고함 소리를 듣자 움찔한 한 반장은 몸을 돌려 다시 택시로 다가갔다. 그 우수에 가득 찬 낭만적인 얼굴이 어느새 벌게져 있었다. 그리고 품 안에서 뭔가를 꺼내 들었다.

"내가 경찰이야! 당신 바가지 요금에다가 속도 위반으로 현장 검거할 테니 면허증 이리 내!"

코앞에 디밀어지는 신분증을 확인한 규진은 차에서 서둘러 내렸다. 속도 위반은 벌금으로 끝나지만 바가지 요금은 사정이 달랐다. 잘못하면 한 달 이상 영업 정지를 당할 수 있었다. 만면에 어색한 미소를 띤 규진은 한 반장의 손을 잡으며 말했다.

"형사님이셨군요. 저 그냥 갈 테니 없던 일로 해주세요."

한 반장은 규진이 붙잡는 손을 뿌리치며 손바닥을 펴 내밀었다.

"내놔!"

"예? 뭘요?"

"봉사 정신으로 저분들 모셔온 것 아냐?"

"저… 십오만 원에 그냥 넘어가면 되는데요."

"뭐? 방금 내가 꿔준 돈 필요없다고? 할 수 없지… 나중에 줘도 되는데."

"저… 기요……."

한 반장이 무슨 말을 하는 것인지 통박으로 눈치 챈 규진은 울상을 지으며 변명을 하려 했다.

그러나 한 반장의 단호한 표정을 보자 하고 싶던 말을 그대로 삼킬 수밖에 없었다.

손에 들고 있던 십오만 원을 그대로 한 반장에게 넘겨준 규진은 저 멀리 있는 노승과 만해를 바라보았다. 두 사람은 이쪽은 쳐다보지도 않은 채 심각한 표정으로 대화를 나누고 있었다.

규진은 울고 싶은 심정을 억누르며 돈을 다시 받아쥔 채 노승 쪽으로 걸어가는 한 반장의 뒷모습을 보았다.

한편 택시 쪽을 바라보지 않기 위해 의식적으로 노승과 만해는 별 쓸데없는 대화를 나누고 있었다. 집배원은 그 옆에서 여기저기를 두리번거리고 있었다.

"만해야… 손으로 머리는 왜 가리느냐?"

"산성비를 많이 맞으면 머리가 다 빠진답니다."

"으음… 네가 빠질 머리털이나 있더냐?"

"요즘 면도를 안 했더니 머리가 조금씩 돋아나고 있답니다."

"어디 보자!"

한 반장은 택시 기사를 뒤로하고 걸어오면서 노승 쪽을 바라보았다. 노승이 만해의 민숭민숭한 머리를 두 손으로 잡고 뭔가를 살피고 있었다.

'음… 머리로 기를 불어넣고 있나 보군. 확실히 예사 분들이 아니야.'

노승에게 도착한 한 반장은 말했다.

"계산 끝냈습니다."

부릉!

그 말이 떨어짐과 동시에 저 편에서 택시가 엄청난 굉음을 내며 출발하기 시작했다.

노승은 택시가 출발하자 만해의 머리에서 손을 뗀 뒤 합장하며 한 반장에게 말했다.

"나무아미타불… 힘든 일 처리하셨군요."

"과찬이십니다."

"아, 소개해 드릴 분이 있습니다."

"예? 소개라니요?"

한 반장은 놀라 주변을 살폈다. 그러나 노승과 만해와 자신 말고는 다른 사람은 아무도 보이지 않았다.

"여긴 우리 셋뿐이지 않나요?"

그 말을 듣자 노승은 빙그레 미소를 지으며 품 안에 손을 넣어 푸른 색이 감도는 나뭇잎을 꺼냈다.

"이것을 눈에 비비면 또 다른 분을 볼 수 있지요."

그것은 아주 깊은 골짜기에서나 간신히 찾아볼 수 있다는 백귀시(魄鬼視) 나무의 잎사귀였다.

예로부터 비밀리에 전해오는 바에 의하면 그 잎사귀로 눈을 비비면 영(靈)의 존재를 일시적으로 볼 수 있게 된다고 한다. 한 반장은 노승의 행동에 미심쩍어하면서 잎사귀를 눈에 가져가 비비기 시작했다. 따끔한 느낌이 전해졌다. 한참을 비빈 한 반장은 눈에서 잎사귀를 떼어냈다. 너무 오랫동안 비빈 탓에 앞이 잘 보이지 않아 끔벅끔벅하며 초점을 맞춘 한 반장의 눈에 웬 늙은 우편 배달부가 보였다.

"안녕하세요?"

얼떨결에 인사를 하며 속으로 생각했다.

'엉? 그러고 보니까 저분이 언제 와 있었지?'

어리둥절한 표정의 한 반장을 보며 노승과 만해는 미소를 짓고 있었다.

"자, 올라가죠. 올라가서 얘기하죠."

산을 올라가는 도중 집배원은 노승에게 계속해서 우편물이 어디 있는지 물어왔으나 노승은 미소로써 답을 할 뿐이었다. 한 반장은 아직도 자신이 보고 있는 우편 배달부가 귀신인 줄을 알지 못한 채 눈이 쓰라리다고 중얼거리며 일행을 따라 올라갔다.

이제는 흡사 양동이로 쏟아 붓는 듯한 비를 맞으며 일행이 도착한 곳은 잔디가 총총히 깔려 있는 무덤이었다.

무덤 앞에선 좀 전에 올라간 중년 부인과 청년이 그곳으로 올라오는 일행을 바라보고 있었다. 불길한 예감을 느꼈는지 노집배원은 무덤을 보고 그 자리에 멈췄다.

"와 계셨군요?"

노승이 중년 부인에게 말을 건넸다. 중년 부인과 청년도 일행에게 고개를 숙였다.

한 반장은 옆에 서서 두 사람을 바라보았다.

'이 사람들은 아까 그 사람들이잖아! 여기서 뭐 하는 걸까?'

노승은 집배원을 돌아보았다. 집배원은 아직도 그 자리에 선 채 무덤을 올려다보고 있었다.

앞에서 중년 부인이 말을 건넸다. 침착한 말투였다.

"저… 우리 아버님은 어디 계시죠?"

노승은 아무 말 없이 품 안에서 백귀시 잎사귀를 꺼내 두 사람에게 건넸다.

"이것으로 눈을 비벼보세요."

부인과 청년은 그것을 받아 쥐고 눈을 비볐다.

눈을 뜬 부인은 저 앞에서 자신을 보고 있는 아버지의 얼굴과 딱 마주쳤다.

왼쪽 어깨에 우편 배낭을 메고 주름살이 가득한 얼굴로 무덤을 보고 있는 아버지의 모습은 25년 전 그대로였다.

"아버지……."

부인은 중얼거리며 뭔가에 이끌리 듯 집배원에게 다가갔다. 아버지의 모습을 처음 보는 청년 또한 눈물을 머금고 누나의 뒤를 따랐다.

노집배원은 무덤을 바라보던 눈을 들어 자신에게 다가오는 두 사람을 보았다.

앞서 오는 여인은 죽은 자신의 부인 같았다. 자신도 모르게 '여보'라고 부를 뻔한 집배원은 고개를 흔들며 이제 가까이 온 여인을 다시 자세히 보았다. 조금 달랐다. 자신의 부인보다 많이 말랐다. 그녀는 보기 좋게 통통했는데…….

"아버지!"

그사이 가까이 다가온 여인이 눈물을 흘리며 집배원을 불렀다.

"아버지라뇨? 내 딸은 이제 24살 처녀인데……."

"흐윽! 그게 저예요. 순하요, 강순하요! 흐흑! 아버지."

"아니, 무슨 말씀인지……."

"아버지가 이렇게 구천을 떠돌고 계신 줄도 모르고… 흑!"

"……."

그때 노승이 다가가 노집배원의 손을 잡아 무덤 앞에 있는 비석 앞으로 인도했다.

집배원은 노승에게 이끌려 가면서도 뒤를 돌아보았다. 뒤에서는 자신을 아버지라 부른 여인이 그 자리에 무너지듯 주저앉아 흐느껴 울고 있었다. 집배원은 가슴이 아파오기 시작했다. 왠지 모르게 눈시울이 뜨거워지는 것을 느끼며 집배원은 우편 배낭을 다시 똑바로 둘러메며 마음을 추슬렀다.

그리고 고개를 돌려 비석을 본 집배원은 순간 그 자리에 얼어붙은 듯 멈췄다.

강정만. 1920년 2월 5일 태어나시고 1977년 7월 27일 돌아가시다. 평생을 나라의 녹을 받는 공직에 몸담으시다.

집배원은 고개를 저으며 뒤로 물러났다.

몸을 돌려 노승을 바라보았다. 노승이 고개를 끄덕여 보였다.

'그럴 리가 없는데… 내가 죽었다니? 난 매일 일을 했는데… 난 매일 집에 갔는데……'

집배원은 집에 대한 기억을 떠올렸다. 그러나 아무 기억도 나지 않았다. 매일 가족들을 보았다고 생각했는데 막상 기억하려 하니 아무 생각도 나지 않았다. 그리고 보니 매일 눈을 뜨면 우편물이 있었다. 그럼 나는 밖으로 나갔다. 맞아, 그랬었다. 하지만… 언제 그것을 다 배달했는지도 생각이 나지 않았다.

사람들이 자신에게 언제 말을 걸었는지 기억을 더듬어보았다. 항상 사람과 말을 했다고 생각해 왔는데 노승 일행이 말하기 전에는 아무 기억이 없었다.

"그렇다면 나는……?"

집배원의 중얼거림을 듣고 노승은 고개를 끄덕이며 입을 열었다.

"이제 그만 쉬셔야죠."

"아니야! 아니야!"

고개를 세차게 흔들며 소리를 지르던 집배원은 그 자리에 주저앉았다. 엄청난 혼란이 오는 듯 멍하니 온몸에 비를 맞으며 그대로 앉아 있었다.

일행도 움직이지 않고 그 모습을 바라보았다. 빗줄기가 더 굵어지고 있었다.

잠시 후 집배원은 고개를 돌려 저편에서 쓰러져 흐느끼는 여인을 바라보았다. 자리에서 천천히 일어난 집배원은 아직도 흐느끼는 딸 순하에게 다가갔다. 집배원의 얼굴이 조금 차분해져 있었다.

순하의 얼굴을 떨리는 손으로 어루만진 집배원은 중얼거렸다.

"너도 많이 늙었구나… 아비 없이 고생 많았지?"

"흐흑……."

아버지의 말에 순하는 더욱 큰 소리로 흐느껴 울었다.

집배원은 고개를 숙여 순하의 얼굴에서 흘러내리는 눈물을 닦아주었다.

"울지 마라… 울지 마. 이렇게라도 봤으니 다행이다… 다행이야……."

순하의 얼굴을 한참 어루만진 뒤 집배원은 자리에서 일어나 입술을 깨물며 울음을 참고 있는 청년에게 다가갔다.

"너는 젊었을 때 나를 꼭 빼닮은 것이… 혹시 어머니 성함이 이금자 씨 아닌가?"

청년은 말없이 고개를 끄덕였다.

"그래, 그래, 나도 그때 마누라를 잃고 외로웠지. 그때 실수로 네 어머니 집 벨을 두 번 울리는 바람에 과부였던 너의 어머니와 알게 되었지. 늘그막에 다시 느낀 사랑이었는데… 네가 뱃속에 있다는 것을 알고 정식으로 같이 살려고 했는데… 아무것도 못해주고 이렇게 구천을 떠돌고 있었구나. 미안하다."

노승과 만해, 그리고 한 반장은 쏟아지는 비를 맞으며 그 모습을 지켜보고 있었다. 특히 혼령을 처음 본 한 반장은 눈을 커다랗게 뜬 채 그들의 모습을 바라보았다. 참지 못해 노승에게 무엇인가를 물어보려던 한 반장은 입에 손가락을 대고 조용히 하라는 노승의 모습을 보고 입을 다물 수밖에 없었다.

노승은 집배원에게 다가가 조용히 말을 건넸다.

"이제 성불(成佛)할 시간입니다."

그 말을 듣고 더욱 크게 흐느끼는 남매를 다시 한 번 어루만진 뒤 집배원은 돌아섰다.

"가야죠. 이곳은 이미 제가 필요하지 않은 곳. 미련하게 남아 있었군요."

그 말이 끝나자 집배원의 몸이 조금씩 투명해지기 시작했다. 그리고 세찬 빗줄기를 뚫고 하늘에서 빛이 내려오고 있었다. 스스로 죽음을 인정하자 하늘로 향하는 길이 생기기 시작한 것이다.

"아버지! 아버지!"

자신을 부르는 남매의 외침을 들으며 집배원은 미소를 지었다.

"언젠가는 우리 다시 만나게 될 거야. 그땐 이 못난 아비가 잘해주마."

이제는 몸 전체가 투명하게 된 집배원의 마지막 말이 끝나자 어디선가 벽력같은 외침이 들려왔다.

"잠깐!!"

집배원은 흐릿해지는 모습으로 소리난 곳을 돌아보았다. 노승이 손에 무엇인가를 들고 집배원을 부르고 있었다.

"이것 좀 부탁해요!"

빛줄기를 따라 공중으로 올라가며 아직도 저 아래에서 자신을 바라보고 있는 일행을 눈물을 흘리며 보던 집배원은 자신의 손 안에 놓여있는 편지를 내려다보았다.

편지 봉투의 받는 이 칸에는 '눈알 빠진 여귀에게' 라고 쓰여 있었다. 자신에게 맡겨진 마지막 배달 임무였다.

노집배원은 마지막 순간까지 우편 배달이라는 자신의 존재에 가치를 부여한 노승 일행에게 고마움을 느꼈다.

자신이 항상 배달하던 편지 봉투에 무엇이 들어 있는지 몰랐듯이 저승 저편에 무엇이 기다리고 있는지 알 순 없었으나 그리 나쁘지 않을 것 같다는 생각이 머리를 스쳤다.

이제… 저 앞으로 환하게 빛나는 강렬한 빛이 보이고 있었다.

"으아악! 안 돼!!"

만해는 비명을 지르며 잠에서 깨어났다. 재빨리 주위를 둘러보았다. 어젯밤 한 반장이 간식으로 사 가지고 온 만두 포장지가 주위에 뒹굴고 있었다. 노승은 어딜 갔는지 보이지 않았다.

"휴우~ 꿈이었구나."

만해는 안도의 한숨을 쉰 뒤 방금 전 꿈속에서의 일을 떠올렸다.

꿈속에서 만해는 엄청 귀한 천도복숭아를 맛있게 먹으려 하고 있었다. 혹여 노승이 볼까 주위를 살피며 막 한 입 깨무는 찰나 갑자기 뒤에서 누가 어깨를 탁탁 쳤다. 돌아보니 처음 보는 우편 배달부가 입가에 피를 흘리며 서 있었다.

"저는 그것이 꼭 필요해요. 그래야 피가 멈춰요. 이거랑 바꾸실래요?"

우편 배달부는 핏기없는 얼굴로 만해에게 말을 건넸다. 우체부의 두 손에는 박스에 포장된 소포가 하나 들려 있었다. 약간 아까웠지만 사람 하나 살리는 셈치고 만해는 복숭아를 내주었다. 고개를 끄덕이며 창밖으로 사라지는 우편 배달부를 보며 만해는 조심스레 허리 뒷춤에서 복숭아를 하나 더 꺼내 들었다.

"내 그럴 줄 알고 두 개 구해왔지."

엄청 즐거워하며 천도복숭아를 먹으려던 만해는 문득 우편 배달부가 놓고 간 소포의 내용물이 궁금해졌다. 만해는 옆에 복숭아를 내려놓고 소포의 포장을 풀기 시작했다.

'낑! 낑! 단단히도 묶어놨군.'

낑낑대며 소포를 풀어헤친 만해는 기대감을 가지고 뚜껑을 활짝 열었다.

뚜껑을 열자마자 무엇인가가 툭 튀어나와 만해의 얼굴 위로 솟아올랐다.

"으아아악!"

그것은 노승의 잘려진 머리였다. 수염을 휘날리며 만해 앞에 둥둥 떠 있는 노승의 시선은 만해 옆에 놓여진 천도복숭아로 향했다. 얼굴을 부르르 떨며 노승은 만해에게 외쳤다.

"네 이놈, 만해야! 너 혼자 몰래 먹는 법이 어디 있느냐?"

그 말을 남기고 입을 악어처럼 크게 벌리더니 가지런한 이빨을 내보이며 노승의 머리는 복숭아로 정확하게 날아갔다. 그리고 입 안 가득 만해의 복숭아를 물고는 다시 상자 안으로 사라졌다.

순식간에 일어난 일에 만해가 당황해서 어찌할 바를 모르고 있을 때 고함 소리와 함께 뭔가가 날아왔다.

"허공질주!!"

만해는 혼란스러운 와중에서도 그것이 노승의 목소리임을 알았다.

그렇다면 상자 안에 든 것은 노승을 흉내 낸 악귀임에 틀림없었다.

"역시 영웅은 있는 법이여!"

만해는 노승이 노승의 머리로 분장한 상자 안의 악귀를 물리치고 자신의 귀한 복숭아를 찾아줄 것으로 기대하며 자신 앞에 도착한 노승을 바라보았다. 노승은 만해를 쳐다보지도 않고 소포 상자로 다가갔다.

그리고 뚜껑을 힘차게 열어젖혔다. 만해는 곧 이어 벌어질 끔찍한 장면에 눈을 감았다. 악귀는 처절히 응징당할 것이다.

그러나 아무 소리도 나지 않았다. 슬쩍 눈을 뜬 만해에게 자신과 똑같이 생긴 머리를 한 손에 들고 있는 노승의 모습이 들어왔다.

'역시 사부님이셔, 벌써 제압을 하다니……'

활짝 웃으며 노승에게 다가가려던 만해는 곧 이어 벌어지는 엄청난 장면에 입을 벌렸다.

노승이 다른 한 손으로 머리털을 붙잡더니 자신의 몸에 붙어 있는 머리를 뽑아내고 있었던 것이다.

우두두둑! 둑!

순식간에 뽑혀 나간 머리를 옆에 내려놓고 노승은 자신의 손에 들고 있던 다른 머리를 갖다 붙이기 시작했다. 땀을 삐질삐질 흘리며 그 모습을 지켜보던 만해에게 갑자기 노승이 휙 돌아섰다.

머리는 이미 단단히 붙어 있었다. 아직도 입 안 가득 복숭아를 물고 있었다.

노승은 만해를 빤히 쳐다보며 약 올리듯이 복숭아를 우그적우그적 거리며 씨까지 모두 씹어 삼키더니 입을 열었다.

"어때? 새로 주문한 머리통 잘 맞지?"

더 이상 참을 수 없었다. 노승의 조립식 머리도, 다 먹어버린 복숭아도……

만해는 입을 벌려 비명을 지르기 시작했다.

"으아아악! 안 돼!!"

그러다가 깬 것이었다.

만해는 아직도 생생한 꿈에 몸서리를 쳤다. 노승이 너무나 보고 싶었다. 머리가 제대로 붙어 있는 사람인지 확인을 해야 마음이 편할 것 같았다. 하지만 한편으로는 가진 것이 쥐뿔도 없으면서 주위 사람들의 자발적인 도움을 받아가며 영들을 바른길로 인도하는 노승의 모습이 존경스러웠다.

나중에 그 사실을 안 사람들이 노승의 머리를 본따 두상이라도 어딘가에 세워줄지 모르는 일이었다. 그렇다면 머리통만 있더라도 절대 무섭지 않을 것이다.

만해는 그 자리에 앉아 조용히 눈을 감았다.

내 머리통은 과연 어디에 쓸 수 있을 것인가를 화두로 삼아 만해는 참선에 들어갔다.

아주 깊은 참선에… 드르렁 쿨!!

제6화
강아지 코난

요즘 들어 코난은 더 힘이 없어 보인다.

가게 앞에 지금처럼 힘없이 누워 지나다니는 것들을 물끄러미 쳐다보기만 하고 있는 것이다.

동네를 빨빨거리며 돌아다니지도 않고 먹을 것을 줘도 거의 먹지 않는다. 평소엔 쫓아다니며 장난치는 상대였던 쥐가 바로 앞으로 지나가도 힘없이 바라보기만 한다. 쥐도 그런 코난의 행동이 이상한지 가던 걸음을 멈추고 잠깐 코난을 바라보기도 한다.

하긴 이제 개의 삶으로서는 많은 시간인 10여 년이라는 세월을 넘어섰기 때문에 당연한 결과일지도 모른다. 복스럽던 털도 많이 빠지고 윤기도 많이 없어졌다. 어떨 때 보면 눈을 초점도 없이 흐릿하게 뜬 채 끔벅거릴 때도 있다.

하지만 이 모든 게 단순히 노화 때문일까?

아니다. 불과 한 달 전까지만 해도 이 녀석은 그렇지 않았다.

한 달 전까지만 해도 저 자리엔 코난 말고 그의 새끼인 포비가 같이 앉아 있었다.

포비는 코난의 다섯 번째 자식이다. 다섯 번째 자식이라는 말은 한 꺼번에 여러 마리를 낳는 동물들의 특성상 다섯 번째 태어났다는 것이 아니라, 다섯 번 새끼를 배서 태어났다는 말이다.

예전에 우리 집은 공장을 하고 있었다. 공장이라고 해서 거창하거나 큰 공장은 아니고 단독 주택을 짓기 위한 벽돌을 생산 판매하는, 종업원이 네 명뿐인 아주 소규모의 공장이었다.

10여 년 전 내가 중학교를 막 졸업하던 해 아버지가 어디선가 새끼 강아지를 얻어오게 되었다.

그것이 바로 코난이었다.

내가 당시 유명했던 만화 주인공의 이름을 붙여준 것이다.

비록 잡종 발바리였지만 코난은 매우 영리했다. 때문에 마땅히 놀 사람이 없었던 나의 가장 친한 친구가 되었다. 어떨 때는 사람인 나보다 더 똑똑한 짓을 해 놀래킬 때도 있었다. 내가 머리가 그만큼 나쁜 것일 수도 있지만 말이다. 여하튼 나는 학교에서 돌아오면 코난과 산책을 나가는 것이 하나의 습관처럼 되었다.

처음에 새끼 강아지로 우리 공장에 온 잡종 발바리 코난은 일 년여가 지난 후 새끼를 낳기 시작했다.

한번에 네 마리를 낳았으나 아버지는 어차피 코난이 아직 어리기 때문에 앞으로 또 낳을 수 있을 것이라며 얼마 후에 새끼들을 모두 다른 사람들에게 나누어 주었다. 삼 주가 지나 세 마리를 먼저 보내고 마지막으로 데리고 있던 한 마리마저 어디론가 떠나보내 버린 것이다. 결국 코난은 첫 출산한 자신의 새끼를 한 마리도 곁에 두지 못했다. 마지막 새끼가 보내지던 날 코난은 하루 종일 아무것도 먹지 않았다.

그리고 밤이 되자 짖는 소리도 아니고 낑낑거리는 소리도 아닌 이상한 소리를 내며 코난은 밤새 울부짖었다. 그날 밤 코난이 내는 소리에 잠에서 깬 나는 개도 저렇게 슬픔을 표현할 수 있다는 것을 알게 되었다.

품 안에 품고 있던 네 명의 자식을 순식간에 떠나보낸 코난은 울고 있었을 것이다.

개가 운다는 이야기는 못 들어봤으나 다음날 힘없이 늘어져 있던 코난의 눈에 잔뜩 낀 눈곱을 본 나는 어른이 된 지금까지도 개도 역시 사람같이 울고 눈물을 흘린다고 믿고 있다.

그렇게 코난은 다시 혼자가 되었고 얼마의 시간이 흐르자 그래도 조금씩 기운을 되찾아가고 있었다.

그 당시 우리 집에서 하고 있는 벽돌 공장은 시 외곽의 자그마한 동네에 자리 잡고 있었다.

길옆으로 도로가 하나 지나가고 있었으나 아직 아스팔트로 포장이 되어 있지도 않은, 그 당시엔 흔히 볼 수 있었던 시멘트로 만든 길이었던 것이다.

다음 해 코난이 두 번째 낳은 새끼 강아지 중 한 마리가 이번엔 남겨졌으나 얼마 되지 않아 지나던 1톤 트럭에 치어 죽고 말았다.

그러나 그것은 코난에게 일어나는 불행의 서막에 지나지 않았다.

코난은 자식을 자신의 곁에 데리고 있지 못하는 한을 풀 듯 거의 매년 새끼를 낳았다.

그러나 한두 마리를 제외한 강아지들은 항상 다른 곳으로 뿔뿔이 흩어졌다.

그것은 어쩔 수 없었다. 우리 집은 벽돌 공장을 하는 것이었지 개를 사육하는 곳이 아니었기 때문이다.

더군다나 코난의 피는 잡견인 발바리의 피였다. 애완견같이 부가 가치가 있지도 않았고 그렇다고 보신탕 집에 팔아먹기 위해 키우는 덩치 큰 똥개도 아니었다.

강아지들도 달라는 곳이 있으면 그냥 넘겨줬다. 공장에 있어봐야 사료값만 나가기 때문이었다.

그런데 운 좋게 남겨진 한두 마리도 코난과 많은 시간을 함께하지 못했다.

아버지의 벽돌 공장에서 일하는 인부들이 코난을 제외한 나머지 강아지들의 살이 통통히 오를 때를 기다려 이 정도면 됐다 싶을 때 번쩍 들어 차에 싣고 모두 어디론가 놀러 가곤 했던 것이다.

그래도 자신들을 보면 꼬리도 치며 반가워하던 개들이었는데 그 아저씨들은 한 번의 식사가 더 중요한 것이었다. 누렁이도 아니었는데 말이다.

그렇게 차에 치이고 인부들에게 잡아먹히면서 코난은 자신의 자식들과 떨어졌다.

코난은 어느 날인가부터 인부들을 보면 꼬리를 흔들지도 않았고 아버지도 못 본 척하고 있었다.

그리고 지나는 사람들이 코난을 귀여워하며 입으로 소리를 내고 손으로 불러도 쳐다만 볼 뿐 다가가지 않았다. 사람들에게 자신의 마음을 닫고 있었던 것이다.

코난이 유일하게 꼬리를 흔들며 반갑게 맞아주는 사람은 이제 나밖에 없었다.

털갈이를 여러 번 했을 뿐 코난의 모습은 그대로인 것 같은데 세월은 흘러 나는 고등학교까지 졸업하고 이제 아버지의 뒤를 이어 벽돌 공장에서 일을 배우고 있었다. 공부를 그리 잘하지 못해 대학 문턱까지 가지 못했던 것이다.

그사이 동네도 많이 발전해 우리 벽돌 공장을 중심으로 교차로가 생기게 되었다. 동네의 조그만 하천 건너로 새로운 신 시가지가 커다랗게 들어서게 된 것이다.

때문에 시멘트 포장으로 겨우 하나 뚫려 있던 길이 이제는 하루의 교통량이 상당히 많은 네 개의 도로가 교차하는 도로로 늘어난 것이다.

벽돌 공장도 이전하라는 통지가 왔다. 도로변이라 교통에 방해가 되고 보기에도 지저분하다는 이유였다.

그 무렵 코난은 다섯 번째 새끼를 두 마리 낳았다. 그러나 한 마리는 낳은 지 며칠 못 가 죽고 말았다. 그리고 남은 한 마리가 바로 포비였다.

포비가 다섯 번째 새끼를 낳은 해 사회에 일찍 나온 나도 스물두 살의 나이로 결혼해 예쁜 딸아이를 하나 낳았다. 사실은 사고(?)를 치는 바람에 일찍 결혼하게 된 것이지만.

어쨌든 이제 막 고등학교를 졸업한 어린 마누라와 자식은 이제 나의 가장 소중한 보물이 되었다.

코난도 코난 나름대로 태어난 새끼를 끔찍이 아끼고 있었다.

하나 남겨진 새끼를 코난은 어딜 가든 데리고 다녔다.

오래전부터 동네를 돌아다닌 코난을 알고 있는 동네 사람들은 졸랑거리며 코난의 뒤를 따르는 강아지 포비가 귀여워 손으로 만지려 하면 코난은 평소와는 다르게 으르렁거리며 손을 못 대게 하였다.

나중에 안 일이지만 코난이 그렇게 새끼를 어릴 때부터 데리고 다닌 데에는 다 이유가 있었다.

같이 돌아다니며 코난은 교통량이 많아진 교차로에서 차에 치이지 않도록 어릴 때부터 새끼를 교육시키고 있었던 것이다.

길을 건널 때도 코난은 자신이 앞장서서 주위를 두리번거리며 건너며 뒤를 돌아보았다.

그러면 포비가 코난의 뒤에 바짝 붙어 건너기 시작했다.

희한한 것은 이들은 큰 사거리를 건널 때면 빨간 불에 서 있다가 파란 불이 켜지면 도로를 건너는 것이었다. 처음엔 너무 신기해하며 신호등의 색깔을 구분하는 것이라고 생각했었다. 하지만 개들의 눈은 색을 구별하지는 못한다는 이야기를 듣고 자세히 관찰을 해보았다. 확실히 그것은 아니었다.

가만히 보니 코난과 포비는 같이 서 있는 사람들의 눈치를 보다 그들이 길을 건너기 시작하면 따라 건너는 것이었다.

놀라운 일이었지만 코난은 그렇게 자신과 새끼를 인간 위주로 짜여진 세상에 맞춰 적응시키고 있었던 것이다.

그리고 또 하나 무자비하게 자신에게서 새끼를 떼어내는 것—식사거리로 혹은 다른 집으로 가는 것—을 대비해 사람들을 경계하는 법을 가르치고 있었다.

아예 포비에게는 누구의 손도 못 대게 한 것이다. 덕분에 포비는 아주 어렸을 때를 제외하곤 내게도 가까이 오지 않았다.

그만큼 코난이 철저하게 사람을 경계하도록 교육을 시킨 것이었다.

부모와 자식, 둘은 그렇게 어울려 다니고 있었다.

벽돌 공장은 이제 시외로 이전을 하고 그곳에서 나는 마누라와 조그만 해장국집을 차리게 되었다.

코난과는 오랜 세월을 함께한 만큼 녀석은 교차로 저 편에서 신호등에 걸려 서 있는 내 차만 봐도 알아보고 반갑게 짖으며 꼬리치곤 했다. 물론 포비는 달랐다.

제 어미가 하는 것을 물끄러미 바라만 볼 뿐이었다.

여하튼 코난의 지극 정성 때문인지 포비는 코난의 자식 중 유일하게 일 년 넘게 어떤 사고도 없이 같이 있을 수 있었다. 이제 포비에게도 강아지 같은 어린 티는 완전히 사라지고 어미와 거의 같은 크기가 되었다.

서로 꼭 빼닮았는데 조금 다른 점은 코난은 전체적으로 하얀색 바탕에 곳곳에 조그만 황톳빛의 무늬를 지닌 것에 비해 포비의 몸은 새하얀 털로만 이루어져 있다는 점이었다.

코난은 다음 해에도 여섯 번째 출산으로 두 마리의 새끼를 낳았으나 이번엔 두 마리가 모두 며칠 못 가 비실거리다 죽고 말았다.

건강한 새끼를 낳기엔 코난의 몸이 너무 늙은 것이다.

이제 지금 곁에 있는 포비가 유일하게 남겨진 코난의 자식이었다.

포비는 코난을 닮아서인지 영리해 그간의 죽은 새끼들과는 달리 주위에 잘 적응해 나갔다.

집이 교차로에 위치해 있음에도 불구하고 차에 절대로 부딪치지 않았다.

그리고 간혹 돌아다니는 개장수의 손에도 잡히지 않았다.

그래서 동네에서는 2년간이나 코난과 포비가 사이좋게 산책하는 모습을 쉽게 찾아볼 수 있었다.

산책을 나가지 않은 시간에는 둘이 따뜻한 태양 아래서 잠을 자거나 몸을 부대끼며 장난을 하곤 했다.

나는 이제 조금씩 걷고 말을 하기 시작하는 내 딸을 안고 가게 앞에서 두 녀석이 하는 짓을 보곤 했다.

간혹 딸아이는 손을 뻗어 강아지를 만지고 싶다는 의사를 표현하기도 했다.

그러면 코난은 자리에서 벌떡 일어나 딸아이에게 다가와 자신의 몸을 맡겼다.

딸아이는 코난의 포근한 털을 쓰다듬으며 행복해했다.

그러나 포비는 물끄러미 쳐다만 볼 뿐 가까이 오지 않았다.

그러던 어느 날인가 딸아이가 뒤뚱거리며 혼자 누워 있는 포비에게로 다가갔다.

평소에는 누가 가까이 오면 어슬렁거리며 피하던 포비가 그날은 가만히 있었다.

딸아이가 손을 내밀어 포비의 몸을 만졌는데도 포비는 여전히 눈을 감고 그대로 있었다.

그리고 꼬리가 조금씩 움직이더니 나중에는 혀까지 내밀어 딸아이의 뺨을 핥아주기 시작했다.

위험이 없다는 것을 아는 것일까.

포비가 유일하게 딸아이에게만 자신을 만지는 것을 허락한 것이다.

나와 코난처럼 포비도 딸아이와 친구가 된 것이었다.

그리고 그렇게 시간이 흘렀다.

한 달 전 그 일이 일어나기 전까지만 해도…….

그날은 아침이었고 나는 농수산물 센터에 가서 그날 음식을 만들 재료를 사 가지고 오는 길이었다.

가게의 맞은편 교차로에서 신호에 걸려 서 있던 내 차를 알아보고 포비 옆에서 누워 있다 인도 끝까지 달려와 꼬리를 흔드는 코난의 모습이 보였다.

그리고 그 뒤로는 막 일어났는지 가게에서 혼자 걸어나오는 딸아이의 모습이 보였다.

그 귀여운 모습을 보며 빙긋이 웃는 내 눈에 좌우로 비틀거리며 달려오는 차가 눈에 띈 것은 정말 한순간이었다. 딸아이는 땅에 누워 있는 포비에게 뒤뚱거리며 천천히 다가가고 있었고 포비는 엎드린 채로 있었다. 아직 자고 있는 것 같았다.

부릉! 끼이이익!

맹렬히 달리던 차는 순식간에 인도를 타 넘더니 가게 쪽으로 맹렬히 달려가고 있었다.

"안 돼!!"

내 눈엔 차가 오는 쪽으로 걸어가는 딸아이의 모습이 보였다.

꼬리를 흔들던 코난도 뒤에서 들려오는 차 소리를 듣고 뒤를 돌아보았다.

그리고 포비를 향해 그대로 달려드는 자가용을 보았다. 코난은 그곳으로 뛰었다.

끼이이익.

그제야 브레이크를 밟는 소리가 울려 퍼졌지만 차는 속도만 약간 떨어졌을 뿐 멈추지 않고 그대로 질주했다. 상황을 알 리 없는 딸아이 또한 멈추지 않고 포비를 향해 걸어가고 있었다.

　그 순간 분명히 보였다.

　뛰어간 코난이 공중으로 몸을 날려 몸으로 딸아이를 땅에 쓰러뜨리는 모습이……

　눈 깜짝할 사이였지만 그 모습은 슬로 모션처럼 내 눈에 뚜렷하게 보여지고 있었다.

　딸아이는 그 자리에 넘어지고 자가용은 딸아이의 바로 앞에서 멈춰 섰다.

　"으앙!! 앙!"

　딸아이의 울음이 울려 퍼지는 것을 들으며 나는 미친 듯이 핸들을 돌려 가게 앞으로 향했다.

　차에서 뛰어내린 나는 쓰러진 딸아이의 몸을 살폈다.

　팔하고 다리가 까져 피가 조금씩 흐르고 있었다. 다행히 다른 곳은 다친 것 같지 않았다. 차 안에서는 그제야 얼굴이 발갛게 된 운전자가 나왔다.

　나중에 경찰에서 알게 됐지만 아침까지 술을 마시다 집에 들어가는 중이었다고 했다. 나에게 뭐라고 횡설수설거리는 운전자를 뒤로한 채 나는 딸아이를 가게에서 놀라 튀어나온 아내에게 맡기고 차 뒤로 향했다.

　그곳에서는 코난이 네 다리로 선 채 포비의 모습을 보고 있었다.

　포비의 몸에서는 붉은 피가 끊임없이 흘러나오고 있었다.

　그 피는 코난이 서 있는 발 밑으로 흥건히 고이고 있었다. 조금의 미동도 없이 잠시 동안 그대로 서 있던 코난은 포비에게 다가가 그 몸에서 흐르는 피를 핥아주었다. 그렇게 얼마나 핥았을까.

핥아도 핥아도 피가 줄어들지 않자 코난은 그 자리에 주저앉았다.

서 있기조차 이제는 힘이 든 것이리라…….

산으로 포비의 시체를 옮겨 양지바른 곳에 묻어준 지 벌써 한 달이 지났다.

하지만 지금도 코난은 변함없이 포비가 죽은 자리에서 저렇게 힘없이 누워 있는 것이다.

이렇게 쳐다보는 나는 가슴이 아팠지만 코난을 위해서 할 수 있는 것이 아무것도 없었다.

자신의 자식을 구할 수도 있었을 텐데…….

지난 한 달 동안 나를 괴롭힌 것은 바로 그것이었다.

나는 분명히 알고 있었다. 코난이 내 딸아이를 포기했다면 아마 뒤편에 서 있던 포비에게 짖던지 해서 위험을 알릴 수 있었을 것이다. 그러나 코난은 내 딸아이를 택했다. 왜였을까?

코난이 아니었다면 나는 딸아이와 헤어져 지금쯤 코난과 같은 슬픔에 잠겨 있을 것이다. 아니, 그런 것은 생각하기도 싫었다. 딸아이가 없다면…….

나는 눈을 들어 코난을 바라보았다.

계속해서 자신의 새끼들과 이별을 한 코난의 아픔을 비로소 가슴속 깊은 곳에서부터 알 수 있을 것 같았다. 그래서 내게는 자신과 같은 아픔을 주기 싫었던 것일까.

멍! 멍!

갑자기 코난이 짖으며 자리에서 벌떡 일어났다.

…또 시작인가?

포비가 간 뒤 가만히 누워만 지내던 코난이 그나마 조금의 생기가 도는 것은 바로 이때였다.

안타까운 얼굴로 코난은 주위를 빙빙 돌곤 했다.

왜 그러는지는 몰랐지만 허공을 향해 짖으며 앞발을 내밀어 무엇을 잡듯이 휘젓기도 했다.

멍! 멍!

지금도 같은 행동을 하고 있었다. 하루에 한두 번씩은 항상 이랬다.

안타까웠지만 내가 도와줄 수 있는 것은 역시 아무것도 없었다.

그때였다.

"어허, 이놈! 보이지도 않으면서 어찌 알고……."

나는 고개를 들어 말소리가 들려온 곳을 보았다.

흰 수염을 휘날리며 도포를 입은 백발이 성성한 노인과 그와 반대로 민숭한 머리를 하고 있는 승복을 입은 젊은 청년이 코난을 보며 서 있었다.

코난은 낯선 사람들이 와 있는지도 모른 채 같은 행동을 하고 있었다.

"당신 개요?"

노인이 물어왔다. 나는 말없이 고개를 끄덕였다.

"이 식당 주인이오?"

다시 고개를 끄덕였다.

갑자기 두 사람은 서로 빛나는 눈빛을 주고받더니 코난에게 다가갔다.

코난은 두 사람이 다가오는 것도 모른 채 여전히 허공을 향해 짖으며 앞발을 휘젓고 있었다.

"만해야, 잡아라!!"

노인이 품에서 뭔가를 꺼내 들더니 갑자기 소리 질렀다.

"우이씨… 물리면 어쩌려고……."

만해라 불린 청년은 툴툴거리면서도 코난을 잡기 위해 다가섰다.

"저……."

두 사람의 갑작스런 행동에 나는 앞으로 나섰으나 노인이 날카로운 눈으로 돌아보는 터에 주눅이 들어 말을 끝맺지 못했다. 하지만 나쁜 사람들 같진 않았다.

코난에게 해를 끼치려고 하는 짓이 아니라는 것쯤은 알 것 같았다.

"아악!"

청년은 코난의 발톱에 손이 할퀴고 말았다.

"쯧쯧, 개도 한 마리 못 잡고……."

"그럼 바꿔서 해요! 사부님, 그거 이리 줘요!"

내가 보기엔 거의 뺏다시피 해서 청년은 노인이 들고 있던 것을 가져갔다.

졸지에 그것을 빼앗긴 노인은 눈을 끔벅이더니 직접 코난에게 다가갔다.

크앙!

코난이 다가오는 노인을 향해 사납게 짖어댔다.

"오메, 무시라!"

노인은 다가가다 말고 청년에게 날 듯이 뛰어갔다.

가만 보고 있자니 나는 기분이 점점 나빠지기 시작했다.

'아니, 우리 코난을 앞에 두고 뭐 하는 거야?'

두 사람이 하는 행동은 전혀 진지하지 않았고 마치 좀 모자란 사람들이 연극을 하는 듯한 느낌마저 받았기 때문이다.

"나무아미타불……."

갑자기 노인이 내 앞에서 합장을 하더니 입을 열었다.

"저 개 좀 잡아주십시오."

"예? 왜죠?"

"저 개에게 가슴 아픈 사연이 있지 않습니까?"

그 말을 듣자 가슴이 탁 막히는 것을 느꼈다.

아니, 그것을 지나가던 이들이 어떻게…….

"나무아미타불."

다시 합장하는 노인을 뒤로한 채 나는 홀리듯 코난에게로 향했다.

아직도 허공을 향해 앞발을 휘두르던 코난은 내가 다가서자 갑자기 행동을 멈춘 채 나를 멍하니 바라보았다. 나는 코난의 머리를 한 번 쓰다듬으며 코난을 품에 안았다. 털 사이로 코난의 앙상한 갈비뼈가 만져졌다. 보기보다 훨씬 많이 말라 있었다.

왈칵 눈물이 쏟아지려는 것을 참고 있는데 노인이 품 안의 코난에게 다가왔다.

그리고 옆에 있던 청년에게서 뭔가를 받아 들었다.

조그만 나뭇잎이었다.

'아니, 저걸로 뭘 하려고…….'

이상한 생각이 들었으나 물어볼 새도 없었다.

노인은 나뭇잎을 코난의 눈으로 가져가더니 마구 비비기 시작했다.

처음엔 고개를 저으며 반항하던 코난은 금세 얌전해졌다.

"자, 됐다. 이제 맘껏 보거라!"

노인이 눈에서 손을 떼자 잠시 그대로 있던 코난이 갑자기 품 안에서 홀쩍 뛰어내렸다.

그날 이후 처음 보는 생기있는 모습이었다.

왈! 왈!

코난은 포비가 죽은 그곳으로 가더니 마구 짖어댔다. 그 소리는 코난이 기분이 좋을 때 짖는 소리였다. 그리고 곧 혼자서 이리 뛰고 저리 뛰고 하며 몸을 마구 뒹굴기 시작했다.

누가 보면 광견병에 걸렸다고 생각할 정도였다.

"왜 저러지?"

혼자 중얼거린 내 목소리를 들었는지 노인이 다가왔다.

"궁금하시오?"

고개를 끄덕이자 노인은 또다시 청년과 은밀하게 빛나는 눈빛을 주고받았다.

왠지 예감이 좋지 않았다.

"나무아미타불… 점심 시간이라… 식사 보시 좀 받을 수 있을까요?"

왠지 거절할 수 없는 협박성 제의라는 것이 뇌리를 스치면서도 또다시 고개를 끄덕일 수밖에 없었다.

그제야 노인은 품에서 아까 코난의 눈을 비벼준 나뭇잎을 번개같이 꺼내 들었다.

"이걸로 눈을 비벼보시오."

나는 그것을 건네받아 눈을 비비기 시작했다.

눈이 아려오는 것을 느끼며 잠시 후 나뭇잎을 떼었다.

그리고 코난이 뒹구는 곳을 보았다.

"아……."

나도 모르게 입술 사이로 신음 소리가 새어 나왔다.

그곳에서는 포비가 죽기 전의 모습으로 코난과 장난을 치고 있었다.

코난은 그런 포비를 살짝 물고 핥고 뒹굴고 있었던 것이다.

"그럼 코난이 허공을 향해 짖으며 앞발을 휘저은 게……."

"보이지는 않아도 육감으로 알고 있었던 게지요, 자신의 자식이 찾아온 것을."

노인이 옆에서 말을 했다.

"마지막 정을 나누지 못하고 간 탓에 저 녀석이 매번 어미를 찾아온 것이지요."

노인이 또다시 뭐라고 말을 했으나 내 귀에는 잘 들어오지 않았다.

왠지 눈물이 쏟아지려고 했다. 아니, 눈물은 이미 흐르고 있었다.

"이제 저 녀석도 올라가야지. 가야 할 곳이 있으니……."

노인이 혼자 중얼거렸다.

마치 그 말을 알아들은 것처럼 코난과 포비는 동작을 멈추더니 서로를 핥아주었다.

그리고 일행이 있는 곳으로 다가왔다. 코난이 가까이 오자 나는 손을 들어 코난의 머리를 어루만졌다.

그리고 조금 떨어져 있던 포비를 보았다. 포비는 잠시 쭈뼛거리더니 고개를 흔들며 천천히 다가왔다.

그리고 살아 있을 때와 달리 처음으로 내게 자신의 몸을 맡겼다.

따뜻한 촉감이 전해졌다. 마치 살아 있는 것 같았다.

"미안하다… 잘 가라… 잘 가……."

나는 포비의 몸을 쓰다듬으며 똑같은 말만을 중얼거릴 뿐이었다.

"나무아미타불… 보시 잘했습니다."

두 사람은 식사를 마치고 한마디의 인사를 남긴 채 떠나갔다.

누구였을까?

스님들? 글쎄, 밥을 먹는 것을 보니 스님으로 생각하기엔 약간 무리가 있었다.

둘 다 며칠은 굶은 사람처럼 체면을 차리지 않고 먹어댔던 것이다. 두 사람에게 보시를 하고 나니 오늘 장사는 도로아미타불이었다. 그래도 나는 가슴이 뿌듯했다. 이제 코난의 모습이 확연히 좋아진 것이다. 그리고 아까부터 밥을 먹기 시작했다.

그 옆으로 딸아이가 뒤뚱거리며 다가서고 있었다.

코난은 밥을 먹다 말고 딸아이와 장난을 치기 시작했다.

마치 포비가 못한 일을 자기가 한다는 듯이…….

제7화
전설 속에서

　"흐윽, 여기가 어디야? 흑… 무서워… 누가… 제발 누가 내 곁에 있어줘. 이제 어디서든 쉬고 싶어……. 흐흑… 엄마… 엄마… 보고 싶어! 이봐요? 거기 누구 없나요?"

　하지만 '그'는 알고 있었다, 여전히 자신의 곁에는 아무도 없다는 것을.

　그리고 헤아릴 수 없이 많은 시간이 흘러온 것과 마찬가지로 앞으로도 영겁의 세월 동안 자신은 이렇게 여전히 아무것도, 아무도 없는 곳에서 방황해야 한다는 것을.

　'그'는 또다시 앞을 더듬으며 나가기 시작했다.

　앞은 항상 어둠이었다. 저편에 있을 때도, 이곳을 헤맬 때도.

　그것은 자신의 마음속도 마찬가지였다.

　어둠.

이것은 '그'가 원하지 않아도 '그'가 존재하는 한 영원히 따라다닐 수밖에 없는 족쇄인 것이다.

"제발 누가 나하고 말 좀 해줘! 제발……!"

더듬거리며 그는 울부짖고 있었다. 몇 년이나 해온 일인지 모른다. 아니, 벌써 몇십 년을 울부짖으며 다녔을는지도 몰랐다. 시간이 흘러가는 것에 무감각해진 지 오래였다. 이미 모든 것이 부질없는 짓이란 걸 알고 있었다. 하지만 그렇게라도 하지 않으면 '그'는 자신에게조차 아무 의미도 아닌 것이다.

스스로가 스스로에게 존재 가치를 부여하는 방법밖에 '그'가 이 끝없는 시간을 버텨 나갈 다른 방법이 없었다.

'그'는 앞에 보이는 어둠을 향해 다시 나아갔다.

그때,

"원하는 대로 해주지……."

앞의 어둠 속에서 아이의 목소리가 들렸다. '그'는 그 자리에 우뚝 섰다.

자신의 목소리 외에 얼마 만에 듣는 다른 사람의 소리인지 알 수 없었다.

"너에게 모든 수모와 고통을 견디어낼 수 있는 사악함을 주지!"

'그'는 천천히 몸을 돌렸다. 보였다, 붉은 옷을 입은 꼬마의 모습이.

꼬마는 그의 손에 무엇인가를 쥐어줬다. 그것이 무엇인가를 확인하기도 전에 꼬마는 어느새 '그'의 몸에 손을 대고 있었다.

"으아악!!"

음침한 기운이 몸 안으로 폭포수처럼 밀려들어 오는 것을 느끼며 '그'는 정신을 잃고 그 자리에 쓰러졌다.

얼마의 시간이 지났을까.

'그'는 눈을… 떴다!!

그리고 알 수 있었다. 그곳으로 다시 돌아왔다는 것을… 모든 것이 시작되고 또 모든 것이 끝난 그곳으로.

'그'는 손을 들어 꼬마가 쥐어준 것이 무엇인가를 확인하였다. 순간 '그'의 몸이 움찔거렸으나 그는 이내 그것을 손에 단단히 쥔 채 앞으로 나아가기 시작했다.

이제 '그'는 자신이 해야 할 일이 무엇인지 분명히 알고 있었다.

시원하게 뚫린 고속도로를 관광 버스 한 대가 빠른 속도로 질주하고 있었다.

평일이라서인지 도로를 오가는 차들은 그리 많지 않았다. 관광 버스는 한산한 도로 위를 자신이 마치 스포츠카라도 되는 양 물찬 제비처럼 빠르게 이동시키고 있었다.

버스 옆에는 현수막이 하나 큼직하게 걸려 있었다. 전문 공장에서 찍어 나온 것이 아니라 아마추어가 손수 만든 것으로 보였다. 비뚤비뚤하게 글씨가 쓰여져 딱 보기에도 조잡하게 보였기 때문이다. 차 옆을 가로지르는 바람에 펄럭이는 현수막에는 '청원 대학교 농촌 봉사단'이란 글씨가 붉은색으로 쓰여져 있었다. 농활을 하러 가는 대학생들을 태운 버스였다.

농촌을 돕는다는 데서 보람을 느끼고자 하는 지원자들로 버스 안이 꽉꽉 찼던 예전과는 달리 지금 버스 안에는 듬성듬성 빈 의자가 보이고 있었다.

하지만 저마다의 좌석에 앉아 이야기하는 스무 명가량의 학생들은 모두 들뜨고 설레이는 표정이었다. 아직 일을 하는 것이 아닌 만큼 그저 복잡한 도시를 떠나 학교 친구들과 소풍 가는 기분이 들기 때문이다.

딱 한 명만 빼놓고…….

"흥! 촌스럽게 무슨 농활이야? 바닷가에나 가려고 했는데."

투덜거리며 선옥은 주위를 둘러보았다. 모두 다 끼리끼리 짝을 지어 좌석에 앉아 있었다.

선옥만 의자에 혼자 앉아 있었던 것이다. 둘이 앉는 좌석이 갑자기 넓어 보이는 것을 느끼며 선옥은 또다시 투덜거렸다.

"에이씨… 아빠 때문에 이게 뭐야."

선옥은 자신의 단과대에서 추진한 농활대에 억지로 밀어넣어 보낸 아빠가 원망스러웠다.

고생도 젊었을 때 해봐야 한다며 아빠는 아침 일찍부터 죽어도 안 가겠다는 선옥을 자가용에 태워 봉사단이 모이는 장소까지 데려다 주었다. 그리고 버스가 떠날 때까지 지켜서 있다가 손을 흔들었다. 선옥은 창밖에서 미소 지으며 손을 흔드는 아빠가 그렇게 얄미워 보인 적이 없었다.

"아빠는 아무것도 모르면서…….."

잠이나 자야겠다고 생각하며 선옥은 눈을 감고 의자에 머리를 기대었다.

그렇게 얼마나 눈을 감고 있었을까, 왁자지껄한 소리에 선옥은 잠에서 깨어났다.

어느새 목적지에 도착했는지 버스가 멈춰 있었다.

눈을 비비며 주위를 둘러보니 학생들은 벌써 차에서 거의 내리고 마지막 두어 명만이 출구 쪽으로 향하고 있었다.

'정말 너무하는군, 깨워주지도 않고…….'

선옥은 서둘러 옷가지들이 든 가방을 챙겨 자리에서 일어났다.

그러나 곧 문 닫는 소리가 나더니 버스가 조금씩 움직이기 시작했다.

"잠깐만요, 아저씨!"

당황한 선옥이 소리치자 버스 기사는 차를 멈추고 뒤를 돌아보더니 놀라는 표정을 지었다.

"어? 아직 안 내린 학생이 있었어? 미안, 난 다 내렸는 줄 알고……."

"잠을 자다가……."

"으응! 근데 왜 다른 학생들이 안 깨웠지?"

고개를 갸우뚱하며 혼잣말하는 운전 기사를 향해 선옥은 갑자기 소리 높여 쏘아붙였다.

"아저씨가 알아서 확인해 보셨어야죠!!"

괜한 심술이 나 운전 기사에게 화풀이를 하며 선옥은 버스에서 내렸다. 뒤통수에 그런 자신을 이상하게 보는 기사의 따가운 시선이 느껴졌으나 무시했다. 차에서 내린 선옥은 그 자리에 잠시 서 있었다.

항상 이랬다.

무엇 때문인지 중학교 때부터 친구들은 자신을 철저하게 따돌려 왔다.

한번 왕따로 찍히고 나니까 그것이 고등학교까지 이어졌다. 같은 학교에 간 친구들이 또다시 소문을 냈기 때문이다.

자신에 대한 안 좋은 이미지를 만회해 보려고 친구들에게 맛있는 것도 사주고 자신이 가지고 있는 액세서리 같은 것을 탐내면 그 자리에서 그 친구에게 주었다. 그러나 항상 그대로였다. 그대로 혼자였던 것이다.

처음에는 울기도 많이 울었지만 어느 순간부턴 눈물조차 나오지 않았다. 그때부터는 오히려 강해지기 시작했다. 그리고 생각했다, 열심히 공부하자고. 그래서 고등학교만 졸업하고 좋은 대학교에 가면 따돌림은 없을 거라고 생각했다.

하지만 그것은 오래지 않아 잘못된 생각이었다는 것이 밝혀졌다.

막상 대학교에 입학하자 이곳에서도 친구 사귀기는 하늘의 별 따기였다.

요즘 대학교는 개인주의가 만연되어 철저한 개인 플레이가 이루어지고 있었던 것이다. 아니면 마음 맞는 친구 몇 명씩만 붙어서 끼리끼리 몰려다니고 있었다. 다른 학우들은 어떻게 지내는지 관심도 없었다.

대학 시절의 낭만? 그런 것은 애초부터 존재하지 않았다.

학부제로 바뀐 대학의 현실은 공부에 열중해야 하는 고등학교 때와 다를 게 없었고 이곳에서도 선옥은 친구 한 명 사귀지 못하고 있었다.

그동안의 피해 의식 탓인지 선옥은 누구에게도 먼저 다가서지 못했고 또 그런 선옥에게 다가오는 친구도 없었다.

그래서 지금 이곳에서도 선옥은 혼자 가방을 든 채 그대로 서 있었다.

떠올리기 싫은 기억을 떠올린 선옥은 크게 심호흡을 했다. 마을 공기를 들이마신 선옥은 왠지 모르게 가슴속이 더욱 답답해지는 것을 느꼈다. 서울보다는 훨씬 깨끗한 시골 공기일 텐데 이상한 일이었다.

저 앞에서는 먼저 내린 학생들이 끼리끼리 모여 웅성거리고 있었다.

잠시 망설이던 선옥은 다시 한 번 크게 심호흡을 한 뒤 그들에게로 천천히 발걸음을 옮기기 시작했다.

부웅!

뒤에서는 선옥을 마지막으로 내려놓은 버스가 출발하는 소리가 났다.

마을 사람들은 이들을 생각만큼 반기지 않았다.

환영식까지는 바라지도 않았지만 최소한 마을 이장 어르신께서는 당연히 마중 나와줄 것으로 기대했으나 버스가 도착한 학생들의 숙소로 지정된 마을 회관 앞에는 아무도 나와 있지 않았다.

어차피 환대를 기대한 것이 아니라 봉사를 하러 온 것이지만, 너무 예상밖의 홀대에 아직 어린 학생들인 탓인지 섭섭한 표정을 감추지 않았다.

"할 수 없지. 내가 이장님 댁에 가보는 수밖에……."

이번 농활단의 단장인 김연광은 소곤거리는 학생들을 둘러보며 말했다.

"오빠, 같이 가요!"

무리 사이에서 한 여학생이 튀어나와 연광의 팔짱을 꼈다.

"으? 으응!"

연광은 2년 후배인 지연의 갑작스러운 행동에 놀라는 눈치였으나 별 내색 않고 마을 쪽을 향해 걸어가기 시작했다.

"어휴… 저 여우 같으니……."

두 사람의 뒷모습을 보며 한 여학생이 중얼거리는 소리가 들렸다. 필시 지연을 두고 하는 말일 것이다.

그래도 선옥은 그런 지연의 적극적인 태도가 부러웠다. 시기심 어린 시선을 종종 받긴 해도 밝은 성격을 가진 지연은 학생들에게 인기가 있었다. 여학생보다는 남학생 사이에서 더 인기가 있었지만 정작 지연은 자신에게 별 관심을 보이지 않는 연광을 좋아하고 있는 것 같았다.

학생들 무리에서 떨어진 곳에 혼자 서 있던 선옥은 저 멀리 걸어가는 두 사람의 뒷모습을 그저 보고 있었다. 그들의 모습이 사라지자 고개를 돌리던 선옥의 눈에 마을 회관 옆에 자리 잡은 조그마한 헛간 같은 것이 보였다. 건물을 지은 지 얼마 안 돼 보이는 깨끗한 마을 회관과는 반대로 그곳은 상당히 낡아 보였다.

이상한 부조화에 잠시 그곳을 바라보던 선옥은 헛간 뒤편에서 뭔가 움직이는 것을 느꼈다.

신경을 곤두세워 바라보던 선옥은 그것이 자신을 향해 오라고 손짓하는 손가락임을 알았다.

'누구지?'

기분은 이상했으나 자신을 오라고 부르는 사람이 있다는 것에 반가움을 느끼며 선옥은 천천히 그곳으로 걸어갔다. 어차피 아이들이 있는 이곳에 있어도 외롭기는 마찬가지였기 때문이다.

예상대로 무리에서 벗어나는 선옥의 행동을 신경 쓰는 학생은 아무도 없었다.

어느새 선옥의 모습은 헛간 뒤쪽으로 사라졌다.

"근데 이 마을은 분위기가 이상해. 가슴이 꽉 막히는 것 같은 게……."

선옥이 없어진 학생들 무리에서 한 여학생이 불안에 섞인 말을 꺼내자 여기저기서 동의하는 말이 튀어나왔다.

"어? 나도 그런데."

"난 버스에서 내리자마자 소름이 돋았어!"

"어째 동네 사람들이 하나도 안 보이지?"

누군가의 말이 끝나자 학생들은 약속이나 한 듯이 주위를 둘러보았다.

너무 적막했다.

마을 회관 앞에 고목나무가 하나 서 있었을 뿐 지나다니는 개도 한 마리 보이지 않았다.

을씨년스러운 분위기의 이 마을에서 살아 있는 것은 오직 그 고목나무뿐인 것 같았다. 쌀쌀한 바람이 불고 있었다.

이장 댁을 찾아 걸어가는 연광은 옆에서 내내 쫑알대는 지연의 말을 듣는 둥 마는 둥 하며 생각에 잠겨 있었다. 애초 농활을 나가기로 한 곳은 이 마을이 아니었다. 그런데 자신들의 대학 홈페이지에 어떤 꼬마가 올려놓은 글을 보고 이 마을로 결정을 했던 것이다. 연광은 그 글의 내용을 다시 한 번 떠올렸다.

안녕하세요?

저는 풍란 마을에 사는 이름없는 조그만 아이랍니다.

형님, 누님들이 저희 마을에 와주시면 좋을 텐데… 오셔서 농사를 도와주세요!

아저씨, 아줌마들은 다 떠나고 이제는 늙으신 할아버지, 할머니들만 계십니다.

할 일은 많은데 농사지을 사람이 없답니다.

형님, 누님들은 젊고 힘이 세니까 도와줄 수 있을 것 같아 이렇게 보냅니다.

꼭 와주세요.

2003년 6월 6일 6시에 씁니다.

편지는 꼭 와달라는 글로 끝맺고 있었다. 누군지 몰랐지만 꼬마의 절절한 편지를 왠지 외면할 수가 없었다.

그래서 연광은 별다른 고민 없이 이곳 풍란 마을로 농활을 가기로 택했던 것이다.

"오빠! 저기!!"

갑자기 들려온 지연의 목소리에 문득 정신이 돌아온 연광의 눈에 다 쓰러져 가는 폐가 옆에 쪼그리고 앉아 있는 한 노파의 모습이 보였다. 연세가 꽤 드신 듯 허리가 심하게 굽은 채 지팡이를 앞에 놓고 눈을 감고 있었다. 마을에서 처음 만나게 된 사람이었다.

"주무시나?"

이장님의 집을 묻기 위해 가까이 다가가려는 연광의 옷자락을 지연이 잡아당겼다.

"오빠, 그냥 가자! 저 할머니 왠지 무서워 보여."

"무섭기는. 할머니가 뭐가 무서워."

연광은 노파에게 다가가 입을 열었다.

"저……."

순간 감겨 있던 노파의 눈이 번쩍 떠지면서 날카롭고도 음침한 목소리로 외쳤다.

"그놈이 돌아왔어! 그놈이 돌아왔어! 킬킬킬!!"

"아아악!"

갑작스런 노파의 행동에 놀란 지연이 비명을 질렀다.

노파는 지연의 비명을 아랑곳하지 않은 채 벌떡 일어났다.

굽은 줄 알았던 허리가 꼿꼿이 세워져 있었다.

멍청히 바라보고 있는 연광에게 다가오더니 연광의 코끝에 주름진 얼굴을 바짝 들이댔다.

그리고 다시 입을 열었다.

"그놈이 돌아왔어! 킬킬킬… 그놈이 돌아왔어! 킬킬킬… 에구!!"

탁!

입을 있는 대로 벌려 기괴하게 웃는 바람에 틀니가 입에서 튀어 나가 땅에 떨어졌다.

보기보다 재빨리 몸을 움직여 틀니를 주운 노파는 입 안에 다시 집어넣었다.

번개 같은 동작이었다. 그리고 아무 일도 없었던 양 다시 음침한 목소리로 입을 열었다.

"그가 돌아왔… 에이, 퉤퉤!!"

침을 뱉는 노파의 모습을 물끄러미 보고 있던 연광은 걱정스럽게 말했다.

"흙을 잘 닦고 넣으셔야죠. 지연아, 화장지 있냐?"

"여기……."

틀니를 다시 꺼내 지연이 건네주는 화장지로 깨끗하게 닦은 노파는 반짝반짝 빛나는 틀니를 입에 집어넣었다. 그리고 연광의 코끝에 다시 얼굴을 바짝 들이밀었다.

"그가 돌아왔어! 킬……."

웃으려던 순간 갑자기 멈추더니 손을 들어 틀니를 만졌다. 틀니가 잘 붙어 있자 안심이 되는 듯 고개를 끄덕이며 몸을 획 돌렸다.

"그가 돌아왔어! 크으으! 그가 돌아왔어! 크으으!"

틀니 걱정에 기괴하게 웃지 못하고 입술을 다문 채 웃는 효과만을 내던 노파는 연광과 지연을 남겨둔 채 지팡이를 짚으며 걸어가기 시작했다. 입으로는 연신 같은 말을 중얼거리고 있었다. 어느새 허리는 다시 구부러져 있었다.

"무서워… 저 할머니 뭐야?"

연광은 자신 옆에 다가와 상기된 얼굴로 물어오는 지연을 잠시 바라본 뒤 노파의 뒷모습을 계속 바라보았다.

허휘적 허휘적 걸으며 노파는 길옆의 숲 속으로 사라지고 있었다.

노파가 숲 속으로 완전히 사라지자 연광은 그제야 지연을 돌아보았다.

지연은 겁에 질려 있는 얼굴이었다. 하지만 연광은 지연을 위로하는 어떤 말도 없이 다시 걷기 시작했다.

그 이후로 논과 밭에서 일하는 어른들을 몇 명 만났으나 이들을 뚱한 눈으로 바라볼 뿐 다정히 반겨주는 마을 사람은 한 명도 없었다.

이장 댁을 묻는 질문에 말없이 손으로 방향을 가리킬 뿐이었다.

"자네들, 이런 것 써본 적 있나?"

힘들게 물어물어 간신히 이두식이라는 존함을 가진 마을 이장 댁에 도착한 연광과 지연을 보자마자 이장은 바지 주머니에서 호미를 꺼내들며 물었다.

50대 후반으로 보이는 이장은 비도 오지 않는데 노란 고무 장화를 신고 있었다.

연광이 채 대답도 하기 전에 이장은 난데없이 호미를 마구 휘둘러

됐다.

"좌로 찔러! 우로 찔러! 죽 내밀어 찔러!"

기합까지 넣으며 이장은 호미를 가지고 온갖 군대식 제식 훈련 포즈를 다 구사했다

"그깟 호미 정도야… 아마 다룰 수 있을 겁니다."

연광은 땀까지 뻘뻘 흘리며 호미를 다루고 있는 이장을 이상하게 쳐다보며 말했다.

"음… 그깟 호미라! 그럼 이건 어때?"

이장은 호미를 마당에 휙 던져 놓고 옆에 세워져 있던 기다란 괭이를 주워 들었다.

"이야앗!!"

휙! 휘익!

우렁찬 기합과 함께 이장은 괭이를 들고 온 마당을 휘저으며 봉술 비스무리한 것을 펼쳤다.

어설픈 동작으로 한참 동안 그들 앞에서 온갖 율동을 보인 이장은 연광의 눈 밑에 괭이를 바짝 들이댔다.

"헉!"

의외로 날카로운 괭이의 날이 눈앞에 닥치자 연광은 바짝 긴장했다.

설상가상으로 괭이 끝에선 거름 냄새가 나고 있었다.

이장은 거친 숨을 내쉬며 입을 열었다.

"헉! 헉! 이건 어떤 모양이지?"

"어디에 쓰는 거냐고요?"

"아니, 어떤 모양이냐고 물었다!!"

"ㅣ 자… 모양이죠."

연광은 이장의 의도를 몰라 더듬거리며 대답했다.

"그렇지!"

근엄한 표정으로 고개를 끄덕인 뒤 이장은 괭이를 마당 저편으로 던졌다.

괭이는 호미 옆에 떨어졌다.

갑자기 이장의 눈이 날카롭게 빛나더니 이번엔 허리 뒷춤에서 무엇인가를 꺼내 들었다. 낫이었다. 그것을 마치 칼처럼 허리에 차고 있었던 것이었다. 밝은 햇살에 잘 갈아진 낫의 날이 번쩍 빛났다.

낫을 이리저리 휘두르던 이장은 그것을 번쩍 들고 물었다.

"그럼 이건?"

"……."

질문의 의도를 몰라 연광은 잠시 침묵했다. 이장은 날카로운 목소리로 다시 물었다.

"어디에 쓰는 거냐고?"

"뭐… 잡초도 베고, 추수할 때도 쓰고……."

"그리고?"

"그리고… 글쎄요."

연광은 고개를 갸웃거렸다.

"그리고……."

이장은 주위를 둘러보더니 음침한 목소리로 말을 이었다.

"그리고… 사람을 벨 때도 쓰지!"

"옛?"

이장의 무지막지한 말에 연광은 깜짝 놀랐다.

지연은 아무렇지도 않게 사람을 베는 데 쓴다는 이장의 말에 놀라 연광의 뒤로 숨어들었다.

이장은 그런 지연을 보며 씩 웃더니 다시 물었다.

"이건 무슨 모양이지?"

"…ㄱ자 모양요! 왜, 그런 말도 있잖아요. 낫 놓고 기역자도 모른다."

"잘 맞추었군. 보기보단 똑똑한 학생인걸. 자! 그럼 모두 합쳐 보자!"

이장은 난데없이 앞마당에 지금까지 나왔던 농기구를 하나하나 배열하기 시작했다.

먼저 낫을 놓고 ㄱ, 다음엔 괭이 ㅣ, 그리고 괭이 바로 옆에 있던 호미 ― 를 뒤집어놓았다.

연광은 이장이 하는 이상한 행동을 가만히 보고 있었다.

그렇게 다닥다닥 붙여놓은 농기구는 어느새 하나의 글자가 되어 있었다.

ㄱ ㅏ

"무슨 뜻인지 알겠나?"

어이없어하며 바닥에 만들어진 글자를 바라보는 연광 일행을 보며 이장은 말을 건넸다.

얼굴엔 음침한 미소가 떠올라 있었다.

' '갸' 라니…….'

연광은 어이가 없어 혼자 중얼거렸다. 멀리까지 봉사하러 온 자신들이 왜 이리 홀대를 받아야 하는지 알 수 없었다. 하지만 가슴속에선 오히려 호기심을 동반한 오기가 솟아오르는 것을 느꼈다.

연광은 이장의 말에 대답을 하지 않고 주위를 둘러보며 뭔가를 찾았다.

'어디 있을까? 시골이라 흔할 텐데… 아! 저기 있군!'

외양간 앞쪽에 자신이 찾는 것이 떨어져 있는 게 눈에 띄었다.

연광은 성큼성큼 다가가 몸을 숙여 그것을 주운 뒤 손에 쥐고 돌아왔다.

그리고 마당에 배열된 농기구 앞쪽에 방금 주워 온 것을 내려놓았다.

아무 말 없이 모든 행동을 끝낸 연광은 지연을 돌아보며 말했다.

"마을 회관으로 가자!"

그들이 떠나는 것을 지켜보던 이장은 고개를 돌려 연광이 주워 와 마당에 내려놓은 것을 바라보았다.

그것은 이제는 완전히 녹이 슬어버린 못이었다.

"못이라……."

이장은 혼자 중얼거렸다.

"못을 왜 갖다 놓은 거지? 헉!"

순간 그 뜻을 알아차린 이장은 멍청히 농기구와 더불어 배열된 그것을 바라보았다.

못 ㄱ ㅏ

못 간다는 자신의 의지를 이장에게 확실히 밝힌 뒤 마을 회관으로 돌아온 연광은 학우들에게 회관 안에 짐 정리를 하고 나서 농사일을 도와주러 가자고 전했다.

그리고 자신은 회관 앞 고목나무 밑에 앉아 생각에 잠겼다.

"오빠, 그냥 가자. 여기 기분 나빠……."

이장의 집에서 오는 도중에 지연은 기분이 안 좋다며 그냥 돌아가든지 아니면 다른 마을로 가자고 했지만 그럴 순 없는 일이었다.

삼 일로 예정해 놓은 농활 기간을 말도 안 되는 이유를 늘어놓으면서 다시 집으로 돌아갈 수 없었고 또 이 마을이 마음에 안 든다고 아무 마을이나 불쑥 찾아갈 수도 없었다.

'편지를 보낸 꼬마를 먼저 찾으면 좋겠는데…….'

하지만 이상하게도 마을엔 뛰어노는 꼬마들이 한 명도 눈에 띄지 않았다.

그때 어디선가 사람들의 목소리가 들려왔다.

투덜거리며 다투는 목소리였다. 간만에 들어보는 생기있는 소리에 연광은 자리에서 벌떡 일어났다.

저 멀리서 이상한 차림의 두 사람이 걸어오고 있었다.

"이놈아! 넌 왜 그리 몸이 둔하냐?"

"피이… 언제는 세상을 구하기로 예정됐다면서요?"

"구하긴 하는데… 너같이 둔한 놈이 구하게 될 줄은 미처 몰랐다."

"우이씨! 자꾸 그러면 저 혼자 올라갈 거예요."

"어딜?"

"어디긴 어디예요! 서울이죠!"

"가서 뭐 하게?"

"세상을 구해야지요!"

"차비 있느냐?"

"……."

"세상을 구하려 해도 차비는 있어야 하느니라."

만해와 노승이었다.

노승은 만해에게 악귀를 쫓는 수련을 전수하기 위해 강원도 풍란 마을 근처에 있는 '험한산' 에 와 있었다.

이름만 믿고 와서 보니 '험한산' 이 아니라 민숭한 바위와 흙으로 이루어진 전혀 험하지 않은 조그만 야산이었다. 노승은 자신이 장소 선택을 잘못한 것은 인정하지 않고 산에 동굴이 없다는 핑계로 악귀와 대적하는 퇴마술을 가르쳐 주지 않았다.

그냥 만해에게 달리기만 죽어라고 시켜댔다.

"모름지기 수련이라는 것은 주위의 지형을 잘 이용해야 하는 법! 이곳의 특성을 잘 이용하는 방법은 역시 달리기밖에 없구나. 그리고 공부와 마찬가지로 퇴마의 기본은 역시 강인한 체력! 체력을 강화시키는 데는 달리기보다 더 좋은 운동은 없느니라."

그렇게 삼 일 밤낮을 달리기에 소진한 만해는 가지고 간 식량이 다 떨어져서야 달리기 수련에서 벗어나 지금 이 마을로 들어오고 있었던 것이다.

덕분에 만해의 다리는 끊임없이 후들거리고 있었다.

"차비가 없으면 뛰어가면 되죠!"

"허억! 이놈이 삼 일 밤낮을 달리기하더니 드디어 도(道)를 깨우쳤구나."

"……?"

"차비가 없으면 뛰어가면 된다! 음… 매우 평범한 진리지만 바쁜 현대를 살아가는 중생들에겐 생소한 말이지. 항상 편리함만을 추구하는 시대니 말이다. 좀 고되더라도 다른 길이 있다는 것을 왜 모를까… 그 것을 깨우치는 자는 진정한 행복을 얻을 수 있을 텐데……."

끝도 없이 중얼거리는 노승의 말을 애써 무시하며 앞을 바라본 만해는 아까부터 고목나무 밑에서 자신들을 빤히 바라보는 젊은이를 보았다.

"사부님, 저 젊은 아해가 왜 우리를 저렇게 쳐다보고 있을까요?"

"어디 보자! 음… 만해야."

"예."

"저 젊은 아해가 너보다 더 나이가 많아 보이지 않느냐?"

"듣고 보니……."

"나랑 같이 다니더니 저도 늙은이인 줄 착각하는구나. 쯧쯧."

노승과 만해는 다정한 대화를 주고받으며 연광에게 다가갔다.

연광은 오늘 이상한 사람들을 많이 만난 터라 자신에게 다가오는 묘한 옷차림의 두 사람을 보고 경계했다.

하지만 두 사람의 인상이 생각보다 선해 보여서 이내 경계심을 풀었다.

연광의 바로 앞에 도착하자 노승은 만해의 몸을 톡톡 쳤다. 만해는 노승에게 알았다는 듯 고개를 끄덕이더니 연광에게 다가갔다.

그리고 바로 품 안에서 목탁을 꺼내 두드렸다.

똑! 똑! 똑!

"나무아미타불… 시주 좀 받을 수 있을까요? 카드로도 받습니다 만……."

그 말을 듣자 괜히 경계심을 풀었다고 생각한 연광은 합장하며 말했다.

"저희도 농사일을 도와주러 온 입장인데다 먹을 것을 안 가지고 와서… 일을 도와주고 얻어먹어야 합니다."

"나무아미타불… 농사일을 도와주면 먹을 것이 나옵니까?"

"예… 아마도."

만해와 노승은 서로 빛나는 눈길을 주고받더니 연광에게 말했다.

"아미타불… 저희도 끼어서 농사일을 도와줄 수 있을까요?"

"……."

연광은 이들의 제의가 황당했지만 나쁜 일 하는 것도 아닌데다가 이들의 표정이 너무 진지해서 자신도 모르게 고개를 끄덕이고 말았다.

"저기가 숙소입니까?"

노승이 마을 회관을 가리키며 물었다. 연광은 또다시 고개를 끄덕였다.

"아미타불… 저… 그럼 들어가서 잠시 쉬겠습니다."

노승과 만해가 후들거리는 다리를 끌고 회관 안에 들어가려고 할 때 안에서 학생들이 우르르 몰려나왔다. 그리고 동시에 외쳤다.

"연광이 형, 짐 정리 다 끝냈어! 이제 일하러 가야지!"

그 말을 듣자 연광은 노승과 만해에게 합장하며 말했다.

"가시지요."

"허억!"

학생들을 탐탁지 않게 보던 마을 사람들은 이들이 자발적으로 논밭에 나와서 잡초를 뽑고 농약도 뿌리는 모습을 일하는 틈틈이 지켜보았다.

그 모습이 대견해 보였는지 시간이 흐르자 마을 사람들은 조금씩 마음을 열기 시작했다.

"에구, 학생. 그건 그렇게 하면 안 뒤여. 똑바로 잡고 해야지."

"어이, 거기 젊은 스님! 일도 별로 안 했는데 벌써 다리가 후들거리면 어쩌?"

"아이고! 샥시는 왜 그리 이뻐?"

"우리가 마을 회관 청소 좀 해놓을 걸 그랬지?"

한번 말이 터져 나오자 마을 사람들은 소나기를 쏟아 붓듯이 참았던 말을 마구 쏟아냈다.

연광은 잠시 허리를 편 뒤 들판에 퍼져 일하는 학우들을 바라보았다.

왠지 모르게 뿌듯한 생각이 들었다. 몸은 힘들었으나 안 좋았던 기분이 점점 상쾌하게 바뀌어가고 있었다.

삐그덕 삐그덕.

그때 어디선가 이상한 소리가 났다.

소리나는 곳으로 고개를 돌린 연광의 눈에 논두렁으로 낡은 자전거를 타고 오는 이장의 모습이 보였다. 삐그덕 소리는 낡은 자전거의 체인에서 나는 소리였다.

끼익!

이장은 연광과 눈이 마주치자 자전거를 세운 뒤 손가락을 까닥거리며 연광을 가까이 오라는 시늉을 했다. 적대적인 이장의 태도에 거부감을 느끼면서도 연광은 이장에게 다가갔다.

"이봐! 내 경고했지, 가라고!"

이장은 감정이 섞인 목소리로 연광에게 위협하듯 말했다.

연광은 이장의 태도에 좋아지던 기분이 다시 나빠지는 것을 느끼며 입을 열었다.

"마을 어른들은 좋아하시는데요?"

"누가 좋아한단 거지?"

이장은 눈을 부라리며 물었다.

"보세요. 같이 열심히 일하고 있잖아요."

답을 하며 시선을 논 쪽으로 돌린 연광의 눈엔 일하던 자세 그대로 멈춘 채 자신들을 바라보고 있는 마을 사람들의 모습이 보였다. 좀 전의 활발한 분위기와는 다르게 겁에 질린 모습이었다.

'도대체 무슨 일이 있는 거지?'

연광이 속으로 의아하게 생각하고 있을 때 이장은 연광의 어깨에 손을 얹은 채 말을 이었다.

"이왕 이렇게 됐으니 내 다시 한 번 경고하지. 어두워지면 절대로 밖으로 나오지 말게! 후회할 일이 생길 테니!"

연광의 대답은 듣지도 않은 채 이장은 자전거를 타고 다시 출발했다.

삐그덕 삐그덕.

얼마나 갔을까… 이장은 자전거를 갑자기 멈추더니 그 자리에 우뚝 섰다.

할 말이 남은 것일까?

연광은 다시 긴장하며 이장을 바라보았다. 이장이 자전거에서 내리며 중얼거렸다.

"에이씨… 또 체인 풀렸네! 자전거를 다시 사든지 해야지 원."

손에 시커먼 기름을 묻히며 열심히 체인을 거는 이장을 뒤로한 채 연광은 논으로 다시 들어섰다.

"아얏!"

갑자기 따끔한 것을 느끼며 다리를 들어 올린 연광의 종아리에는 시뻘건 거머리가 한 마리 붙어 있었다. 연광이 보고 있는 것을 아는지 모르는지 거머리는 열심히 몸을 수축시키며 피를 빨고 있었다.

연광은 손을 들어 거머리를 잡아 자신의 몸에서 떼어냈다. 종아리에는 조그만 구멍이 뚫려 붉은 피가 흐르고 있었다. 꿈틀거리는 거머리를 논두렁으로 던지던 연광의 눈에 자신을 바라보고 있는 이장의 모습이 보였다.

체인 거는 것에 실패했는지 아예 체인을 떼어내 양손에 들고 있었다. 음산한 모습이었다.

휙! 휙! 휙!

연광과 눈이 마주치자 별다른 이유 없이 들고 있던 체인을 빙빙 돌리며 이장은 연광에게 소리쳤다.

휙! 휙! 휙!

"내 말을 듣지 않으면 피를 보게 될 거야, 피를……!"

휙! 휙! 휘익! 퍽!

"아앗!! 에이씨… 어휴!! 하여간 조심해!!"

그 말을 남기고 이장은 자전거를 어깨에다 메더니 한 손엔 체인을 들고 논두렁을 걸어나가기 시작했다. 뒷머리에서는 피가 줄줄 흐르고 있었다.

"이장이 거머리를 조심하라고 했나 보지?"

갑자기 들려온 소리에 연광은 옆을 바라보았다.

흰 수염을 휘날리며 노승이 서 있었다.

"말을 듣지 그랬어. 피를 조심하라는 말은 언제나 틀리지 않는 법이지."

"예에……."

연광은 살짝 고개를 숙인 뒤 좀 전에 일하던 곳으로 가서 다시 일을 시작했다.

그 모습을 보며 노승은 혼자 중얼거렸다.

"항상 그런 말은 들어야 하는 법이지… 공포 영화에서도 그런 경고를 무시하다 사고가 나기 마련이고… 아얏! 이놈의 거머리!"

열심히 일을 하는 사이 하루 해는 저물어가고 있었다.

마을 회관으로 와 학생들 저녁을 챙겨준 마을 사람들은 주위가 점점 어두워지자 서둘러 집으로 돌아가기 시작했다. 이유를 묻는 학생들에게는 귀가 시간이 7시까지라 그때까지 안 들어가면 아이들에게 혼난다는 둥 하는 어설픈 핑계를 대며 모두 마을 회관에서 사라졌다.

"치잇! 다 큰 어른들이 무슨 귀가 시간이 있어. 우리랑 놀기 싫으니깐 괜히……."

한 학생이 마을 주민들의 뒷모습을 보며 투덜거렸다.

그 소리를 들은 연광은 빙그레 웃으며 말했다.

"다 무슨 이유가 있겠지. 자, 우리도 잘 준비하자."

"우우우……."

"싫다, 싫어!"

그냥 자자는 연광의 말에 학생들은 일제히 야유를 보냈다.

그도 그럴 것이 아무리 봉사 정신으로 농활을 왔다지만 이들은 아직 놀기 좋아하는 젊은 학생들이었다. 더군다나 오래간만에 도시를 떠나 이런 시골까지 왔는데 아무것도 안 하고 잠만 잔다는 것은 있을 수 없는 일이었다.

연광은 한참 생각하다 말을 꺼냈다.

"좋아! 그럼 우리 이 안에서 놀 수 있는 것으로 하자! 수건돌리기 같은……."

"우우우… 싫다, 싫어. 그게 무슨 재미야!"

학생들은 또다시 장난기 섞인 야유를 보냈다.

갑자기 한 학생이 벌떡 일어나 외쳤다.

"캠프파이어 어때?"

"찬성! 좋아요! 좋아요!"

"좋다! 좋아!"

말이 떨어지기 무섭게 들려온 동의하는 외침에 학생들은 뒤를 돌아보았다.

노승과 만해가 박수까지 치며 좋아하고 있었다.

"괜히 좋다 그랬나?"

노승은 호미로 앞에 있는 마른 나뭇가지를 긁어모으며 만해에게 말했다.

"그래도 캠프파이어 준비는 전문가인 우리가 해야죠. 아니면 도시 아이들이 어떻게 불에 잘 타는 나무를 알겠어요. 이얏! 낑! 어? 이건 잘 안 부러지네……."

"그렇게 잘 아는 놈이 생 나뭇가지를 꺾냐? 그게 타냐?"

생가지를 꺾고 있는 만해를 한심스레 바라보며 노승이 면박을 주었다.

"아! 달이 참 밝다……."

만해는 노승의 면박에 하늘을 보며 딴소리를 했다.

"정말 보름달이 떴구나. 보기 좋다!"

노승도 만해에게 잔소리를 하다 말고 하늘을 올려다보며 중얼거렸다.

"그렇죠? 저는요, 보름달이 뜨면 이상하게 옛날에 있었던 무슨 일이 떠오를 듯 말 듯해요."

노승과 나란히 서서 보름달을 바라보던 만해가 노승을 보며 말을 했다.

"무슨 일?"

"저도 잘 모르겠어요. 보름달이 떴던 밤에 제게 무슨 일이 있었던 것 같은데 생각이 잘 안 나요. 어렸을 때 같은데……."

"……."

노승은 그런 만해를 가만히 바라보았다. 만해의 머리에 보름달이 하나 더 떠 있었다.

'언젠가 생각날 때가 올 거다. 그때는 네가 지금과 많이 달라질지도…….'

노승은 자신의 짐작이 맞아가고 있는 것을 느끼며 무거운 마음으로 고개를 돌렸다.

그곳엔 이 밤을 훤히 밝혀주는 보름달이 있었다.

만해와 노승이 캠프파이어에 쓸 나무를 줍다 말고 하늘에 휘영청 떠 있는 보름달을 올려다보고 있을 때 마을 회관 뒤쪽 야산에는 같은 달을 쳐다보고 있는 두 남녀가 있었다.

"달이 참 밝지?"

"그래, 오빠."

다시 둘 사이에 어색한 침묵이 감돌았다.

캠프파이어 준비로 혼잡한 틈을 타 무리에서 몰래 빠져나온 정기와 문영은 그렇게 달을 보며 바위 위에 앉아 있었다. 두 사람은 사실 농촌을 도우러 가는 것보다 자신들이 같이 있을 수 있는 시간을 만들기 위해 이번 농활을 지원한 것이었다.

아직 서로의 마음을 잘 알지도 못해서 데이트를 제대로 한 적이 한 번도 없었던 것이다. 하지만 두 사람의 마음은 똑같았다. 바라보기만 해도 좋았던 것이다.

두 사람 모두 자기만 그런 줄 알고 있었던 것이 문제였지만…….

하지만 조금 전에 정기가 용기를 내어 결정적인 고백을 문영에게 했다.

"너를 향해 끓어오르는 내 피를 보여줄 수 있다면… 그만큼 너를 사랑해……."

그래서 어색한 침묵이 둘 사이를 흐르고 있었던 것이다. 물론 두 사람의 마음속에는 서로의 마음을 확인한 기쁨이 가득해진 상태였다.

"오빠, 우리 과에 선옥이란 애 있지?"

침묵을 깨고 문영이 입을 열었다.

"응? 아, 있지."

"나… 그 애 하고 친하고 싶은데 이상하게 못 친하겠어……."

"왜?"

"몰라… 그냥 걔는 우리하고 안 놀고 싶은가 봐."

"그래? 하긴 그러고 보니까 나도 그 친구하고는 아직 한마디도 못해 봤네."

"이번에 같이 왔던데……."

"그래? 난 본 기억이 없는데……."

"걔가 워낙 눈에 잘 안 띄어서."

"으응, 그렇구나."

얘기하고 있던 두 사람의 주위로 갑자기 안개가 자욱이 깔리기 시작 했다.

두 사람은 서로에게 집중하느라 잘 몰랐지만 사실은 아까부터 주변에 안개가 스멀스멀 깔리기 시작했던 것이다.

"어엇! 안개가 왜 이리 끼지?"

"오빠, 무섭다. 내려가자."

"그래, 이리 와."

길을 인도하기 위해 정기가 문영에게 손을 내밀었다. 문영은 자연스레 그 손을 잡았다.

얼결에 서로의 손을 잡은 채 내려가려던 정기는 갑자기 그 자리에 우뚝 섰다.

"어맛! 왜 그래, 오빠?"

정기가 천천히 문영을 돌아보며 말했다.

"그러고 보니 우리 지금 처음 손 잡았다."

"……."

문영은 얼굴이 발개져서 손을 살짝 놓았다. 문영의 손을 다시 꼭 잡으며 정기는 더듬거리며 말했다.

"내, 내려가자."

탁!

안개 때문에 서로의 얼굴이 빨개졌는지도 모른 채 내려가던 두 사람은 어디선가 들려온 소리에 우뚝 멈춰 섰다.

"오빠, 어디서 무슨 소리가 들리지 않았어?"

"글쎄… 나도 들은 것 같기도 한데……."

그때 또다시 소리가 들려왔다.

타탁!

마른 나뭇가지가 뭔가에 밟혀 부러지는 소리였다.

그리고 잠시 동안 침묵이 흘렀다.

"거기 누구세요?"

정기가 소리쳤으나 아무 대답도 들리지 않았다.

둘은 긴장된 얼굴로 서로를 쳐다보았다.

"오빠, 아까 그분들이겠지?"

"맞다! 아까 나무 구하러 간다고 했으니까……."

"하하하! 괜히 겁먹었잖… 아! 으악!"

"꺄아앗!"

정기의 말이 채 끝나기도 전에 그들 앞에 무엇인가가 솟아오르듯이 나타났다.

둘은 무의식 중에 눈을 감으며 몸을 움츠렸다. 그러나 앞에 나타난 물체는 아무 움직임도 없었다.

정기는 고개를 숙인 채 감았던 눈을 조금씩 뜨기 시작했다.

자신도 무서웠지만 여자이자 좋아하는 상대인 문영의 앞이었다.

아무리 겁이 나더라도 이런 상황에서는 자신이 문영이를 보호해 줘야 하는 책임이 있는 것이다.

고개를 숙이고 있던 정기의 시선에 흰옷에 흰 고무신을 신은 두 발이 보였다.

다행이었다. 그래도 귀신이 아니라 사람인 것 같았다.

서서히 시선을 아래쪽에서 몸 위쪽으로 올리던 정기는 그것의 얼굴을 확인했다.

"헉!"

순간 정기는 너무 놀라 심장이 멈추는 것 같았다. 비명도 지르지 못하고 그 상태로 우뚝 굳어버렸다.

"왜 그래? 오빠, 왜 그래?"

느낌이 이상했는지 옆에서 아직 눈을 감고 있는 문영이 떨리는 목소리로 물었다.

문영의 말이 끝남과 동시에 맞은편에서 나타난 그는 손에 들고 있는 것을 높이 쳐들었다.

정기는 무의식적으로 손을 올려 문영을 감쌌다. 그리고 참았던 비명을 터뜨렸다.

"아아악!!"

하지만 비명으로는 내려치는 그의 손을 막을 순 없었다.

정기는 자신의 외마디 비명 사이를 뚫고 달빛에 반사되며 내려쳐지는 시퍼렇게 날이 선 낫을 보았다.

살아서 정기가 마지막으로 본 것은 바로 그것이었다.

퍽! 퍽! 퍽!

문영은 뜨거운 액체가 자신의 얼굴로 마구 튀는 것을 느끼며 눈을 번쩍 떴다.

안개 속에서 무엇인가가 격렬히 움직이고 있었다.

문영은 뒤로 물러서며 자신의 얼굴을 손으로 마구 훔쳤다.

뜨거우면서도 끈끈한 액체가 만져졌다. 무엇인지 알 것 같았다.

"너를 향해 끓어오르는 내 피를 보여줄 수 있다면……."

정기 오빠가 자신에게 조금 전에 했던 말이었다.

오빠가 말한 그 뜨거운 피가 보여주는 것을 넘어 지금 자신에게 마구 뿌려지고 있었다.

'살고 싶어……!'

그 생각을 마지막으로 문영은 안개 속에서 나타나 자신에게 향하는 그것의 얼굴을 보았다. 문영이의 동공이 순간적으로 커졌다.

'저… 저건?'

공포에 가득 찬 문영은 있는 힘을 다해 소리를 질렀다.

"꺄아앗!!"

"캠프파이어 벌써 시작하고 있는 거 아니야? 비명 소리가 들리는 것 보니까."

노승이 품 안에 나뭇가지를 잔뜩 든 채 만해를 바라보며 말했다.

"그럼 배신이죠, 배신!"

"그렇다고 배신까지야… 뭐, 지들끼리 노는 데 우리가 낀 건데……."

"아! 그렇구나! 요기 밑에 있는 고구마 좀 캐 갈까요?"

"고구마는 왜?"

"불에 구워 먹게요."

"빨리 캐!!"

"옛!"

픽! 픽!

"다 캤느냐?"

"칡넝쿨이었구나… 그만 가죠."

"……."

노승과 만해가 품 안 가득 나뭇가지를 들고 돌아왔을 때 회관 앞에는 아무도 없었다.

안개만이 자욱이 퍼져 있을 뿐이었다.

"다 어디 가고 한 명도 안 보이냐?"

"글쎄요."

"저기닷!"

노승이 가리키는 곳은 마을 회관 뒤에 있는 야산이었다.

야산 위로 플래시 불빛이 여기저기 보이는 것으로 봐서 학생들이 그곳에 있는 것이 틀림없는 것 같았다.

"씨이… 장소를 바꿨으면 바꿨다고 말을 해줘야지, 자기들만 가냐! 하여간 요즘 애들은 너무 자기만 안다니까."

"너는 요즘 애들 아니냐?"

"……."

"가자!"

노승과 만해마저 야산으로 향할 때 아무도 없는 줄 알았던 마을 회관에는 한 명의 학생이 남아 있었다.

코를 감싸 쥔 채 걸기가 뒷간에서 일을 보고 있었던 것이다.

갑자기 들려온 비명 소리에 아이들이 달려가는 소리를 뒷간 안에서 들었지만 걸기는 따라가지 못했다.

하던 일(?)을 다 끝내지 못했기 때문이다.

구멍이 뚫린 사이에 발을 걸친 채 엉덩이를 대고 쪼그리고 앉는 재래식 변기에서는 익숙하지 않아서인지 도무지 개운한 기분이 나지 않아 일이 원활하게 치러지지 않았던 것이다.

그래도 걸기는 최선을 다해 힘을 주었다.

"이얏!!"

부웅!

기합을 외치며 힘을 주니 막혔던 곳이 뚫리는 소리와 함께 뭔가가 시원하게 밀려 나가는 느낌이 났다. 드디어 일차적으로 성공한 것이다. 그때였다.

행복한 미소를 짓는 걸기의 귀로 사람의 목소리가 들렸다.

"빨간 휴지 줄까아아?"

그 소리는 좁은 화장실 안에서 메아리치며 울려 퍼졌다.

"아니오!"

성공했다는 기쁨에 감격해 자신도 모르게 무의식적으로 고개까지 저으며 걸기는 대답을 했다.

"그럼 파란 휴지 줄까아아?"

"아니오!"

"그럼 무슨 색깔 휴지 줄까아아?"

"저 휴지 갖고 왔는데요! 흰색으로요!"

올록볼록 엠보싱 처리가 된 최신식 두루마리 화장지를 한 손으로 번쩍 들어 올리며 걸기는 자랑스레 외쳤다.

"유감이군……."

실망에 가득 찬 목소리가 음산하게 화장실에 울려 퍼지자 순간적으로 정신이 돌아온 걸기는 등골이 오싹해졌다.

'으왓! 그러고 보니 아이들은 다 산에 갔는데… 누구지… 혹시? 그 유명한 화장실 귀신?'

잠시 침묵이 흘렀다. 걸기는 용기를 내어 엉덩이를 들어 올리며 변기 안을 들여다보았다.

그러나 칙칙한 색깔로 가득 찬 건더기만 잔뜩 보이는 것이 그 밑에는 사람이든 귀신이든 누구도 생존하지 못할 최악의 환경이었다.

두려움에 떨며 잠시 침묵을 지키던 걸기는 더 이상 아무 소리도 나지 않자 안심했다.

"휴… 잘못 들었나 보다."

중얼거리며 뒤처리를 하기 위해 자리에서 일어난 걸기는 손에 들고 있던 두루마리 화장지를 돌리기 시작했다. 넉넉하게 쓸 만큼 적당한 분량을 자르던 걸기의 뒤통수에서 순간 오싹한 기운이 느껴졌다.

그리고 온몸에 소름이 좍 돋아나기 시작했다.

불길한 예감에 천천히 고개를 뒤로 돌린 걸기의 눈에 뒷간에 뚫어놓은 유리도 없는 네모난 창이 들어왔다. 그리고… 그 조그만 창밖에서는 '그것'이 자신을 빤히 쳐다보고 있었다. 오늘 아침에도 먹고 온 '그것'이…….

"으아앗!!"

자신이 내지른 비명이 채 끝나기도 전에 걸기는 뒷간의 문이 확 열리는 것을 느꼈다.

그리고 날카로운 날이 자신의 목에 순식간에 걸쳐지는 것을 눈치 챘다. 번개같은 동작이었다. 동시에 엄청난 통증이 밀려왔다.

이제 비명을 지를 수도 없었다. 바지를 올리지도 못한 채 걸기는 바닥에 쓰러져 내렸다.

걸기의 손에서 떨어져 나온 흰색 두루마리 화장지는 뒷간 문을 통과해 마을 회관 앞의 고목나무까지 도르르 굴러가고 있었다.

뒷간 안에서는 최후의 힘을 쓰듯 걸기의 손이 조금씩 아래로 움직이고 있었다.

"까아악!"

"아악!"

안개가 몰려 있는 야산에는 피비린내와 함께 아이들의 비명 소리가 울려 퍼지고 있었다.

"아니야, 이건 아니야!"

마구 소리지르는 학우들 틈에서 고개를 뻗어 현장을 본 선옥은 두 손으로 얼굴을 가리며 고개를 마구 저었다.

두 구의 시체가 나란히 널브러져 있는 현장은 정말 처참했다.

바위 위에 누워 죽어 있는 정기는 가슴과 배가 날카로운 것으로 마구 찢겨 나갔는지 몸 전체가 너덜거리며 아직도 피를 쏟고 있었다. 그리고 그 옆에 쓰러져 바위를 껴안은 듯이 죽어 있는 문영이의 머리가 반 정도나 날아가 있었다.

정기와 문영이가 쓰러져 있는 바위 뒤쪽으론 핏자국이 주욱 이어져 있었다.

그 상태에서도 살아 있었는지 피를 흘리며 그곳까지 온 것 같았다.

둘은 피투성이가 된 서로의 손을 꼭 잡고 있었다.

자신과 함께는 아니었지만 좀 전까지 웃고 떠들던 정기와 문영이가 이제는 말을 하지 못하는 시체가 되어버렸다고 생각하니 선옥은 구토가 나기 시작했다.

'이런 게 아니었는데… 난 이런 걸 부탁한 게 아니었는데.'

구토를 하며 선옥은 광 뒤에서 만난 그를 떠올렸다. 분명히 그의 짓일 것이다.

'난 그냥 아이들을 놀래켜 주고 싶었을 뿐인데…….'

토해도 토해도 구토는 멈추지 않았다. 누가 등을 두드려 주면 좋으련만…….

탁! 탁!

거짓말같이 누군가 선옥의 등을 두드리기 시작했다. 덕분에 힘들지 않게 토해낸 선옥은 입을 닦으며 뒤를 돌아보았다. 연광이가 걱정스러운 눈빛으로 자신을 보고 있었다.

"너… 괜찮아?"

선옥은 고개를 끄덕였다.

안심이 되는지 연광은 아직도 소리를 지르고 있는 학우들 앞으로 나아갔다.

그리고 입을 크게 벌려 고함을 치기 시작했다.

"진정하자! 얘들아! 얘들아!"

연광이가 소리를 지르자 소란스럽던 주위가 일순 조용해졌다.

간간이 여자아이들의 흐느끼는 소리와 구토하는 소리만 들려오고 있었다.

아이들을 진정시키긴 했지만 연광은 자신도 무엇을 해야 하는지 모르는 패닉 상태에 빠졌다.

정기와 연광은 친하진 않았지만 곧잘 어울리곤 했던 친구 사이였다.

때문에 연광 자신도 그들의 시체를 보고 미칠 것 같았다.

하지만 자신마저 이성을 잃으면 안 된다는 생각이 뇌리를 스쳤다.

'누가 가서 마을 사람들에게 이 사실을 알려야 해!'

맨 처음 연광이에게 떠오른 생각은 그것이었다.

그때 아이들 사이에서 처절하게 울부짖는 외침이 터져 나왔다.

"누가 죽인 거야! 누가?"

모두 다 이들이 살해당했을 것이라고 생각하고 있었으나 섣불리 입 밖으로 내지 않은 말이었다.

누가 봐도 명백한 타살이었지만 살인이라는 것을 그만큼 인정하기 싫은 상황이었기 때문이다.

그러나 누군가의 입을 통해 '죽임'에 대한 단어가 공개적으로 튀어 나오자 아이들의 얼굴은 더욱 더 창백해졌다.

"진정해! 범인은 아직 멀리 가지 못했을 거야. 일단 누가 마을 사람들에게 알려서 경찰들이 올 때까지 기다리자."

연광은 스스로 강해지자는 최면을 걸며 낮은 목소리로 아이들에게 말했다.

"누가 마을로 갈래?"

눈치만 볼 뿐 아무도 나서는 사람이 없었다.

연광은 다시 말을 이었다.

"갈 사람이 없으면 내가 가지. 누구 같이 갈 사람 없어?"

뒤쪽에서 아이들이 웅성거렸으나 따라나서는 사람이 없었다.

연광은 지연을 바라보았으나 지연은 거의 넋이 나간 표정으로 멍하니 서 있었다.

"혼자 다녀올 테니 모두 여기 있어."

말을 마친 연광은 몸을 돌려 걸어가기 시작했다.

"잠깐!!"

연광의 앞쪽에서 누군가 나타나며 소리쳤다.

이제 서서히 걷히는 안개 속에서 나타난 것은 나뭇가지를 품 안에 가득 안고 있는 노승과 만해였다.

"공포 영화에서 따로 행동하는 사람은 모두 죽어 나자빠지는 거 못 보았나? 이럴 때일수록 몰려다녀야 하는 법이지."

노승은 연광에게 말을 하며 나뭇가지를 바닥에 우르르 떨어뜨렸다.

흙이 묻은 손을 탁탁 털며 몰려 있는 아이들을 제치고 시체 있는 곳으로 다가갔다.

한참을 시체를 들썩이며 관찰하던 노승은 옆에 있던 만해에게 물었다.

"요기(妖氣)가 느껴지지 않느냐?"

"저는 아직?"

"음, 수련을 더 해야겠군. 그럼 너는 뭐 아무런 이상한 점을 못 느꼈느냐?"

"왜 이 학생들이 바위까지 기어와서 그것을 껴안고 죽었을까요?"

"듣고 보니 그것이 이상하군. 바위라……."

"우리한테 무슨 힌트를 주려고 한 것이 아닐까요?"

"글쎄?"

그때 어디선가 신발을 질질 끄는 소리가 났다.

치이익… 치이익…….

모두가 잔뜩 긴장해 소리나는 곳을 쳐다보았다.

어둠 속에서 허리가 잔뜩 굽은 노파가 조금씩 모습을 드러냈다.

낮에 연광이 폐가 옆에서 본 바로 그 노파였다.

"킬킬킬… 그가 돌아왔다 그랬잖여! 킬킬킬… 그가 돌아왔다고…….."

무슨 이유인지 수줍은 처녀처럼 입을 한 손으로 가리며 노파는 음침하게 말했다.

소름이 돋아나는 것을 느끼며 모두가 멍청히 서 있는 사이 노파는 똑같은 말을 중얼거리며 다시 어둠 속으로 사라져 갔다.

일행은 그런 노파의 그로테스크한 모습에서 섬짓한 느낌을 받았다.

"음… 원래 이쯤 해서 분위기를 고조시키는 인물이 하나쯤 등장하기 마련이지."

노승은 사라지는 노파의 뒷모습을 보고 중얼거리더니 학생들을 향해 외쳤다.

"이곳은 위험하니 우선 다 같이 마을 회관으로 가도록 하지! 죽지 않으려면 모두 함께 움직이자구!"

노승의 말이 떨어지기 무섭게 연광이 소리쳤다.

"죽은 친구들은요?"

"일단 이곳에 두는 수밖에… 현장은 보존해야지."

"안 돼요! 전 혼자라도 여기 남아 있을래요!"

"혼자 남으면 안 된다니까!!"

"죽은 친구들을 두고 갈 순 없어요!"

"의리있는 친구군. 그렇다면 다른 방법을 찾아보도록 하지."

노승은 턱에 손을 괴고 생각에 잠겼다.

잠시 후 좋은 생각이 났는지 손바닥을 '짝' 소리가 날 정도로 맞부딪치면서 좌중을 둘러보며 말했다.

"그럼 모두 같이 여기 남아 있도록 하지!!"

그때그때 상황에 맞게 단순히 판단하는 노승을 보며 만해는 인상을 찌푸렸다.

만해는 뭔가를 따질 듯한 기세로 노승에게 성큼성큼 다가갔다. 그리고 입을 벌렸다.

"불 피울까요?"

"그게 좋겠지!"

만해가 주워 온 나뭇가지를 모아 불을 붙이기 시작했다. 불이 막 붙을 무렵 갑자기 비명 소리가 어둠 속에 울려 퍼졌다.

"꺄아악!!"

학생들 사이에서 나온 소리였다.

일제히 소리난 곳을 돌아보았다. 한 여학생이 부들부들 떨며 자신을 보고 있는 일행들을 바라보았다.

"걸기가 안 보여… 걸기가 안 보여."

"제길! 언제부터야?"

연광의 질문에 여학생은 모르겠다는 듯 고개를 저었다.

"아까 밑에서 두루마리 화장지를 들고 왔다 갔다 하는 것 봤는데……."

누군가가 소리쳤다. 그 말을 듣자마자 연광은 산 아래로 뛰어내려가기 시작했다.

노승은 그런 연광의 뒷모습을 보더니 불을 피우고 뿌듯해하는 만해에게 말했다.

"만해야."

"예?"

"불 꺼라!"

만해가 실망하는 표정으로 불을 끄자 노승은 학생들을 향해 외쳤다.

"이럴 땐 몰려다녀야 하는 법! 다 같이 가자!!"

우르르.

노승과 만해를 필두로 20여 명의 학생들이 마을 회관을 향해 달리기 시작했다.

있는 힘을 다해 달리면서도 만해는 하나도 힘들지 않았다. 머리를 스쳐 지나는 바람이 상쾌하게 느껴졌다. 이게 다 노승의 가르침 덕택이었다. 달리기가 중요하다는 말은 과연 헛된 말이 아니었다.

만해는 달리면서 역시 옆에서 달리고 있는 노승의 모습을 슬쩍 바라보았다.

흰 수염을 휘날리며 달리는 모습은 전혀 나이 든 노인 같지 않았다가 아니었다.

'혓바닥은 왜 내밀고 뛰는겨!'

흰 수염과 혓바닥을 동시에 바람에 날리며 헉헉거리며 뛰는 노승과 만해가 마을 회관에 도착했을 땐 20여 명의 학생들은 이미 회관 뒤에 있는 뒷간에 몰려 있었다.

그제야 도착한 노승과 만해를 보더니 그들은 길을 비켜주었다.

학생들은 모두 다 얼이 나간 모습이었고, 특히 여학생들은 얼굴을 가린 채 울고 있었다.

"우욱!!"

걸기가 죽어 있는 현장을 보자 그동안 악귀와 숱하게 싸우면서 웬만한 장면에는 끔쩍도 안 할 정도로 비위가 단련된 만해도 구토가 나오려고 했다.

최악이었다.

열려 있는 뒷간 문 사이에 걸기의 발이 삐죽 나와 있었다.

발에는 동(x)이 묻어 있었고 볼일을 본 뒤 채 추켜 올리지 못하고 당했는지 바지가 다리에 걸려 있었다.

때문에 걸기의 하얀 엉덩이가 그대로 드러나 있었고, 그 엉덩이 위쪽의 몸에는 피가 곳곳에 묻어 있었다. 특히 걸기의 양손은 동으로 범벅이 되어 있었다. 아니, 한 손에는 아예 한 움큼의 동이 가득 쥐어져 있었다.

그러나 가장 끔찍한 것은 역시 머리가 푸세식 변기의 안으로 들어가 있다는 점이었다.

그랬다, 뒷간 안에서……

양손에 동을 가득 쥐고 목은 반쯤이 잘린 상태에서 머리를 변기 안으로 집어넣은 채 걸기는 죽어 있었던 것이다.

뒷간 안의 벽에는 피칠과 함께 동칠로 지저분해져 있었다.

"음… 이상한걸."

비위도 좋은지 노승은 뒷간 안으로 들어가 벽을 자세히 살피기 시작했다.

그리고 시선을 돌려 걸기가 죽어 있는 자세를 다시 한 번 눈여겨보았다.

속에서 시큼한 것이 연속해 올라오려는 것을 간신히 참으며 만해는 노승에게 물었다.

"뭐 이상한 점이 있습니까?"

"글쎄… 이 친구가 죽어가면서 우리들에게 뭔가를 알리려고 했던 것 같은데……."

"그게 뭐죠?"

연광이 앞으로 나서며 외쳤다. 그도 계속된 친구들의 죽음에 어이가 없는지 눈이 새빨갛게 상기되어 있었다. 노승은 그를 한번 쳐다본 뒤 말을 이었다.

"원래 우리 전공은 연쇄 살인 사건 담당이 아니네만… 이건 심상치 않군. 자, 보게나!"

노승은 뒷간 문턱에 똑바로 서서 안을 가리켰다. 그 뒤로 일부 비위 강한 남학생들과 만해가 노승이 가리키는 곳을 보았다.

"이 친구가 왜 손에 동을 잔뜩 쥐고 있었겠나? 그리고 왜 동으로 가득 찬 변기에 머리를 박은 채 죽었겠나?"

"평소에 동과 동 냄새를 좋아한 것 아닐까요? 그래서 죽는 순간까지도……."

"……."

만해의 말을 무시하며 노승은 학생들을 쳐다보았다. 학생 중 한 명이 말을 더듬으며 노승에게 말을 했다.

"사, 살인마에게… 도, 동을 더… 던져 싸우려고……."

"동 맞으면 사람이 죽나?"

"……!"

노승의 예리한 지적에 그 학생은 고개를 저으며 뒤로 물러섰다.

노승은 다른 학생들을 바라보았다.

하지만 학생들은 알 수 없다는 듯 모두 고개를 저으며 노승의 다음 말을 기다렸다.

"자네 학교에서 골든 벨을 울리긴 힘들겠군. 음… 작금의 모든 상황을 과학적으로 추리를 해볼 수 있네. 동을 손에 쥔 것은 죽기 직전에 뭔가를 써서 우리에게 알리려고 했는데 마땅한 필기구가 없었던 게지. 그때 가까운 곳에 가득 차 있는 동이 생각났을 테고 그것을 퍼서 어딘 가에 글자를 썼을 테지. 그곳이 어디냐? 이게 중요한데! 이 친구가 자 신의 의지와는 관계없이 변기 안에 머리를 처박은 것으로 보아 그곳이 어딘지 명확히 알 수 있지."

"그곳이 어디죠?"

학생들은 이미 벽을 쳐다보고 있을 때 만해는 노승에게 진지하게 물 었다.

"다 쓰고 나서 힘이 빠져 자신의 의지와 무관하게 변기 안에 머리를 처박을 수밖에 없는 각도에 위치한 곳!! 피타고라스의 정리에 의하면 그곳은 바로 벽이지!"

"오우!"

그제야 만해는 소릴 지르며 노승이 가리킨 뒷간 안의 벽을 바라보았 다.

과연 벽에는 동칠이 되어 있었다. 언뜻 보면 아무 의미 없는 동칠로 넘어갈 수 있겠지만 노승의 설명을 들은 지금은, 그것은 더 이상 아무 의미 없는 동칠이 아니었다. 사건의 열쇠를 쥐고 있는 뜻 깊은 동칠인 것이다.

아직도 채 굳지 않았는지 덩어리진 부분이 조금씩 흘러내리고 있었 지만 만해는 그 글자가 무엇인지 똑똑히 알아볼 수 있었다.

바위.

삐뚤삐뚤한 글자였지만 분명히 바위라고 쓰여져 있었다.

"저 위 야산에서 죽은 학생들도 피를 흘리면서까지 바위로 기어가 그것을 끌어안고 죽어 있었지?"

일제히 고개를 끄덕였다. 연광의 눈시울이 다시 붉어지기 시작했다.

아직 그것이 의미하는 바는 알 수 없었지만 친구들은 죽는 순간까지 남아 있는 친구들을 위해 뭔가를 알려주려고 한 것이었다.

"바위라……."

노승은 생각에 잠겼다.

삐그덕 삐그덕.

그때 어디선가 자전거가 오는 소리가 났다. 어둠을 뚫고 예의 고물 자전거를 탄 이장의 모습이 나타났다. 이장은 학생들이 몰려 있는 것을 보고 뒷간 안을 보더니 중얼거렸다.

"쯧쯧… 내가 경고했었지?"

"누구 짓이야? 누구야? 당신은 알고 있지?"

연광은 이장을 보자 이성을 잃고 달려들었다.

"허허! 나도 잘 몰러. 다만 저 학생들을 죽인 범인을 절대 밝혀낼 수 없다는 것만 알아두게."

"경찰에 연락되면 당신 먼저 조사하게 할 거야!"

"하하! 잘해보게나. 이제 겨우 시작인걸. 허허허허."

이장은 알 수 없는 웃음을 남기고 다시 자전거 페달을 밟기 시작했다.

"잠깐!"

노승이 소리쳐 그를 막았다.

이장이 자전거를 멈춘 뒤 노승을 쳐다보자 노승은 근엄하게 말을 꺼냈다.

"그렇다면 한 가지만 물어보지. 바위라는 것이 뭘 의미하는 줄 알고 있나?"

"허억!!"

그 말을 듣자 이장은 눈이 휘둥그레질 정도로 놀랐다.

그러나 이내 평정을 찾으며 시선을 허공으로 돌렸다. 그리고 나지막이 중얼거렸다.

"산은 산이고 물은 물이로다! 바위가 바위지 무슨 뜻이 있겠소! 그럼 이만!"

삐그덕 삐그덕.

그는 자전거를 타고 어둠 속으로 사라져 갔다. 멀리서 그가 부르는 노랫소리가 들려왔다.

"파도가 부서지는 바위 섬 인적없던 이곳에 세상 사람들 하나둘 모여들더니… 바위 섬 너는 내가 미워도 나는 너를 너무 사랑해……."

아주 오래전에 히트했던 바위 섬이라는 상당히 서정적인 노래였지만 이런 분위기에서 듣고 있자니 일행의 온몸엔 소름이 쫙 끼쳐 오기 시작했다.

노승은 이장이 사라져 가는 뒷모습을 한참 동안 바라보다 일행에게 고개를 돌렸다.

"그렇다면 우리가 알아내는 수밖에. 바위라… 각자 바위에 관계되는 것을 하나씩 말해 보도록 하지."

"롤링 스톤스!"

"구르는 바위에는 이끼가 끼지 않는다!"

"야바위꾼!"

"방금 말한 것 만해지?"

"흔들바위!"

"바위 사랑 동호회!"

"가위바위보!"

"또 만해지?"

학생들 입에서 열심히 이것저것 튀어나왔으나 어떤 것도 그들의 죽음과 연관지을 수 없었다.

그때였다.

"계란으로 바위 치기!"

누군가의 입에서 이 속담이 튀어나왔다. 순간 노승의 표정이 바뀌었다.

그리고 그 말을 한 학생을 바라보았다. 다른 학생들도 일제히 그곳으로 시선을 돌렸다.

선옥이었다. 선옥은 모두의 시선이 자신에게 향하자 무의식적으로 고개를 숙였다.

"혹시?"

노승은 중얼거리며 품 안에서 누렇게 빛 바랜 책을 하나 꺼내 들었다.

만해가 가까이 다가가 그것을 어깨 너머로 보았다.

표지에는 '악귀 대백과사전 제2권–악귀 출몰 지역과 그 전설들' 이라고 쓰여 있었다.

한참을 뒤적거린 노승은 어느 부분을 펴서 한참 보더니 학생들에게 물었다.

"이 마을의 이름이 뭐지?"

"풍란(豊卵) 마을인데요."

"음, 역시 그랬었군."

노승은 책을 만해에게 넘겨주며 중얼거렸다. 그리고 만해를 보며 이야기했다.

"역시 악귀의 소행이야!"

"옛? 이번엔 어떤 악귀죠? 상당히 잔인한 놈인 것 같은데……."

그 말에 대답을 하지 않고 노승은 마을 회관 주위를 둘러보았다.

이제 안개는 다 사라졌다. 어둠 속에서 고목나무만이 우뚝 솟아 있었다.

20여 명의 사람들이 몰려 있어서인지 그렇게 무섭다는 생각은 들지 않았으나 만약 이곳에 혼자 있었다면 꽤나 두려운 장소임에 틀림없었다.

노승은 고개를 끄덕이더니 만해와 일행을 보며 말을 꺼냈다.

"내 직접 놈을 보여주지."

"어디에 있죠?"

"바위라는 것에 그놈의 정체를 알 수 있는 힌트가 있지. 그리고 물리칠 수 있는 방법도."

"옛?"

"한 가지 해답은 저 학생이 풀었고……."

노승이 선옥을 가리켰다. 선옥은 얼굴이 벌게지며 고개를 숙였다.

노승의 말은 계속 이어졌다.

"그리고 또 다른 힌트는… 만해야."

"예!"

"바위로 2행시를 지을 테니 운을 떠워라."

난데없는 2행시라는 말에 어리둥절하면서 만해는 노승이 시키는 대로 운을 띄우기 시작했다.

"바!"

"바보들아! 바보들아!"

노승이 2행시를 짓기 시작하자 학생들도 만해와 합류해 운을 띄우기 시작했다.

평소 운을 띄우는 것이 몸에 배인 듯 자연스런 합류였다. 만해와 학생들은 동시에 2번째 단어를 외쳤다.

"위!!"

"위를… 보아라!"

말을 마친 노승은 재빨리 뒷간으로 뛰어들어 갔다.

그리고 위를 보았다. 만해와 학생들도 노승의 뒤를 따라 뒷간으로 우르르 몰려들어 갔다.

좁은 뒷간 안이 순식간에 사람들로 가득 찼다. 한쪽 발이 변기에 빠지는 학생도 있었다.

그리고 그들은 거의 동시에 고개를 들어 천장을 보았다.

"으아악!!"

"우왁!!"

"까아악!!"

뒷간 위를 본 학생들이 내지르는 비명 소리가 뒷간 안을 가득 메웠다.

천장에서는……

눈, 코, 입이 없는 달걀 얼굴의 사람이 거꾸로 매달려 아이들을 보고 있었다. 아니, 정확히는 아이들 쪽을 향하고 있었다. 얼굴이 없어 표정은 알 수 없었으나 달걀 얼굴의 사람도 당황했는지 한 손에 들고 있던 낫을 아래로 휘둘렀다.

"이야앗!"

기합 소리와 함께 내지른 낫이 한 학생의 얼굴로 내려쳐지고 있었다.

챙!

예상하고 있었다는 듯 노승이 나뭇가지를 모으기 위해 아까부터 들고 있었던 호미를 들어 놈이 다짜고짜 내려친 낫의 공격을 막았다.

철과 철이 만나니 좁은 뒷간 안에 불꽃이 번쩍 튀었다.

"모두 나가!"

우르르.

노승의 외침에 만해를 필두로 학생들이 일제히 뒷간 밖으로 뛰쳐나가기 시작했다.

챙! 챙!

안에서는 무서운 농기구가 부딪치는 소리가 계속해서 들려왔다.

"헉! 헉! 저 사람은 누구죠?"

밖으로 뛰쳐나온 연광은 숨을 헐떡이며 만해에게 물었다.

"노승이라고 하지!"

"할아버지 말구요! 천장에 매달린 계란 얼굴의……."

"음… 잠깐만!"

만해는 노승이 건네준 책을 넘겨 노승이 좀 전에 보던 곳을 찾았다.

"으응?! 이런 일이……!"

만해는 놀라는 얼굴로 뭔가를 읽더니 책을 덮었다. 그리고 상기된 표정으로 학생들에게 말을 꺼냈다.

"그는 사람이 아니야……."

"옛? 그럼?"

"모두 들어는 봤을 거야, 달걀귀신이라고……!"

"어억!"

연광은 그제야 모든 의문이 풀리는 것 같았다.

그래서… 바위였어!

역시 죽은 친구들은 자신들에게 그를 물리치는 방법을 알려준 것이었다.

"계란을 무찌르려면… 바위가 필요한 법이지."

혼자 중얼거리던 연광은 주위를 두리번거렸다. 고목나무 밑에 커다란 바위가 하나 보였다.

"모두 이리로!!"

연광이 소리치며 바위로 달려갔다.

그리고 그를 따라온 만해와 남학생들과 힘을 합쳐 바위를 들어 올리기 시작했다.

그렇게 힘을 모으자 처음엔 꼼짝도 않던 커다란 바위가 조금씩 움직이기 시작했다.

챙! 챙!

어느새 노승과 달걀귀신은 뒷간 밖으로 나와서 싸우고 있었다.

얼굴이 없기에 당연히 눈도 없을 텐데 달걀귀신은 노승과의 싸움에서 절대로 밀리지 않았다.

뿐만 아니라 시퍼렇게 날이 선 낫으로 자유자재로 노승을 공격하고 있었다.

'더 이상 호미로 버티긴 힘들겠어!'

호미만으로는 어느 정도의 방어는 가능하지만 공격을 하는 데는 치명적인 약점이 있다는 것을 느낀 노승은 한 손으로 놈의 공격을 막아내면서 품 안에 손을 넣으며 외쳤다.

"문방사우!!"

그 말을 듣자 만해는 바위를 들어 올리던 손을 놓은 채 넋을 잃고 노승을 바라보았다.

쿵!

"악!"

조금 들리는 듯하다가 만해가 갑자기 손을 놓는 바람에 다시 땅에 떨어진 바위에 발이 찐 학생이 있었지만 만해에게는 뒷전이었다.

'나는 언제쯤 내 무기를 가질 수 있을까?'

노승의 손에 들린 문방사우 중 하나인 가위를 보며 만해는 생각했다. 도포 자락을 휘날리며 번뜩이는 가위 날을 짝짝거리는 모습은 정말 아름다웠다. 일단 가위를 손에 쥐자 노승의 행동은 더욱 날렵해지고 있었다. 아래로 내려치는 낫의 날카로운 날을 가위의 양다리 사이로 끼우는 방어 동작으로 놈의 공격을 철저히 무산시키고 있었던 것이다.

"끼이잉!! 낑!!"

한참을 바라보다 정신을 차린 만해는 뒤로 돌아 다시 바위를 들기 시작했다.

만해가 없을 때 학생들이 간신히 들어 올리던 바위가 만해가 다시 끼는 바람에 균형을 잃기 시작했다.

이내 바위는 한쪽으로 기울기 시작했다.

"어어어……."

"위험해!'

쿵!

다급한 외침과 함께 바위는 다시 땅에 떨어졌다.

"우이씨… 아저씬 빠져요!"

"나… 아저씨 아닌데……."

"어쨌든 빠져요!"

"……."

왠지 모르게 가슴이 허해지는 것을 느끼며 만해는 그곳에서 벗어났다. 저쪽에 서 있는 여학생들이 자신을 싸늘한 눈으로 보고 있었다. 갑자기 외로워졌다. 난데없이 첫사랑이 생각났다.

'흑… 따됐다.'

따돌림당했다고 생각하자 눈물이 쏟아지려는 서러움을 느끼며 만해는 노승을 바라보았다.

제자의 아픔을 알지 못하는 노승은 열심히 싸움 중이었다.

"이야얏!!"

갑자기 노승이 벽력같은 외침을 질렀다. 만해는 자신에게 금방 있었던 일을 잊은 채 자세를 고치며 싸움을 지켜보았다. 노승이 저 소리를 외친다는 것은 결정타를 매길 때였다. 그 순간을 놓칠 순 없었다.

그 순간을 놓치는 것은 올림픽에서 금메달 따는 순간을 놓치는 것보다 더 아까운 일이었기 때문이다.

픽!!

과연……

노승의 가위가 놈의 달걀 같은 얼굴을 강타하며 찔러 들어갔다.

가위 날이 놈의 얼굴을 찌른 그 상태로 그들은 잠시 멈춰 섰다. 놈도 노승도 움직이지 않았다.

만해는 이제 싸움이 끝났다고 생각했다. 노승의 승리인 것이다.

그렇게 얼마나 있었을까⋯ 노승이 가위를 놈의 얼굴에서 천천히 떼기 시작했다.

"허어억!!"

다음 순간 노승이 놀라 외치는 비명 소리가 만해가 있는 곳까지 들려왔다. 놈의 달걀 같은 얼굴에 가위로 입었을 상처가 하나도 보이지 않았기 때문이다.

가위를 본 노승은 다시 놀랐다. 가위 날의 끝 부분이 오히려 휘어져 있었다.

흔히 볼 수 있는 보통 달걀이 아니었던 것이다.

"킬킬킬⋯ 공격 다 했느냐?"

노승이 놀라는 사이 입도 없는 달걀귀신의 몸에서 음침한 소리가 울려 퍼지더니 갑자기 몸을 뒤로 돌렸다. 뒷머리를 감싸고 있던 긴 머리가 출렁거렸다. 장발이었다.

"킬킬킬⋯ 이제 제대로 상대해 주지!"

거꾸로 돈 상태에서 제대로 상대해 준다니⋯⋯.

만해가 미처 그 의미를 생각하기도 전에 놈은 노승을 향해 뒷걸음질로 공격해 들어가기 시작했다.

비록 등을 보이며 공격하는 것이었지만 아까보다도 더욱 빠른 공격이었다.

노승은 낫으로 정확하게 자신의 심장을 찔러오는 놈의 공격을 허겁지겁 막아내고 있었다.

그때 어디선가 커다란 외침이 들려왔다.

"피해요!"

노승이 옆을 보니 학생들이 커다란 바위를 위로 치켜들은 채 달걀귀신을 향해 던지려 하고 있었다.

힘겨운지 모두 팔을 후들거리고 있었다.

"저런!! 대단한 학생들이군."

노승은 중얼거리며 기회를 봐서 뒤로 번개같이 물러서며 외쳤다.

"던져랏!!"

휘이이익!

달걀귀신은 노승에 신경 쓰느라고 미처 학생들을 보지 못했는지 바위가 자신에게 날아오는 것을 눈치 채지 못하고 있었다.

쿵!!

하지만 그렇게 커다란 바위가 여러 명이 집어 던진다고 해도 얼마나 날아갈 수 있었을까.

바위는 달걀귀신 근처도 못 간 채 떨어지고 말았다. 그러나 학생들은 포기하지 않고 다시 그 바위가 떨어진 곳으로 달려갔다. 바위가 자신에게 다가오지도 못한 채 떨어지는 것을 본 놈은 갑자기 큰 한숨을 쉬었다. 안도의 한숨인 것 같았다.

확실히 놈은 바위에 약점이 있는 것이었다.

'계란으로 바위 치기라는 속담이 괜히 나온 것이 아니지. 근데 저놈 뒷머리 헤어스타일이 이상한걸.'

노승은 놈이 방심하는 틈을 타서 거꾸로 돌아 있는 탓에 자신에게 향해 있는 놈의 뒤통수를 향해 가위로 찔러갔다. 회심의 일격이었다. 그러나 놈은 번개같이 피했다.

"아니, 이놈이 뒤에도 눈이 달렸나?"

노승이 중얼거렸다. 그 말을 들었는지 놈의 몸이 조금 움찔거렸다.

노승은 틈을 주지 않고 다시 한 번 공격해 들어갔다.

"이야앗!!"

예의 그 외침이었다. 그 소리를 들은 만해는 학생들을 바라보던 눈을 돌려 그 모습을 보았다.

싹두욱!

노승의 공격을 뒤로 물러서며 피했으나 처음부터 노승의 목표는 놈의 머리가 아니었다.

바로 기다랗게 늘어진 놈의 뒷머리카락이었다.

싹두욱!

노승의 공격을 피하느라고 철렁거리는 머리카락을 다시 한 번 잘랐다.

싹두욱!

세 번의 공격이 모두 성공했다.

땅에는 놈의 머리카락이 마구 흩어져 있었다.

그리고 마구 잘라진 놈의 뒤통수 머리카락 사이로… 놈의……

눈이 보였다!!

그랬다. 놈의 머리는 거꾸로 돌아가 있었던 것이다.

그렇게 머리가 거꾸로 몸뚱이에 붙어 있었던 것이다.

"으아악!!"

흉측한 모습을 참지 못한 누군가의 비명이 들려왔다.

그제야 노승은 놈이 거꾸로 돌아서 공격할 때 더 큰 힘을 발휘한 까닭을 알 수 있었다. 놈은 거꾸로 돌아야만 바른 자세가 되어 바로 보는 것이었다.

머리카락 사이로 놈의 눈이 반짝 빛나고 있었다.

놈은 시선을 돌려 여학생들이 몰려 있는 곳을 바라보았다. 거꾸로 돌아간 머리를 지닌 그가 자신들 있는 곳을 보자 여학생들은 공포에 질려 미친 듯이 소리 질렀다.

놈은 소리 지르는 학생들 틈에서 자신을 놀란 눈으로 바라보고 있는 선옥과 눈이 마주쳤다.

놈의 눈길이 순간적으로 애처롭게 바뀌었다. 그렇게 서로를 얼마나 보고 있었을까.

선옥은 그의 시선을 외면하며 서서히 고개를 숙였다.

달걀귀신은 그런 선옥에게 고개를 한 번 끄덕이더니 노승을 향해 낫을 쳐들었다.

노승은 낫을 올려다보았다. 가위를 들어 낫이 내려오는 곳을 막으려는 순간 방향이 틀어지더니 노승의 허리를 향해 공격해 왔다.

"아아악!!"

주욱 소리와 함께 도복이 찢겨 나가며 노승은 옆구리에 날카로운 통증을 느꼈다.

그 자리에 주저앉은 노승의 눈에 자신에게 성큼성큼 다가오는 달걀귀신의 모습이 보였다. 놈의 낫이 다시 공중으로 들어 올려지고 있었다.

"안 돼!!"

휘이익!

순간 커다란 외침과 함께 낫을 내려치는 놈의 뒤로 날아오는 바위를 노승은 볼 수 있었다.

쿵!! 와지직!

바위가 달걀귀신의 몸을 순식간에 덮치며 바닥에 떨어졌다. 놈의 몸은 바위 밑에 비스듬히 깔려 뭉개져 있었다. 배가 터졌는지 노란색의 액체가 나오고 있었다.

있는 힘을 다해 바위를 던진 연광이와 학생들은 재빨리 놈이 있는 곳으로 뛰어왔다. 달걀귀신은 아직도 숨이 넘어가지 않았는지 힘겹게 헉헉거리고 있었다. 연광은 놈이 떨어뜨린 낫을 집어 들고 외쳤다.

"이놈! 친구들의 복수를 해주마!!"

"안 돼!!"

눈을 이글거리며 연광이 놈의 머리를 향해 낫을 내려치려는 찰나 선옥이 외치며 뛰어나왔다.

놈의 몸을 가로막는 선옥을 보고 모두가 어리둥절한 사이 어디선가 문제의 노파가 나타났다.

그러나 분위기가 지금까지 등장할 때와 달리 뭔가가 달랐다.

주름진 얼굴 전체가 흘러내린 눈물로 범벅이 된 상태였던 것이다.

눈물을 흘린 이유는 알 수 없었지만 어디선가 숨어서 다 지켜본 것 같았다. 노파는 지팡이를 끌고 힘들게 걸어오더니 바위 옆에 앉아 밑에 깔린 달걀귀신의 머리를 쓰다듬었다.

"이눔아! 그러기에 그렇게 갔으면 오지 말지, 왜 또 왔어?"

노파의 목소리를 듣자 놈은 머리를 살짝 들어 올렸다. 뒤통수인 줄 알았던 원래의 얼굴에서 가느다란 목소리가 흘러나왔다.

"어… 엄마? 어… 엄마… 야?"

"그래, 이눔아! 왜… 왔어?"

"거기로 갔더니… 거… 거기도 친… 친구가 없었어……."

"그래두… 뭐가 미련이… 있다고… 이눔아!"

"어떤 꼬마가⋯ 가도⋯ 된다고⋯ 힘을⋯ 날⋯ 다시⋯ 보냈어⋯⋯."

"에구, 이눔아⋯ 흐흑!"

뜻밖의 상황에 낫을 들고 있던 연광은 그 상태로 멈추어 있었다.

"뭐 하는 거야? 빨리 죽여!!"

뒤에서 다른 학생의 커다란 고함 소리가 들렸다.

그 목소리를 필두로 다른 학생들의 외침이 들리기 시작했다.

"죽여라! 죽여라!"

학생들의 흥분하는 모습을 보더니 노승은 만해에게 넘겨주었던 책을 다시 받아 들었다.

그리고 뒤적거려 어떤 페이지를 펴더니 그것을 큰 소리로 읽기 시작했다.

"달걀귀신이라고 전해 내려오는 우리 나라의 대표적 악귀가 있다. 하지만 달걀귀신은 우리 나라의 전역이 아니라 강원도 풍란(豊卵) 지방에서 실제로 존재했던 한 불쌍한 영혼의 이야기이다."

학생들은 노승의 목소리가 자신들의 외침을 뚫고 울려 퍼지자 갑자기 조용해졌다.

노승의 낭독은 계속되었다.

"1960년대 풍란 지역에 사는 미혼모에게서 아이가 하나 태어났다. 아직도 아버지가 누구인지 밝혀지지 않은 그 아이는 태어날 때부터 머리가 뒤로 돌아가 있었던 희귀한 병을 타고난 선천적인 장애아였다. 그것을 제외하고는 아이는 건강하게 자라났다. 하지만 아이가 점점 자라며 사리를 분별할 때쯤 일이 터지기 시작했다. 사람들이 모두 자신을 짐승 보듯 하는 것을 알게 된 것이다. 아니, 짐승 중에 강아지라면 차라리 머리를 한 번이라도 쓰다듬었을 것이다. 그러나 아이 옆으론 아무도 오려고 하지 않았다. 개보다 못한 취급을 받은 것이다. 또래의 친구들은 더욱더 심했다. 아이가 지나가면 욕을 하고 침을 뱉었다. 어른들은 경멸하고 또래들은 괴롭히고… 타고난 천성은 밝았던 아이였지만 나이가 먹어갈수록 혼자 지독한 고독 속으로 들어갈 수밖에 없었다. 아무도 아이와 가까이 하려고 하지 않자 아이의 어머니는 아이가 소년이 됐을 무렵 달걀 하나를 밑천 삼아 가지고 산으로 들어가 살기 시작했다. 거처를 정했을 무렵 달걀은 부화되었고, 그 안에서 나온 병아리는 소년의 유일한 친구가 되었다. 병아리가 무럭무럭 자라 암탉이 되었어도 둘의 우정은 변하지 않았다. 암탉과 계곡에서 수영도 하고 암탉과 사냥도 하러 다니면서 사이좋게 뛰어놀던 소년은 어느덧 청년이 되었다. 그렇게 산속에서 암탉 한 마리를 벗삼아 지내며 지내던 청년은 어느 날 아침 자신의 유일한 친구였던 암탉이 노화로 죽어 있는 것을 발견하게 된다. 암탉이 죽어 있는 그 옆으론 닭의 몸뚱이만큼 커다란 달걀이 놓여 있었다. 암탉이 죽으며 친구였던 청년에게 몸을 바쳐 남긴 마지막 선물이었던 것이다. 암탉이 있었기에 외롭지 않았던 청년은 자신이 이제 다시 혼자라는 사실을 발견하게 된다. 고독에 휩싸인 청년은 어머니 몰래 가출을 하여 사람들이 사는 곳으로 내려가기로 결심한다. 친구를 사귀고 싶었던 것이다. 암탉의 뜻을 받들어 커다란 달걀을 정성스레 반으로 갈라 콤플렉스인 자신의 얼굴—사실은 뒤통수—을 가린 채 자신이 태어난 풍란 마을로 향한 청년은 그날 밤 뜻하지 않은 소용돌이에 휘말리게 된다. 어둠이 깔린 밤에서야 산속에서 마을로 나타난 청년을 알아보는 사람은 아무도 없었던 것이다. 그뿐만 아니라 그날 밤 그가 만나는 마을 사람 족족 그의 모습을 보고 놀라 까무러쳐 심장 마비로 죽어 나간 것이다. 풍란 마을에서만 그날 밤 죽어

간 사람이 20여 명에 이르고 유일한 생존자인 이두식 씨(당시 15세)는 경기를 일으켜 회복 불능의 저능아가 되어버렸다고 알려져 있다."

"잠깐만요!"

그때 누군가가 소리쳤다.

모두 돌아보았다. 연광이었다.

"이두식 씨라면?"

"맞다! 그 이상한 이장님!"

지연이 나서며 말했다. 그 말을 듣자 모두 고개를 끄덕였다. 회복 불능의 저능아?

증인이 존재한다면 저 이야기는 모두 사실인 것이다.

노승의 낭독은 계속됐다.

"여하튼 그날 새벽 무렵 떼거지로 몰려온 마을 사람들에게 귀신으로 오인받아 돌멩이와 바위로 얻어맞아 결국 그 청년도 죽고 말았다. 그때 죽음에 임박했던 청년의 말은 아직까지 우리들의 가슴을 아프게 하고 있다. '난 친구가 필요했을 뿐인데… 친구가……' 아무튼 그 이후로 그 청년의 존재는 달걀귀신이라는 이름의 전설로 이어져 인구에 회자되기 시작했다. 물론 그것의 진실은 왕따의 슬픈 전설이었지만."

거기까지 읽은 노승은 책장을 덮었다.

노승의 낭독이 끝나자 주위는 침묵 속에 젖어들었다.

노파의 울음소리만이 어둠 속에서 간간이 들려올 뿐이었다.

"자넨 원래 사악한 영이 아닌데… 왜 아이들을 낮으로 공격했지?"

침묵을 뚫고 노승은 바위 밑에 깔려 있는 달걀귀신에게 다가가 물었다.

"저 세상에서… 나랑 만났던 꼬마가… 내게 이상한 기운을 주었는데……."

"꼬마라니?"

"그 꼬마가… 허억!"

달걀귀신은 이야기를 채 끝내지 못하고 비명을 질렀다. 바위에 짓눌린 몸이 매우 고통스러운 것 같았다. 갑자기 선옥이 달려들어 달걀귀신을 누르고 있던 바위를 들어 올리기 시작했다.

"끼이잉!! 끼잉!!"

그러나 아무리 힘을 써도 바위는 꼼짝도 하지 않았다. 당연히 혼자 힘으로 그 커다란 바위를 든다는 것은 무리인 것이다. 그러나 선옥은 포기하지 않고 계속 힘을 주었다.

그때 선옥의 손 옆으로 누군가의 손이 바위에 닿았다. 고개를 돌려 보니 연광이었다.

연광은 선옥에게 미소를 지으며 같이 힘을 쓰기 시작했다. 그리고 그 옆으로 수많은 학생들의 손이 바위에 닿았다. 손과 손들… 그렇게 손과 손들이 하나둘 바위 표면을 가득 메우기 시작했다.

그리고 모두 힘을 모아 바위를 들어 올리기 시작했다.

"영차! 영차!!"

누군가의 구령 소리가 울려 퍼졌다.

선옥이 혼자 힘을 쓸 때는 움직일 것 같지 않던 바위가 조금씩 들리기 시작했다.

"에이, 아저씬 빠지라니까요! 또 기울어지잖아요!!"

누군가의 질타에 나름대로 구령까지 붙이며 한참 힘을 쓰던 만해는 멋쩍은 듯 민숭머리를 긁으며 뒤로 물러섰다. 노승이 그런 만해를 한심한 듯 쳐다보았다.

만해가 뒤로 빠지자 바위는 순식간에 높이 들어 올려졌다.

쿵!

그리고 바위는 저 멀리 던져졌다.

바위 밑에서 드러난 달걀귀신의 몸은 많이 상해 있었다.

몸이 으깨 터져 안에 있는 내용물이 조금씩 밖으로 흐르고 있었다. 특이한 것은 그것들의 색깔이 노란빛을 띠고 있다는 점이었다.

"이눔아… 이눔아."

노파는 만신창이가 되어버린 달걀귀신의 몸을 끌어안았다.

학생들은 그 모습을 보며 아무 말도 할 수 없었다. 친구들을 세 명이나 죽인 악귀였지만 이제는 복수를 해야겠다는 마음마저 희미해지고 있었다. 아니, 달걀귀신의 삶이 너무 슬퍼 아무 말도 할 수 없었다.

"이봐, 계란귀신!"

항상 침묵을 깨는 노승이 변함없이 말을 꺼냈다.

그 말을 듣자 거꾸로 달린 얼굴의 입술이 달싹거렸다. 말을 하는 것 같았지만 힘이 다 소진되었는지 뭐라고 하는지 잘 들리지 않았다. 유언이라도 하려는 것일까.

모두 경건한 자세로 몸을 숙여 그가 하는 말을 들었다.

"저… 달걀귀신이라니까요."

"허억!!"

모두의 얼굴에 황당한 표정이 떠오르는 것을 보고 달걀귀신의 얼굴에 희미하게 미소가 떠올랐다.

"자네, 이제 보니 농담도 곧잘 하는군."

달걀귀신은 천천히 고개를 끄덕였다.

추악한 외모만으로 그를 평가해 이렇게 유머가 넘치는 친구를 사람들은 외면했던 것이었다.

몸은 만신창이가 되었지만 자신을 걱정해 주는 사람들을 보자 행복한 미소를 짓고 있던 달걀귀신은 갑자기 침울한 표정을 지었다. 고개를 돌려 야산을 바라보더니 조금 떨어져 있는 뒷간을 바라보았다.

그리고 몸을 가볍게 떨었다. 자신이 한 짓을 생각하는 것이리라… 얼마의 시간이 흘렀을까?

달걀귀신은 뭔가를 결심한 듯 굳은 얼굴로 옆에 있는 연광을 바라보았다.

힘겹게 손을 올려 연광의 손에 아직도 들려 있는 낫을 건드리더니 자신의 목을 다른 손가락으로 가리켰다. 연광은 달걀귀신의 행동을 아무 말 없이 바라보다가 입을 열었다.

"뭐야? 당신을 소멸시키라고?"

달걀귀신은 고개를 끄덕였다. 슬픈 미소를 짓고 있었다.

고개를 떨군 연광의 눈에서 순간 눈물이 글썽거렸다.

잠시 후 고개를 번쩍 든 연광은 그의 얼굴을 바라보다 미친 듯이 소리쳤다.

"그래! 없애주지! 네가 원하는 대로 내 친구들의 원수를 갚아주지!"

그리고 허공으로 낫을 번쩍 치켜들었다.

"까아악!!"

"안 돼!!"

"아이고, 우리 아가야!!"

날이 밝자 노승은 한 반장을 불러 사건을 수습하기 시작했다.

세 명의 학생들이 살해된 만큼 그 지역 형사들로 이루어진 특별 수사 본부가 긴급 조직되었으나 범인을 잡을 수 없다는 것을 한 반장은 너무나 잘 알고 있었다. 노승에게 사건의 전모를 들었던 것이다.

"죽은 학생들의 불쌍한 영혼은 어쩌죠?"

"……."

한 반장의 말에 노승은 침묵할 수밖에 없었다. 짧은 인간의 생. 어차피 죽고 사는 것은 한순간이다. 그러니 죽었다고 꼭 불쌍한 것일까.

"나무아미타불……."

마을 회관 앞에서 노승은 끝없이 죽은 이들을 위해 염불을 외고 있었다.

그 옆으론 간단히 조사를 받은 학생들이 집으로 가는 버스를 타고 있었다.

그중엔 버스의 맨 뒷좌석, 다섯 개나 되는 넓은 좌석의 가운데 자리에 홀로 앉아 있는 선옥의 피곤에 지친 얼굴도 보였다. 선옥은 눈을 감고 어제 처음 이곳에 도착했을 때를 떠올렸다.

'나는 졸다가 버스에서 늦게 내렸고, 내려서도 아이들은 나를 쳐다보지도 않았어. 하지만 마을 회관 헛간 뒤에서…….'

…선옥에게 마을 회관 옆에 자리 잡은 조그마한 헛간 같은 것이 보였다.

느낌이 이상해 잠시 그곳을 바라보던 선옥의 눈에 헛간 뒤편에서 자신을 향해 오라고 손짓하는 손가락이 보였다.

'저게 누구지?'

기분은 이상했으나 자신을 오라고 부르는 사람이 있다는 것에 반가움을 느끼며 선옥은 천천히 그곳으로 걸어갔다. 어차피 아이들이 있는 이곳에 있어도 외롭기는 마찬가지였기 때문이다.

예상대로 무리에서 벗어나는 선옥의 행동을 신경 쓰는 학생은 아무도 없었다.

어느새 선옥의 모습은 헛간 뒤쪽으로 사라졌다.

…헛간 뒤쪽에서는……

달걀 모양의 가면을 쓰고 있는 한 사람이 있었다.

"아악!"

선옥이 놀라 소리를 지르자 그 사람은 선옥의 입을 재빨리 막았다.

그리고 입을 열었다.

"너도… 너도 친구가 없지?"

그 사람의 손에서 벗어나려고 발버둥 치던 선옥은 그 말을 듣자 몸의 힘이 쫙 풀리는 것을 느꼈다.

갑자기 왈칵 눈물이 쏟아지려 했다. 선옥이 잠잠해지자 그는 선옥을 잡았던 손을 놓았다.

"너를 보고 있으니 나와 같다는 것을 알았어… 네 눈을 보고……."

"……."

"내 눈도 너와 같아. 하지만 나는 그 눈조차 사람들에게 보여주지 못해."

"가면을 벗으면 되잖아요."

"……."

그 사람은 말없이 고개를 저었다.

표정은 알 수 없었지만 슬픈 사연이 있는 것 같았다.

선옥은 갑자기 동정심이 솟아올랐다. 이 사람이 누군지도 몰랐고 자신도 그와 다를 바 없지만 자신이 그에게 힘이 되고 싶었다. 자신도 모르게 선옥은 말을 내뱉었다.

"우리… 친구할래요?"

그 말을 듣자 그 사람은 갑자기 움직임을 멈추었다. 놀란 모양이었다.

선옥 또한 자신이 말을 해놓고도 깜짝 놀랐다. 20여 년 만에 처음 한 말이었다.

'나도 참… 낯선 사람에게… 거절당하면 어쩌지!'

가슴이 콩닥거리는 것을 느끼며 선옥은 가면 쓴 사람의 대답을 기다렸다.

"나… 그런 말 처음 들었어."

떨리는 목소리로 가면 쓴 사내가 말을 했다. 선옥은 안도의 한숨을 쉬었다. 친구가 되자는 제의를 그가 거절하지 않은 것이다.

"고, 고마워… 뭐… 내가 해줄 것 없어? 뭐든지 말해 봐."

가면 쓴 사내가 여전히 목소리를 떨며 말했다.

"친구하자고 한 거… 뭐 부탁하려고 한 것 아니야."

선옥이 말했다. 하지만 가면 쓴 사내는 고개를 저으며 말했다.

"아냐. 우리 헤어지기 전에 뭐라도 해주고 싶어. 난 바로 돌아가야 되거든… 그럼 오랫동안 못 봐."

"…왜?"

"너를 위해 뭔가를 할 수 있게 해줘."

선옥은 아무 말 없이 그를 바라보다가 문득 아까 버스에서의 일을 떠올렸다. 자신만 떼어놓고 간 아이들에게 서운했던 감정이 갑자기 다시 살아나는 것을 느꼈다.

"그럼, 저 앞에 있는 친구들을 골탕먹여 줘."

"그건… 부탁하지 않아도 난… 하기로 예정되어 있는데……."

"……?"

"해줄게! 네 부탁 들어줄게."

자신의 앞에서 그 사람은 고개를 끄덕였다. 아니, 내 친구가 고개를 끄덕이며 말을 하고 있었다.

"그런데… 그런 게 아니었는데……."

선옥은 버스 안에서 감았던 눈을 뜨며 중얼거렸다. 눈에서는 어느새 눈물이 흐르고 있었다.

본의는 아니었지만 자신 때문에 친구들이 죽어간 것이라고 생각하니 가슴이 메어왔다.

그때 옆에서 누군가의 목소리가 들려왔다.

"선옥아, 왜 울어? 울지 마."

고개를 돌려 왼쪽 옆을 바라보았다. 비어 있던 옆 자리에는 어느새 앉았는지 연광의 걱정스런 얼굴이 눈에 들어왔다. 그리고 그 옆으로 자신을 걱정스레 바라보는 지연이의 얼굴이 보였다.

고개를 반대로 돌려 오른쪽 자리를 바라보았다. 그 좌석들도 더 이상 비어 있지 않았다.

역시 친구들이 걱정스러운 얼굴로 자신을 보고 있었던 것이다.

'그'는 익숙한 길을 헤매고 있었다.

또다시 돌아온 것이다. 그러나 이제 '그'의 입에서 울부짖는 소리는 더 이상 들리지 않았다.

몸은 만신창이가 되어 있었지만 그까짓 육체적 고통 정도는 얼마든지 참을 수 있었다.

뭐든지 문제는 마음이었다. 마음이 심약해질 때 악이 들어오는 법이니까.

자신도 그 악의 힘을 받아들여 죄를 저질렀다. 하지만 그 죄를 저지른 자신을 아이들은 용서해 주었다. 잠시 동안 그 악의 힘을 받아들였던 '그'는 고마움과 죄스러움에 고개를 숙였다. 신체 구조상 고개를 숙이니 이곳보다 더 높은 하늘이 보였다.

새까만 어둠 속이었지만 왠지 넓은 하늘이 눈앞에 보이는 것 같았다. 그때였다.

'그'는 어둠을 뚫고 하늘에서 밝게 빛나는 무엇인가가 내려오는 것을 보았다.

고개를 숙인 채 하늘을 보는 그의 눈에 내려오는 그것의 모습이 점점 크게 보였다.

아, 그것은 사람이었다.

한 명⋯ 두 명⋯ 세 명⋯⋯.

세 명이 차례대로 그의 앞에 나란히 서기 시작했다.

고개를 바로 해 그들의 얼굴을 확인하는 '그'의 얼굴이 갑자기 상기되기 시작했다.

그들이었다. 자신이 꼬마가 넣어준 사악한 악의 힘에 사로잡혀 죽이고만 그들이 자신의 앞에 서 있었다. 응징하러 온 것일까?

죗값을 받아들이기로 결심하고 '그'는 눈을 감았다.

그리고 다시 돌아온 이 천상에서조차 영원히 소멸될 순간을 담담하게 기다렸다.

"눈을 떠요."

갑자기 여자의 목소리가 들렸다. 눈을 뜬 '그'의 눈에 남학생의 손을 꼭 쥐고 있는 여학생의 모습이 들어왔다. 여학생은 '그'의 얼굴을 보며 말했다.

"죽는다는 건 꼭 나쁜 것만은 아니네요. 지상에 살면서 겪었을 짧은 사랑이 아닌 이곳에서 영원히 함께할 사랑이 이렇게 같이 있으니 말이에요."

그 말을 하며 여학생은 옆의 남학생을 따뜻한 얼굴로 바라보았다.

남학생 역시 미소를 지은 채 여학생의 얼굴을 바라보았다. 둘 사이에서는 행복의 기운이 흘러 넘치고 있었다.

…그럼 용서받는 것일까?

'그'는 그들 곁에 혼자 서 있는 또 다른 남학생을 바라보았다. 바지에 얼룩이 덕지덕지 붙어 있는 그는 자신과 같은 혼자였다. '그'는 혼자인 남학생에게 죄책감이 들기 시작했다. 그에게는 용서받지 못할 것이다. 그를 죽였던 장소도 잘못 택했고, 저 커플과는 달리 남학생은 이곳에서 혼자일 수밖에 없기 때문이었다. 그런 생각을 하며 '그'가 그 남학생을 바라보자 그는 갑자기 '그'를 향해 느끼한 미소를 지었다.

"어엇!"

그 미소를 보자 왠지 예전에 자신의 유일한 친구였던 암탉의 피부가 온몸으로 느껴졌다.

그만큼 색다른 미소였던 것이다. 그 남학생은 '그'에게 천천히 다가와 아직도 당황하고 있는 '그'의 손을 다정스레 잡았다.

그리고 입을 열었다.

"걸기라고 불러줘! 저 밑의 세상은 나를 이해하지 못했는데… 때문에 난 나를 숨기며 지냈어. 하지만 이제 네가 있으니… 외롭지 않을 것 같아!"

"허억!!"

갑작스런 남학생의 행동에 '그'는 놀랐으나 이내 남학생의 손에서 전해지는 따뜻한 촉감에 마음이 따뜻해지는 것을 느꼈다. 또 다른 자신의 정체성을 발견하는 느낌이었다.

네 명은 나란히 손을 잡고 섰다. 아직은 주변이 온통 어둠뿐이었다.

하지만 그들은 알고 있었다. 조금만… 조금만 더 가면 밝은 곳으로 갈 수 있다는 것을…….

그리고 무엇보다 영원히 함께할 친구들이 이렇게 손을 마주 잡고 서로에게 의지하며 갈 것이라는 것을…….

그들은 힘차게 발을 내디뎠다.

"우이씨, 한 반장님 차 타고 갔으면 편했을걸."

풍란 마을을 떠나 서울로 향하는 길에서 만해는 연신 투덜거리고 있었다.

그도 그럴 것이 노승이 뛰고 걷고 하면서 서울까지 가자고 했던 것이다.

만해는 미처 몰랐지만 제자가 바위도 하나 제대로 들지 못하는 부끄러운 모습을 본 노승으로서는 커다란 결단이었던 것이다. 점점 많아지는 악귀로부터 인간을 구하기 위한 능력을 기르기엔 시간이 얼마 없으니 이렇게라도 수련을 해야 했던 것이다. 투덜거리는 만해를 돌아보며 노승은 진지하게 말을 꺼냈다.

"툴툴거리지 마라! 젊어서 고생은 사서도 한다는 말을 모르느냐?"

"참선을 할 수가 없잖아요?"

"참선은… 새삼스럽게… 다음에 하면 되느니라!"

"참선을 하지 않으면 이때쯤이면 꿔야 할 꿈을 못 꾸는데……."

"너 이놈, 만해야! 또 내가 등장하는 이상한 꿈꾸려고 참선하는 거지?"

"헉! 어떻게 그걸?"

"내가 모르는 게 뭐가 있겠느냐? 자, 투덜대지 말고 여기부턴 수련 삼아 뛰어가자!"

"그래도 서울까지 뛰어가기엔 좀 멀지 않을까요?"

"제까짓 게 멀어봤자 우리 땅덩어리 안에 있지!"

"아까 표지판을 보니까 150킬로가 넘는 것 같던데……."

"허억!!"

노승은 갑자기 다리가 풀리는 것을 느꼈다. 그러잖아도 풍란 마을에서 사건 처리에만 매달리는 바람에 제대로 먹지 못해 다리가 미세하게 떨리고 있었다.

지나는 차라도 잡기 위해 노승은 만해의 눈치를 보며 주위를 두리번거렸다.

"할 수 없죠. 이왕 사부님이 결정한 것, 따라야죠!!"

탁! 탁! 탁!

갑자기 만해가 앞장서 뛰기 시작했다.

150킬로가 넘을 것이라는 말에 충격을 받았던 노승은 만해가 태도를 바꿔 자신만만하게 뛰기 시작하는 것을 보고 후들거리는 다리의 고통도 잊은 채 따라 뛰기 시작했다.

'그래도 내가 제자 하나는 잘 두었어!'

만해를 쫓아가는 노승의 얼굴에 어느 틈에 흐뭇한 미소가 떠올라 있었다.

〈2권으로 이어집니다〉

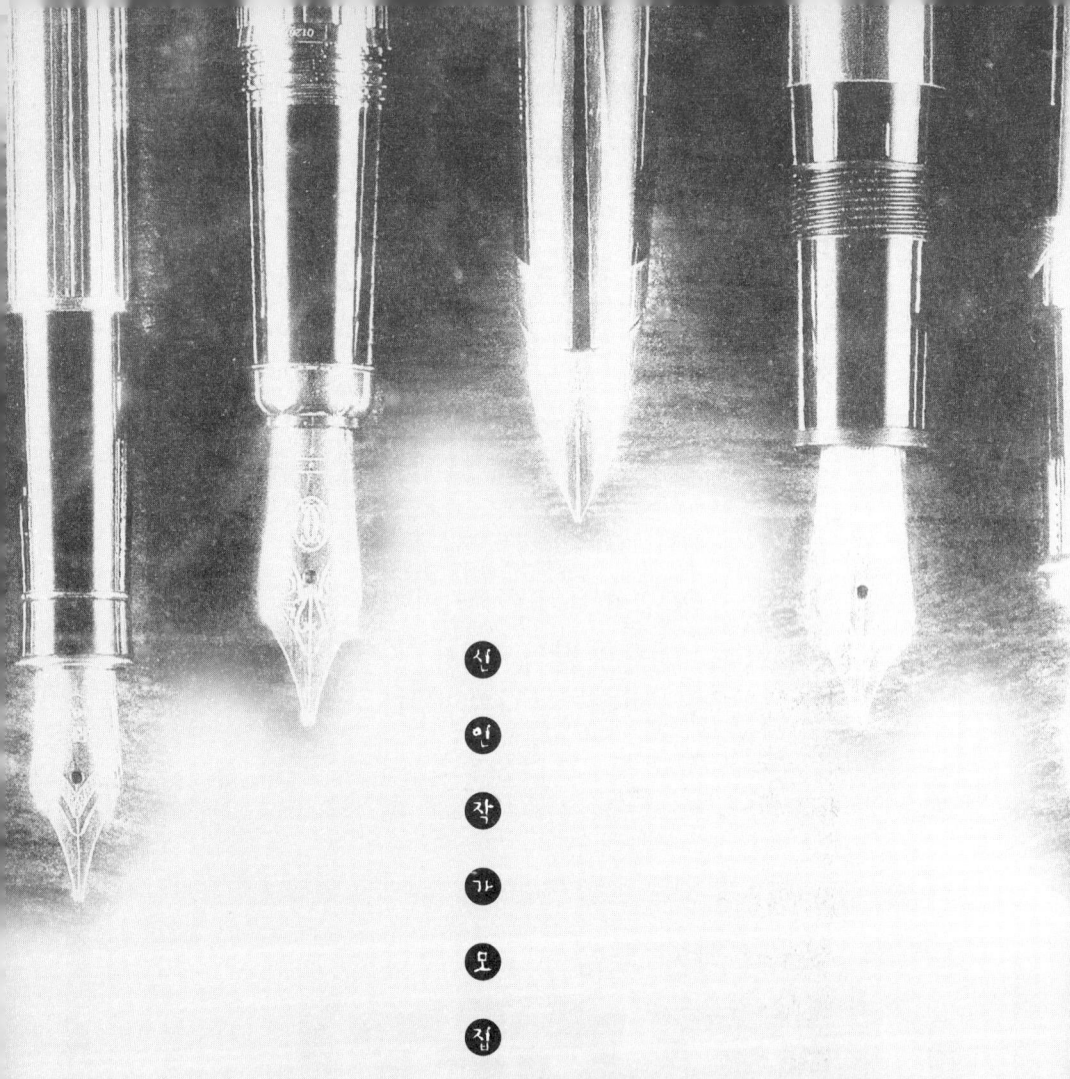

신
인
작
가
모
집

시작이 반이라고 했습니다.
작가의 길에 대한 보이지 않는 벽을 과감히 깨뜨리십시오!
청어람은 작가 지망생 여러분들의
멋진 방향타가 되어드리겠습니다.

저희 도서출판 청어람에서는
소설 신인 작가분들을 모집합니다.
판타지와 무협을 사랑하시는 분들의 많은 참여를 바랍니다.
소정의 원고(A4용지 150매)를 메일이나 우편으로 보내주시면
검토 후 출판 여부를 알려드리겠습니다.

주소:경기도 부천시 원미구 심곡1동 350-1 남성B/D 3F 우편번호420-011
TEL:032-656-4452 ·**FAX**:032-656-4453
http://**www.chungeoram.com**
e-mail:chungeoram@chungeoram.com